Roy Jacobsen

Die Farbe der Reue

Roy Jacobsen

DIE FARBE DER REUE

Roman

Aus dem Norwegischen von
Gabriele Haefs und
Andreas Brunstermann

Osburg Verlag

Titel der norwegischen Originalausgabe:
Anger

This translation has been published
with the financial support of NORLA.

www.osburgverlag.de
Lektorat: Bernd Henninger, Heidelberg
Herstellung: Prill Partners producing, Berlin
Umschlaggestaltung: Toreros, Lüneburg
Satz: Dörlemann Satz, Lemförde
Druck und Bindung: GGP Media, Pößneck
Printed in Germany
ISBN 978-3-940731-74-6

1

Der Fahrstuhl trug ihn hinab in seinen ersten Tag. Es war neun Uhr morgens, und die Sonne schien auf das Gitter. Sie reichten ihm eine graue Tüte mit Kleidern, von denen er vor zehn Jahren nichts hatte wissen wollen und von denen er auch jetzt nichts wissen wollte.

»Könnt ihr wegwerfen«, sagte er und betrachtete aus zusammengekniffenen Augen die Formblätter, die sie ihm über den Tresen hinschoben.

»Kannst du selbst«, sagten sie.

Er ließ die Tüte ungeöffnet in den Papierkorb fallen.

»Du musst deinen Zorn jetzt zügeln, Larsen.«

»Der ist tot«, sagte Larsen.

»Das ist früh, oder?«

»Zwei Jahre.«

Seine Hand führte die Schreibarbeit aus, die die Freiheit verlangte, man hätte fast glauben können, er habe eine Zukunft; er richtete sich gerade auf und starrte in den Spiegel an der Wand hinter den Uniformen: falscher Anzug, der so saß, wie er sitzen sollte, die Reste seiner Haarpracht über der hinteren Kopfhälfte, um die Narbe zu verbergen. Er hatte vier Wochen lang mit dem Gesicht zum Gitterfenster auf einem Hocker gestanden, um nicht wie ein lebender Leichnam zu wirken. Sein Gehör war nicht so, wie es sein sollte. Er rechnete also nicht damit, Probleme mit Geräuschen zu bekommen. An den Sichteindrücken würde er nichts ändern können, an Farben, Bewegungen, Tempo, er würde es mit den neuen Selbstverständlichkeiten aufnehmen müssen, die Freiheit würde ihm Möglichkeiten geben; er würde teilnehmen und arbeiten, einkaufen, eine Zeitung lesen. Das war sein Plan. Eine Serie von Tagen zu füllen, die den Rest eines gekenterten Lebens ausmachen würden. Er hatte vor, das unbemerkt hinter sich zu bringen, den Käfig mit sich zu tragen.

Larsen nahm Abschied von dem Mann im Spiegel, ließ die Papiere denselben Weg nehmen wie die Kleider – und dann brauchte er nur einen Fuß vor den anderen zu setzen und sich unter einen Himmel hinauszuschleichen, der über ihn hereinbrach wie eine kalte Dusche. Er fröstelte. Es war immer dasselbe. Er bog um eine Ecke und ging durch eine Straße, nackt wie ein Kind, seine Beine waren unsicher, es wimmelte und brauste und sein Mund lachte, der Verkehr dröhnte und ein Bus schnaufte wie ein Wal, Kinderlachen, raschelnde Stimmen und knirschende Schritte. Er war zweiundsiebzig Jahre alt bei diesem Spießrutenlauf in sein weiteres Leben. Über viel zu viele von diesen Jahren war er nicht Herr gewesen: Er hatte wegen Raubüberfalls gesessen, wegen Körperverletzung, wegen Schmuggels und wegen Betrugs, es gab so ungefähr kein Vergehen, für das Larsen noch nicht gesessen hätte.

Aber er nahm es hin, immer gibt es etwas, dessen man sich schämen kann, immer gibt es etwas zu bereuen. Larsen hatte nichts anderes getan, vor tausend Jahren hätte er ein gefeierter Krieger oder eine Stütze der Gesellschaft sein können. Jetzt war er vollauf damit beschäftigt, eine Naturkatastrophe zu sein – auf der Flucht in ein billiges Hotel.

Er starrte atemlos die Rezeptionistin an, während seine Hand »Hamburg« in die Rubrik für die vergangene Nacht und »Seemann« in die Spalte für den Beruf schrieb, das erklärte immerhin den Seesack, der wie ein Buckel über seinen Rücken hing, möglicherweise auch die verlaufenden Tätowierungen am linken Handgelenk. »Adresse ›keine‹«, sagte er und lachte ohne Sinn und Verstand.

Die Frau hinter der Rezeption war Ende zwanzig, sie lächelte mit scharfen weißen Zähnen hinter breiten Lippen und duftete nach überaus schmutzigen Fantasien, ihre Haare waren üppig und wellig, und sie trug eine Uniform, die zu einer anderen Zeit Hans Larsen aus der Fassung hätte bringen können. Jetzt musterte er sie mit gleichgültiger Erleichterung.

»412.«

Auch das Zimmer war so, wie es sein sollte. Tot, anonym, farblos, mit Hafenblick. Er schloss hinter sich ab, ließ den Seesack zu Boden fallen und sank auf das Bett. Sein großer Kopf ruhte.

Über dem Waschbecken in der kleinen Nische hing ein Spiegel. Hans Larsen konnte sich selbst in schräger Perspektive sehen, mit übereinandergeschlagenen Beinen in einem fremden Bett. Er stand auf und zog die Vorhänge zu. Er legte sich wieder hin. Er setzte sich. Auf dem Nachttisch lag ein Schlüssel, der zur Minibar unter dem Fenster passte. Er öffnete sie und nahm ein Mineralwasser heraus, zog die Vorhänge auf und stand am Fenster und sah ruhelose Wolken über den Himmel treiben. Auf der anderen Seite des Hafens regnete es, die Wasseroberfläche sah aus wie zerstoßenes Glas, ein englisches Passagierschiff mit Horden von Regenschirmen auf dem oberen Deck, eine russische Rostlaube und ein schräggestelltes Segel hinter dem Lagerhaus, in dem Larsen seinerzeit seinen ersten Job gehabt hatte, als Laufbursche. Die alten Kähne, schwer und langsam, und sein Kopf dachte an die Tochter, damals, als sie ihm nur bis zu den Achselhöhlen gereicht hatte. Zuerst achtete man auf die Augen, grün und ausweichend, dann auf die Haare, lang und schwarz und verworren, mit allerlei funkelnden Spangen und Klämmerchen. Die langen dünnen Finger, über die sie gern Ringe streifte, eine Ziernärrin und eine Puppe. Larsen war stolz auf ihre Schönheit gewesen. Er hatte sie lesen gelehrt, noch ehe sie in die Schule gekommen war. Er hatte sie reiten gelehrt und war mit ihr durch den Hafen gegangen, durch die Stadt und durch die Wälder, er hatte sie im Kopf gehabt, hatte auf die Welt gezeigt und sie ein wenig besser gemacht als sie war, die kleinen Lügen, die einen Vater zum Vater machen und eine Tochter zur Tochter. Jetzt war das vorbei. Das musste es sein.

Er erwachte mit einem fröstelnden Unbehagen und ihm fiel ein, dass der Arzt ihm Medikamente gegen solche Augenblicke gegeben hatte. Er nahm sie aus dem Seesack, las das Etikett, überlegte und spülte sie im Waschbecken hinunter, öffnete noch ein Mineralwasser und starrte durch das schmutzige Fenster. Stadt und Hafen und Regen und die Wohnung mit den Kinderzeichnungen an der Küchenwand, dem Spülbecken und den grünen Fliesen im Badezimmer. Tut das hier weh? Wohin fahren die Schiffe? Werde ich es schaffen? Er sah, wie der Regen endete und ein neuer einsetzte, Stoßverkehr und Stadtgeräusche wie brutale Liebkosungen an den Fensterscheiben.

Im Zimmer stand auch ein Schrank.

Er öffnete den Seesack und hängte seine Habseligkeiten auf: einen alten und frischgereinigten Anzug, einen Mantel und einige Hemden, zwei Paar Schuhe und einen Hut. Er hatte Zweifel gehabt, was diesen Hut anging, er hatte ihn in Gedanken aufgesetzt und anprobiert, ehe er ihn bestellt hatte. Aber als der Hut dann eintraf, war *er* es, der zu keinem Hut passte. Es ist schwer zu wissen, was zwischen vier Wände passt, wer man ist, die Höhe und Breite einer Persönlichkeit. Er legte den Hut ins Schuhregal und stapelte Socken und Unterwäsche auf Kante daneben auf. Er kannte Menschen, die ihren rechten Arm für ein wenig Ordnung geben würden, er kannte erwachsene Männer, die nicht leben könnten, ohne zu wissen, was sie um vier Uhr machen würden, ganz zu schweigen von um fünf Uhr. Hans Larsen war ein solcher Mann.

Er duschte, zog sich langsam an und suchte sich einen Schlips vom Halter im Schrank aus. Als zuletzt ein Schlips an Hans Larsen gehangen hatte, war er siebzig geworden, allein mit sich selbst und einem kleinen Festmahl, drei Kokosküssen und Jack Londons »Martin Eden«, derselbe Schlips. Er lief im Zimmer hin und her und trug den Schlips. Er zog eine Jacke an, strich einige Male mit der Bürste aus dem Schrank über die Ärmel und schaltete das Radio ein. Er stand mitten im Raum und schaute auf kreisende Möwen und einen weiteren Regenschauer hinaus.

Würde Hans Larsen sich mit dem allem abfinden können?

Er griff sich an den Kopf und betastete ihn.

Aber dann kann er dieses Zimmer verlassen und hinter sich abschließen. Er kann auf dem Gang stehen und hören, dass er vergessen hat, das Radio auszuschalten – denn es ist möglich, ein Zimmer zu verlassen und zu vergessen, das Radio auszuschalten.

Ich bin frei, denkt er. Im Fahrstuhl schaue ich mich über die Schulter um, als mein Finger den leuchtenden Knopf mit der Ziffer 1 berührt. Niemand sieht mich, niemand nickt mir zustimmend zu. Die Türen sind nicht blockiert. Auf dem Weg nach unten kann ich in jedem Stockwerk meiner Wahl aussteigen, ich kann durch unbekannte Gänge wandern und an fremde Türen klopfen, ich kann mich damit entschuldigen, dass ich mich ganz einfach in der Tür geirrt habe, kann mein Bedauern aussprechen und sie werden mir glauben, warum sollten sie mir nicht glauben, niemand wartet, als ich unten ankomme, und die Türen öffnen sich – automatisch.

»Hat jemand nach mir gefragt?«, fragt er die Schönheit hinter der Rezeption, es ist ein Experiment.

»Nein«, sagt sie. »Erwarten Sie Besuch?«

Larsen hat nicht gewagt, darauf zu hoffen.

Sie lächelt und senkt den Blick wieder.

»Schönen Abend noch.«

Vielleicht sehe ich normal aus, denkt er vage, denn einmal muss der Gedanke doch Wurzel schlagen, wenn das hier von Dauer sein soll, der Gedanke, dass er es schaffen kann.

Er folgt den Straßen und dem Leben, bis es ihn überwältigt und er sich in eine menschenleere Bar schleppen und die Hände um ein Glas Bier falten muss, bis das Bier zu warm ist, um getrunken zu werden. Er geht mit den Händen in den Taschen weiter, sein Kopf ist angenehmerweise von dem vergessenen Hut befreit. Er sieht Gesichter an und kostet Gerüche und Luft. Er sieht Unterschiede zwischen dem, was dem Rhythmus folgt, und dem, was still steht, dem Nostalgischen und dem Melancholischen. Die Jugend ist noch immer als Jugend verkleidet, die Alten sehen noch immer aus wie sie selbst, Unruhe und Würde, die Jugend, der die Nächte gehören, und die Alten, die den Tag erobert haben. Die brutalen Spiegel und der Rausch, alles, was größer geworden ist und das Geräusch seiner Schuhe, die durch unsichtbaren Sand auf dem Bürgersteig klappern.

Hans Larsen ist schneller geworden.

Er läuft. Das ist noch eine Erfahrung. Hans Larsen gerät außer Atem, bleibt stehen und kauft eine Zeitung, trägt sie unter dem Arm wie einen Rettungsring. Besteht auch diese Probe. In einer neuen Bar lauscht er einem Klavier und einem Gesang. Auf dem Weg hinaus stößt er mit einem Jungen zusammen, der ihm etwas hinterherruft. Sein Schnürsenkel hat sich geöffnet. Doch, wahrlich. Larsen lässt die Zeitung fallen, kniet nieder und bindet einen Schnürsenkel, richtet sich auf und schaut auf die Uhr. Das hier geht über alle Erwartung gut. Ein Taxi kommt aus der Dunkelheit, er starrt in gemalte Masken mit weißen Zähnen, bis es an der Zeit ist, wieder zu laufen, aber jetzt hat er schon angefangen zu denken, dass er es schaffen kann, das bedeutet dieses Pochen, die Hammerschläge im Blut, dass er es schaffen kann.

Im Hotel ist Dienstwechsel gewesen und die neue Person will die Quittung sehen, ehe sie ihm den Schlüssel reicht. Er merkt, dass er mit Lächeln aufgehört hat, aber dass er bereit ist, wieder damit anzufangen. Auf dem Weg nach oben in einem lautlosen Fahrstuhl. Ein freier Mann in 412. Schließt hinter sich ab und legt die Sicherheitskette vor – freiwillig. Aber er redet sich ein, dass die Sinne ihn betrügen, hebt den Telefonhörer und erkundigt sich mit angespannter Leichtigkeit, ob jetzt vielleicht jemand eine Nachricht hinterlassen hat, denn ich muss reden, denkt er, und eine Stimme hören.

»Na gut«, murmelt er und setzt sich auf. »Von wem?«

»Nein, keine Nachricht, habe ich doch gesagt.«

Hans Larsen überlegt.

»Verkauft ihr etwas zu trinken?«, fragt er.

»Die Bar hat geöffnet, ja, wenn Sie das gemeint haben?«

Niemand ist auf dem Gang oder im Fahrstuhl. In der Bar sitzen ein junges Paar mit einem Kartenspiel und zwei Männer mittleren Alters mit einem Schachbrett. Larsen bestellt Martini, trinkt und denkt daran, dass er nichts gegessen hat, winkt aber in Gedanken ab und stellt sich vor, wie es wäre, endlich den Brief zu öffnen, den er seit zehn Jahren hütet – während ein grauer Schäferhund in der Küchentür auftaucht und sich umschaut, ehe er durch das Lokal trottet und sich zu Larsens Füßen auf den Teppich legt. Der Barmann will ihn zurückrufen, aber Larsen sagt – nein, nein, lassen Sie ihn liegen.

Und er sieht wieder den Brief an, vergilbt und zerknittert in seiner langen Obhut, die kindliche Handschrift der Tochter, die Anklagen und Vorwürfe, jeder Satz mit einem Echo, endlich auch das, was er befürchtet hat.

»Du meine Güte«, sagt der eine Schachspieler. »Sind Sie krank, Mann?«

Larsen hat gerufen.

»Entschuldigung«, sagt er und schwenkt den Brief. »Schlechte Nachrichten.«

Er dreht sich zum Barmann um. »Haben Sie etwas Stärkeres?« »Whisky?«

»Ja, ja, Whisky. Ist hier immer so wenig los?«

»Heute ist Dienstag.«

Ihre fehlerfreien Sätze klar und deutlich, jedoch mit diesem mehrfachen Echo aus Selbstgerechtigkeit und dem Mangel an Reue, aber Larsen liebt diese Tochter, die er um keinen Preis wiedersehen darf. Er hört ein Knurren unter dem Tisch und krault den Hund hinter den Ohren.

»Ist alles in Ordnung?«, wird wieder vom Nebentisch gefragt.

»Ja, klar doch«, sagt Hans Larsen und erhebt sich. »Ich zeig euch mal einen Kartentrick.«

»Das muss doch nicht sein.«

»Nur diesen einen Trick, ich bin doch kein Penner?«

Er hebt die Hand an den Kopf und streicht die Haare über die Narbe, mischt und verteilt die Karten auf vier Stapel, räuspert sich und hüstelt in einem verzweifelten Versuch, Erleichterung zu verspüren, weil er frei ist – die warmen Atemzüge wie beruhigendes Meerwasser um seine Knöchel.

2

Marianne näherte sich wie eine ängstliche Katze, drückte auf den hintersten Knopf und riss die Hand zurück – die Waschmaschinen fraßen ihre Hände, brachen die Nägel, zerkratzten die Haut und streuten Seife in die Wunden; sie brachte die Waschmaschinen dazu, Funken zu sprühen und zu husten und stehenzubleiben, und ein Reparateur musste kommen und immer dasselbe sagen:

»Wirst du das denn nie lernen, Mädel?«

Sie mochte diese Arbeit nicht, die war neu und unbekannt, egal, wie lange sie sie schon hatte – an einem schlechten Tag. Die Kundschaft ging hier seit Jahren ein und aus, warum konnten sie die Maschinen nicht selbst bedienen, dann könnte Marianne im Büro sitzen und Buch führen und Bestellungen ausschreiben, wie es abgemacht worden war, als sie sechs Jahre zuvor zum ersten Mal diesen Glaskasten betreten und geglaubt hatte, einen Zufluchtsort zu finden.

»Ich bin neu hier«, log sie. Vorwäsche, Temperaturskala, dreimal Spülen, Baumwolle, Wolle, Arbeitskleidung, Synthetik in allen Varianten, Trockentrommel, die eine oder andere Reinigungsfunktion, das Übliche, was die Leute in ihren üblichen Leben in einer müden Satellitenstadt brauchten. Auch das, was an eher obskuren Wünschen vorkommen mochte: Seide, Angora, Tweed, achtzig Prozent Wolle, reine Baumwolle, ein ganzes Schaltpult mit Knöpfen für alle möglichen Katastrophen auf der Welt.

»Das geht doch gut«, sagte Ragnhild. »Du hast ja rein gar nichts kaputtgemacht.«

»Aber was bedeutet der Gelbe da?«

Sie wusste, was der Gelbe bedeutete, aber sie konnte es doch vergessen haben, einige Male war es nur um Haaresbreite gewesen, sie war wochenlang die Sicherheit in Person, dann war sie plötzlich bei allem unsicher, und jetzt stand dieses aufdringliche Wesen vor ihr und wollte einen Schlafsack trocknen, einen Daunensack in den Trockner stecken – an einem schlechten Tag.

»Ich bin nicht sicher, welches Programm richtig ist«, sagte sie und stopfte den Schlafsack in die Maschine.

»Wenn er nur nicht zum Teufel geht?«

»Vielleicht sollten wir ihn wieder rausnehmen?«

Sie sah ihn flehend an.

»Hier steht doch, dass der gewaschen werden kann«, sagte er.

»Und die Maschine?«

»Die ist doch wohl in Ordnung?«

»Das schon«, sagte Marianne. »Aber es ist Ihr Risiko, ich kann den Schlafsack nicht ersetzen, falls er nun doch … zum Teufel geht.«

»Legen Sie los.«

Sie drückte auf den Gelben und schloss die Augen.

»Warum sind Sie nicht in die Reinigung gegangen?«, fragte sie, als die Maschine beruhigend brummte.

»Hier gibt es keine Reinigung.«

»Sie haben doch ein Motorrad.«

»Das haben Sie bemerkt, ja?«

Marianne schaute verlegen zu Boden.

»Wollen Sie verreisen?«

»Ja. Mit meiner Freundin.«

Er mochte zwanzig sein, vielleicht zweiundzwanzig, ein hübscher lebendiger Jugendlicher, mit Wildheit und gemessenem Gleichgewicht in ein und demselben Blick. »Scheint doch gut zu gehen«, sagte er und legte ihr die Hand auf die Schulter. Marianne schauderte es und sie musste ins Büro, ihn durch den Einwegspiegel betrachten, während sie auf größere Selbstkontrolle wartete. Er lächelte breit, als sie wieder herauskam, öffnete selbst die Tür der Waschmaschine, riss den Schlafsack heraus, betastete ihn versuchsweise und hielt ihn plötzlich an ihre Wange.

»Fühlen Sie mal. Würden Sie vielleicht gern mitkommen?«

»Haben Sie nicht gesagt, Sie wollten mit Ihrer ›Freundin‹ verreisen?«

»Das war eigentlich übertrieben. Aber es könnte doch eine Freundin sein, Sie zum Beispiel, Sie sind mir schon lange aufgefallen.«

Sie dachte, sie müsste mit ihrem Blick etwas Interessantes anfangen, sich ein wenig rätselhafte Tiefe zulegen. Er hatte lange blonde Haare, denen der Motorradhelm eine flotte Welle gegeben hatte, er war hübsch auf eine brutale, aber unschuldige Weise, er trug die zerlumpten Fetische der aggressiven Jugend, die Lederjacke der MC-Banden, abgenutzte Jeans und hohe Stiefel. Er war mager, glatt rasiert, mit einem sehnigen Hals, den sie gern berührt hätte, falls es sich so ergäbe, es ergab sich nicht so, und seine Augen starrten sie gierig an.

»Wie alt sind Sie?«, fragte sie.

»Vierundzwanzig.«

»Machen Sie keine Witze.«

»Dann zweiundzwanzig?«

»›Dann zweiundzwanzig‹. Wissen Sie, wie alt ich bin? Dreißig.«

»Das klingt ja ganz furchtbar.«

Er lächelte und zeigte weiße Zähne. »Die ganze Clique kommt. Das wird doch witzig.«

»Nein, hab ich gesagt.«

»Okay. War nur eine Frage.«

»Was haben Sie damit gemeint, dass ich Ihnen aufgefallen bin?«

»Soll das ein Witz sein?«

»Sie müssen doch etwas damit gemeint haben?«

»Sie wohnen in der Fünf, nicht wahr, und haben ein kleines Kind? Klar sind Sie mir aufgefallen, ich wohne in der Acht.«

»Herrgott.«

»Jetzt nimmt die Sache Form an«, er lächelte und legte ihr die Hand an den Hals, jagte einen kalten Schauer durch ihre Oberschenkel und Waden. »Sie kommen ja doch mit, ich kann es Ihnen ansehen, Sie haben Lust.«

»Herrgott«, sagte sie noch einmal. Und der Schauer ging weiter, bis in ihre Fingerspitzen. Sie versuchte, sich hartzumachen, aber ihr fiel nichts ein, was sie sagen oder tun könnte. Und jetzt, wo er den Schlafsack hatte und wusste, dass der sauber und trocken war, jetzt, wo er den Schlafsack aufgerollt und hier nichts mehr zu suchen hatte, warum ging er nicht?

»Warum gehst du nicht?«, fragte sie.

Er drehte sich um und öffnete die Tür.

»Krank«, sagte er. »Total krank.«

Wie sollte also diese Peinlichkeit in dem schwarzen Buch festgehalten werden, dem Notizbuch mit Uhrzeit und Datum für die eigentlichen Wahrheiten und nicht all den Unsinn, den sie an einem schlechten Tag von sich gab? Sie könnte es ja versuchen mit – ich hab mich blamiert? Oder – ich hätte sagen sollen … Daraus könnte ein alternatives Leben entspringen, ein harmonischeres Dasein, vielleicht sogar zusammen mit diesem wunderbaren Wilden, den sie, wenn die Wahrheit ans Licht müsste, schon seit … Wochen im Auge behielt.

Sie ging ins Hinterzimmer und ließ sich Wasser über die Hände laufen und beschloss, ein kleines Minus müsse reichen, das im Grunde diesem ersten Gespräch durchaus angemessen wäre, ein Minuszeichen und fünf nach zwei, wie sie mit einem Blick auf die Uhr überprüfte.

Sie setzte sich an den Kaffeetisch und notierte, blieb sitzen und starrte vor sich hin, während sie feststellte, dass sie schon lange nichts *wirklich* mehr zu tun gehabt hatte, ein Leben, etwas Spannendes, nicht nur diese einschläfernden Etappen im Alltag, an die sie sich klammerte wie an ein Rettungsboot.

Ein Mann?

Der Stift hing wie ein schwarzer Schnabel über dem weißen Blatt. Sie spürte seine Hand an ihrem Hals und machte einen halbherzigen Versuch zu denken, er sei nichts für sie – aber dann kam nur sein fragendes Lächeln zurück, diese schönen Augen, die es genossen, sie zu liebkosen, das war unverkennbar, es war zum Verrücktwerden, sie schrieb »Mein Fehler. Einwandfrei.«

Am nächsten Abend saß sie in der Wohnung ihrer Freundin Anne-Berit, die zwei Stock unter ihr wohnte und eine Tochter im Alter ihrer Greta hatte. Sie sahen fern, während die Mädchen im Badezimmer spielten.

»Ist er nicht ein bisschen jung?«, fragte Anne-Berit.

»Doch. Und eigentlich habe ich jetzt keine Lust auf einen Mann.«

»Du bist nicht geil, meinst du?«

»Nicht besonders.«

Sie saßen nebeneinander auf einem engen Designersofa und bewunderten den Hauptdarsteller in einer Seifenoper, einen Mann von Ende dreißig mit blendendem Lächeln, offenem Kragen und totaler Kontrolle.

»Hast du wirklich keine Lust auf den da?«

»Der hat Botox im Kinn, Anne-Berit.«

»Echt?«

»Schau doch hin!«

Anne-Berit beugte sich vor und Marianne dachte, sie habe keine Freundin, um sich jemandem anvertrauen zu können, sondern, um sich dem Leben auszusetzen. Anne-Berit war das Leben, so, wie es offenbar von einer Alleinerziehenden von ungefähr dreißig gelebt wurde, von einer Frau mit erträglicher Finanzlage und einem beneidenswerten Appetit auf hektische Beziehungen.

»Worauf fährst du denn ab?«

»Auf Reisen.«

»Du verreist doch nie.«

»Ich hab Angst vor dem Fliegen.«

»Und alle Reiseberichte, die du liest, du weißt ja mehr über die Welt als ich, und ich arbeite in der Branche.«

Marianne legte den Kopf in den Nacken und wäre wieder gern geheimnisvoller gewesen, rätselhaft, und sie rief den Mädchen zu, sie sollten anfangen, das Wasser im Badezimmer aufzuwischen.

»Vielleicht der Sonnenuntergang über Marrakesch. Oder der Duft von Heu, Pferde. Und ich fahr so gern Auto.«

»Der Duft von Heu?«

»Na gut, dann eben von Pferden.«

»Und was ist so toll am Autofahren?«

»Dass ich mich traue.«

Der Alltag konnte ein Gewirr von unbezwinglichen Aufgaben sein, Minuszeichen. Sogar beim Friseur zu sitzen und zum Besseren verwandelt zu werden, gar nicht zu reden vom Autofahren, eine Aufgabe, die sie unter dem Vorwand vor sich hergeschoben hatte, dass sie es sich nicht leisten könnte. Dann hatte sie Geld *gewonnen* und war mit einer Nachbarin ins Gespräch gekommen – einem Menschen, den sie sich für eine besonders große Versagerin zu halten erlaubte – und die hatte mit funkelnden Augen erzählt, sie nehme Fahrstunden, wie schön es doch sei, hinter einem Lenkrad zu sitzen und auf Knöpfe und Pedale zu drücken. Und Marianne sei doch allein mit einem Kind, das gebracht und geholt werden musste, und was sei mit Einkäufen, Ausflügen …?

Am nächsten Tag rief sie in einer Fahrschule an, verbrachte sechs Wochen am Rande des Zusammenbruchs und stand ihre erste Stunde durch. Es ging nicht. Obwohl sie jeden Tag beschloss auszusteigen, trat sie nach einundsechzig Stunden an und bestand. Mit Glanz.

Zwei Tage darauf investierte sie ihr restliches Geld in einen vielbenutzten Volvo, setzte sich hinters Lenkrad, drehte den Zündschlüssel um und fuhr viel zu langsam und mit erloschenen Scheinwerfern nach Hause, hielt auf dem ihr angewiesenen und bisher unbenutzten Platz vor Block Nr. 5, und blieb sitzen und weinte, wie eine Art Prämie für sie selbst, ehe sie im Rückwärtsgang wieder hinaussetzte, drehte und einrückte, und sitzenblieb und die Scheibenwischer ansah, die sich über die trockene Windschutzscheibe hin und her schleppten.

Ein klares Plus.

An den hellen Frühlingsabenden fuhr sie weiter nach oben ins Tal, wo sie in ihrer Kindheit eine einigermaßen glückliche Zeit verbracht hatte, durch üppige Landschaft, mit voll aufgedrehter Musik und noch einem Gefühl von allem, was sie schaffte, wenn sie nur wollte.

Sie fuhr die wenigen Meter zum Laden, zum Kindergarten, sie fuhr hinunter in die Stadt, beherrschte die Verkehrsknotenpunkte, die Parkhäuser und Kreisverkehre, eine ängstliche und fähige Fahrerin, ohne einen einzigen Unfall.

Anders als Anne-Berit, für die Autofahren ungefähr so spektakulär war wie durch die Straßen zu schlendern, die dauernd Unfälle baute und Versicherungsformulare ausfüllen musste, während sie hemmungslos mit dem Fahrer des anderen Wagens flirtete; sie konnte sich drei Stunden lang die Nägel lackieren, immer wieder dieselbe Platte hören und arbeitete im Reisebüro, weil sie so gern mit fremden Menschen telefonierte; sie behauptete, lange träge Ficks zu lieben, und die Trägheit schien das Wichtigste zu sein, eine mutige moderne Frau, die es seltsamerweise noch dazu schaffte, ihre Rechnungen zu bezahlen.

»Hier hat übrigens ein Typ nach dir gefragt«, sagte Anne-Berit einige Tage später.

»Hier, bei dir?«

»Ja, sicher dieser Knabe aus der MC-Bande.«

»Okay, und was hat er gesagt?«

Sie sahen einander an und Marianne musste zugeben, dass sie an den vergangenen Tagen an nichts anderes gedacht hatte: seinen blauen Blick, der sie voll im Gleichgewichtsnerv traf.

»Ganz ruhig bleiben«, sagte Anne-Berit. »Der kommt nicht zurück. Ich habe gesagt, dass du zu alt bist.«

»Das hast du doch nicht?«

»Und dann habe ich hinzugefügt, dass du Männer nicht magst.«

»Sehr komisch.«

Wenn sie fünfzehn gewesen wäre, hätte sie es Schwärmerei

nennen können, jetzt wirkte es wie etwas, von dem sie geheilt werden musste.

»Hier läuft nichts«, sagte sie tapfer. »Und es wird auch nie irgendwas laufen.«

Es war dunkel in der Wohnung, eine private Dunkelheit im Schutz der Regale mit den alphabetisch geordneten Büchern. Notizbücher in kleinen Schubladen in der Kommode, die sie von ihrer Mutter geerbt hatte, und über allem eine längliche Karte des Baikalsees, die von ihrem Vater stammte und die sie schon als Kind über ihr Bett gehängt hatte. Greta schlief im Kinderzimmer nebenan, mit grüner Filzdecke, gelben Wänden, blauer Decke – wie ein Sommertag in der Ukraine, wo die Molefunken lebten und mit der Sense ewige Kornfelder mähten, die ganz Europa mit Brot versorgen könnten. Sie hielt wieder den Stift in der Hand, eine nüchterne Liste der Aufgaben für den nächsten Tag, als wäre es nicht möglich, in die Bank zu gehen oder Salat und Saft zu kaufen, ohne das vorher aufgeschrieben zu haben. Und ein Paar schwarze Lederstiefel mit Reißverschluss. Es war auch an der Zeit zu bestätigen, dass etwas Wirkliches passierte, oder es zuzugeben, den Gedanken zu wagen, dass es sogar gut werden könnte.

Trotzdem kritzelte sie ein Minus – durch Schaden klug, hier zu sitzen und etwas auszubrüten, das gut werden könnte, he? Marianne legte sich hin und las über die Burjaten, das achte asiatische Naturvolk, von dem sie keine Ahnung gehabt hatte, bis sie dieses Buch geöffnet hatte – ein Reitervolk, das von der Seehundjagd im Baikalsee lebte, das Besetzungen und Überfälle von drei oder vier Glaubensrichtungen und ebenso viele politische Regimes erlebt hatte und das trotzdem vor niemandem auf die Knie gefallen war, das Sprache, Glaube oder Lebensstil nicht geändert hatte. Die Burjaten waren ein Volk, mit dem man rechnen sollte. Ein Reitervolk. Herren im eigenen Land, ohne dass die Behörden das bemerkten. Während sich hinter den Jalousien ein neuer Tag aufbaute. Marianne liebte den Schlaf. Und vor allem die kurzen Stunden, ehe sie darin versank. Eine persönliche Zeit, wenn sie keine andere zu sein brauchte, wenn sie überhaupt niemand zu sein brauchte. Und jetzt war das besser denn je.

3

Draußen vor Hans Larsens Fenster wurden die ganze Nacht lang immer neue Pfähle in den Boden gerammt. Er glaubte, Stimmen zu hören, und musste hinaus auf den Gang – zwei Mal. Da war niemand. Als das Personal zur Arbeit erschien, war er angezogen, stand am Fenster und sah, wie langsam graues Licht in den Hafen glitt. Die Pfahlramme machte eine Pause und die Stadt hielt den Atem an. Hans Larsen schaute auf die Uhr.

Er sah sich seine Habseligkeiten an, um sich zu versichern, dass die noch immer da waren – im Hellen. Er ging mit kurzen Schritten auf den Gang hinaus und schloss hinter sich ab, jetzt ohne über das Schloss oder die Teppichbodenstille nachzudenken, die ihn zum Fahrstuhl begleitete. Unterwegs begegnete ihm ein lächelndes Zimmermädchen. Larsen erwiderte das Lächeln. Noch immer, ohne sich zu wundern. Er aß im Speisesaal Spiegelei und Speck und trank Kaffee und ein Glas Milch und staunte darüber, dass alles so schmeckte, wie es sollte. Ein Mann kam herein, sah ihn an und ging wieder hinaus. Larsen dachte nicht darüber nach. Er ging hinaus in die Rezeption, bezahlte für zwei weitere Nächte, hängte sich den Mantel über die Schultern und verließ das Hotel.

Er kannte sich in den Straßen jetzt so langsam aus, und steuerte den Hafen an. Arbeitsleute auf dem Weg zur Schicht, ein verspäteter Zeitungsbote, ein uniformierter Polizist in gedämpftem Gespräch mit zwei Junkies. Er ging vorbei an der alten Englandkaianlage und weiter zu der Mole, die wie eine vergessene Jahreszahl im Nebel zwischen dem Alten und dem Neuen lag, in einer öden Wüste aus Stahlcontainern. Hans Larsen nickte einem riesigen Tor wie einem alten Bekannten zu und kroch durch ein Loch im Stacheldrahtzaun.

Es war halb acht am Dienstagmorgen und der Inhaber von Salonens Spedisjon Ltd. saß allein in seinem grüngestrichenen Verschlag und überflog die Löschpapiere des Tages. Eine Tasse Kaffee neben ihm auf dem Tisch, eine Schale voll Würfelzucker, Zigaretten und ein Aschenbecher, der leer war, da der Finne ihn jeden Abend auskippte und es noch nicht geschafft hatte, die erste dieses Tages anzuzünden. Das tat er jetzt, erstickte ein Husten und musterte Hans Larsen über den Brillenrand.

Seine kleinen Augen weiteten sich und zogen sich wieder zusammen.

»Da ist Kaffee in der Kanne«, sagte er trocken und legte die Warenliste des ersten Anlaufs oben auf den Stapel, blies durch behaarte Nasenlöcher schweren Rauch aus, klopfte mit dem zerknüllten Zigarettenpäckchen auf seine Handfläche, bot es an. Hans Larsen schüttelte den Kopf, nahm eine henkellose Tasse aus dem Schrank über dem Telefon, füllte sie und setzte sich.

»Ja, ja«, sagte der Finne. »Du brauchst wahrscheinlich etwas zu tun?«

Larsen nickte, der Tag hatte kaum angefangen, aber mit seinen Beinen stimmte etwas nicht. Er hätte sie gern auf einen Hocker gelegt, entdeckte unter dem Schreibtisch eine Apfelsinenkiste, bugsierte sie hervor und legte die Beine auf den Deckel. Salonen streifte die Asche ab und sagte, es werde sich schon machen lassen, Larsen mit Beschäftigung zu versorgen, der Kai müsse repariert werden.

Larsen trank langsam und gewöhnte sich daran, wieder hier zu sein. »Lange Tage?«, fragte Salonen.

»So war das.«

»So ist es wohl.«

»So ist es.«

Regen auf dem Blechdach, so weit oben in der Leere, dass das Lager noch größer wurde. Larsen fühlte sich unwohl, durch die ganze Atmosphäre aus Holz und Pappkästen auf kurzer Durchreise durch einen engen Verschlag mit zwei bewegungslosen Männern, jeder mit einer Tasse Kaffee und einer einzigen Zigarette.

Für einen Moment dachte er, es sei so still, dass niemand ihn sehe, nicht einmal der alte Finne, der ihm ins Gesicht starrte, mit dem vertrauten Blick voller Tannenwald und vergessener Kriege. Hans Larsen wusste nicht, warum er das dachte, er war nur ganz sicher, das schon früher gedacht zu haben, über dieses Lager und die beiden, die sich dort befanden.

»Der Laden läuft gut«, sagte Salonen. »Ja, ungefähr wie damals. Um fünf gehen wir nach Hause. Und auf die Jugend ist kein Verlass mehr, das ist der einzige Unterschied.«

Er füllte die Nasenlöcher mit noch mehr Rauch. »War es übrigens nie.«

Larsen nickte.

Er wusste, wenn er das Büro verließe und fünfzig Meter weiter zwischen Palettenreihen vier und fünf ginge, würde er eine grüne Tür finden, und dahinter einen Verschlag mit sieben Gabelstaplern und vier Sackkarren. Er würde Eisenbänder und Schlösser und Zangen und Feilen finden, um Kästen und Paletten zusammenzuhalten. Drei Hämmer, jeder mit einem abgenutzten Holzgriff, blanke Nägel mit kleinen Rostflecken in bleichen, aufgerissenen Kartons, alles, was in Salonens regelmäßigen Arbeitstagen benutzt wurde, das ordentlich wieder hingelegt wurde, wie das Inventar eines Uhrwerks, wenn es fünf schlug, genau fünf. Falls keine Überstunden gemacht wurden, was ja vorkam. Aber das Werkzeug machte um fünf dennoch eine Pause, kehrte zurück an den Ausgangspunkt im grünen Verschlag, um sich zu sammeln, ehe die nächste Schicht es wieder herausriss. Hinter dem Vorhang unter dem Sicherungskasten stand eine Obstkiste mit den Resten des hauseigenen Alkoholkonsums, Leergut, das in einen Sack gesteckt und in den Alkoholladen gebracht oder ganz einfach in den Hafen geworfen wurde. Salonen kümmerte sich nicht darum, was in den Überstunden vor sich ging, in der Dunkelheit, er habe davon gehört, sagte er, wenn jemand auf die Idee kam, dieses Thema zur Sprache zu bringen, aber so lange die Fracht zum Kai und unter Dach kam, so lange Maschinenteile, Schweizer Schokolade und Wurstgewürze geliefert wurden und Papier und Stempel erhielten und Gabelstapler und Sackkarren um fünf ihre wohlverdiente Ruhe bekamen, konnten die Leute machen, was sie wollten, und das machten sie.

»Lebt Kalle noch?«, fragte Larsen.

»Nein«, sagte der Finne.

»Frank?«

»Ja, der ist hier. Der zählt.«

Larsen sah, dass der Finne jetzt eine Art Lächeln auf den Lippen hatte.

»Kann Frank zählen?«, fragte er.

»Er kann jedenfalls nicht heben. Eine Schachtel, zum Beispiel.«

Salonen zeigte mit zwei stumpfen Fingern, wie klein ungefähr die Schachtel sein müsste, damit Frank sie hochheben könnte.

»Und du hast Vertrauen zu ihm?«

»Ja, davon gehe ich aus.«

»Du zählst nie nach?«

»Das hab ich immer gemacht.«

Larsen merkte, dass auch er sich an einem Lächeln versuchte. Es fiel ihm schwer.

Der Finne hielt ihm die Tasse hin. Der Frischeingestellte füllte sie. Es roch nach Tabak, Maschinenöl und Lösungsmitteln, der süßliche Geruch von Margarine auf imprägnierten Brotbrettchen und Tischkanten, die niemals gewaschen wurden, nur abgewischt, mit einem Lappen, der unter dem Hahn über dem Waschbecken ausgewrungen wurde, dem Kaltwasserhahn. Sogar die Tasse, die Larsen in den Händen hielt, war dieselbe, vielleicht nicht dieselbe, aber sie hätte es sein können, daran konnte es keinen Zweifel geben.

»Ich zeig dir das Loch«, sagte der Finne und erhob sich.

Packte das Schlüsselbund aus dem Eckschrank und gab Larsen ein Zeichen, das Brecheisen mitzunehmen, das notwendig war, um die ramponierten Tore zu öffnen. Sie schoben jeder eine Wand auf rostigen Rollen zur Seite und Larsen merkte, dass es seinen Beinen wieder besser ging, als sich der Nebel, zusammen mit den Resten des Stadtlärms, der durch Wellenschwappen und Möwengeschrei auf der anderen Hafenseite gefiltert wurde, in die Halle wälzte. Ein Auto kam gefahren und verschwand hinter dem Lager. Sie hörten kreischende Bremsen und eine schlagende Tür.

»Die Jungs«, sagte der Finne und watschelte weiter.

Es war kalt. Larsen schob die Hände in die Tasche. »Du hast zugenommen«, sagte er zu dem Rücken vor sich.

»Kann sein«, sagte der Finne. »Es ist wohl acht Jahre her?«

»Es sind etwas mehr als zehn.«

»Ja, du kannst dir das wohl merken.«

Salonen drehte sich um und musterte ihn. »Das ist früh?«, fiel ihm dann ein.

»Ja. Zwei Jahre.«

»Deine Tochter weiß, dass du raus bist?«

»Ja.«

»Aber du hast über Karen gehört?«

»Das hab ich gestern erfahren.«

Der Finne sah ihn an.

»Du hast erst *gestern* erfahren, dass deine Frau vor … neun Jahren gestorben ist?«

Larsen nickte.

Der Finne schloss die Augen, öffnete sie wieder und zeigte auf ein Loch und zwei verfaulte Bretter und tiefer darunter die bleifarbene Wasseroberfläche mit den schwimmenden Holzstücken, zerbrochenen Paletten, leeren Flaschen, Papier- und Stofffetzen. Sie lauschten einem feuchten, gurgelnden Echo zwischen muschelbewachsenen Kreosotstämmen und mit Algen überwucherten Felsbrocken, und Larsen dachte an Schwimmbäder mit zu kaltem Wasser.

»Du brauchst wohl auch eine Wohnung?«, fragte Salonen.

»Ja«, sagte Larsen.

»Du haust also nicht wieder ab?«

»Vermutlich nicht.«

»Ich habe gern zuverlässige Leute«, sagte der Finne. »Und du kommst und gehst, wie du willst.«

»So ist es«, sagte Larsen und hätte wohl auch eine vage Handbewegung gemacht, wenn er die Hände nicht in der Tasche gehabt hätte.

»Und wie willst du das Geld haben?«

»Auf die Hand.«

»Kein Konto und Steuern und der ganze Kram?«

»Nein. Und am liebsten jeden Abend.«

»Wir sagen jede Woche«, sagte der Finne. »Donnerstag um fünf.«

Er schob mit dem Fuß Späne in das Loch, zog ein Messer hervor, ging mit einem Stöhnen in die Knie und bohrte das Messer in das faulige Holz. »Die kannst du auch auswechseln. Alle fünf, bis zu der Übergangsstelle da.«

»Ja«, sagte Larsen.

Noch ein Wagen kam durch das Tor und verschwand hinter dem Lagerhaus.

»Die Ärsche lernen die Uhr einfach nicht«, sagte Salonen und erhob sich mit demselben Stöhnen, wie um es sich wieder in den Leib zu stopfen.

Larsen dachte an die Steuermannsschule und die Jahre auf See, Gewerkschaftsarbeit, Zoff, schwarze Listen. Er dachte an die Baubranche an Land und danach den Hafen und Salonen, weil er doch nicht ohne die Schiffe sein konnte, jedenfalls nicht, ohne sie zu sehen.

»Ich bin nicht der ganz große Seemann geworden«, sagte er.

»Nein, du bist eingefahren«, sagte der Finne. Und Larsen lachte, als sei ihm eine gute Erinnerung gekommen, die ihn nicht loslassen wollte, sondern zu einer weiteren führte, die ebenfalls gut war. Aber dann fiel ihm das Gesicht seines Vaters ein – ein Mann, der mit dem Vorschlaghammer auf dem Spantenboden von Akers Mek stand und stocktaub war, der zu Abend aß und schlief und sich nur aus dem Schlaf riss, wenn Larsen junior zusammengestaucht werden musste.

Larsen war einer von denen, die fast ohne Vorwarnung erwachsen geworden waren, er war zur See gefahren und hatte einige Jahre auf Linienfahrt verbracht. Aber das Gefühl, eingesperrt zu sein, wurde auf dem weiten Meer nicht anders, und auch nicht das Gefühl, dass ihm etwas Wesentliches fehlte, sowie der wachsende Verdacht, dass er es niemals finden würde.

Er dachte an den Tag, an dem in ihm die Gerechtigkeit endgültig gestorben war: Er saß im Kran, während streikende Schauerleute zum Reederbüro marschierten, mit meterlangen Roheisenstücken in den Fäusten. Im Hafenbecken davor drehte die Englandfähre. Die Englandfähre drehte immer an derselben Stelle. Larsen sah sie seit sechs Jahren jeden Tag. Er sah nicht die Bande von Streikbrechern, die zwanzig Meter unter ihm am Hafenrand krankenhausreif geschlagen wurden. Er bewunderte die Englandfähre. Die ihre krumme Wendung machte, um den Bug nach Süden zu richten, und die ihm auf komplizierte Weise erzählte, dass er sich nicht für Löhne und Urlaubsregelungen engagierte, weil er glaubte, recht zu haben, sondern, weil er wusste, dass er unrecht hatte. Das erzählte ihm die Englandfähre, als sie drehte und als er saß.

Danach hatte er einige Jahre in der Pornobranche gearbeitet, Import und Verkauf, ohne dass es ihm etwas ausgemacht hätte. Er hatte Würstchen in einem Kiosk an einem Badestrand verkauft, er hatte auf einem Trainingsgelände Pferde im Kreis geführt; er war einer von denen gewesen, die mit einem Kasten Bier in der Sonne sitzen und nicht auf die Beine kommen, Tag um Tag. Nur Letzteres hatte etwas mit ihm gemacht. Hans Larsen war zu der Auffassung gelangt, dass Alkohol schädlich ist.

Das große Blechschild tauchte im Morgennebel auf, darüber ein Streifen blauen Himmels – »Salonen Spedisjon Ltd.« – mit Möwendreck und Taubenkacke und Rostflecken, die aussahen wie ferne Kontinente auf einer verbrannten Karte. Larsen merkte, wie gut es tat, wieder hier zu sein, dass es seinen Beinen besser ging, dass sie gern standen, deshalb wippte er jetzt auf den Ballen auf und ab und hörte erst auf, als es ihm des Guten zu viel wurde.

»Probier den mal an«, sagte Salonen, als sie wieder ins Haus kamen, und warf ihm einen Overall zu.

Der roch nach Propangas und altem Schweiß. In der rechten Tasche fand er eine Pfeife mit Zahnspuren im Mundstück, Kalles Pfeife. Larsen ließ sie durch die Luke im Boden fallen, sie hörten ein Plopp. Der Finne sah ihn an. Larsen gefiel dieser Blick nicht, er war hier, um herauszufinden, ob von ihm noch etwas übrig sei. Jetzt schloss er, dass er an den richtigen Ort gelangt sei.

»Material kriegst du im Holzlager auf dem Kai«, sagte der Finne. »Die Jungs fahren es für dich …«

Hans Larsen hatte angefangen. Er vollendete einen Tag, ging zurück zum Hotel und schlief, ohne Stimmen zu hören. Er tauchte am nächsten Morgen im Hafen auf und vollendete noch einen Tag. Er kaufte einen neuen Overall und aß unter freiem Himmel im Hafen, allein oder zusammen mit Frank, der eine nach der anderen rauchte und lautlos über etwas lachte, das Larsen gesagt hatte, während er kalten Kaffee aus einer Glasflasche trank.

Larsen lauschte passiv den Gesprächen des Alltags und ignorierte das einladende Witzeln der Jungs. Er brachte die neuen Bretter an und schmierte sie mit altem Maschinenöl ein. Er nagelte einige misshandelte Paletten zusammen, setzte zwei neue Türen ein, strich sie grün und versuchte, mit dem Lagerhaus zu verschwimmen. Wenn die Güter angeliefert wurden, lenkte er den kleinen Kran – wenn Frank das nicht machte. Wenn die Waren in Eisenbahnwaggons kamen, rollte er sie auf einem Gabelstapler ins Lagerhaus und notierte Reihe und Höhe auf dem Zettel, für den er verantwortlich war, Hans Larsens Arbeitsleistung, schwarz auf weiß.

Salonen besorgte ihm eine Wohnung.

Hans Larsen kaufte zwei Heizkörper und einen Fernseher, stellte den Fernseher in die Ecke des kleinen Wohnzimmers, schaltete ihn aber nicht ein. Er gab Geld aus für eine Kaffeemaschine und einen Esstisch mit Platz für reichlich viele und kaufte eine Yuccapalme, weil die nicht viel Wasser brauchte. Dann informierte er sich über die Auswahl an Kühlschränken, er nahm einen gebrauchten. Er versuchte, die Garderobe eher in Übereinstimmung mit der Sorte Mann zu bringen, die er gern wäre, er stellte fest, dass er einen etwas höheren Standard als Frank erreichte, ohne dass ihm das besondere Freude gemacht hätte.

Daraus hätte kein Dasein werden müssen, ein halbes hätte gereicht, aber dann regte er sich plötzlich über etwas auf, das ihn nichts anging, er hatte über etwas eine Meinung, er fing an, teilzunehmen und zu diskutieren und düstere Gedanken darüber zu denken, was er nach fünf Uhr machen sollte.

Er fing an, durch die Straßen zu gehen, arbeitete mit dem immer besseren Gefühl in den Beinen, sah sich das Neue genauer an, immer nur ein Stück weiter, es war zu ertragen. Dann ging er auch los, um sich das Alte wieder anzusehen, folgte einem Schäferhund auf einen Hofplatz und über ein Abbruchgrundstück, zwischen Haufen aus Mauerschutt und in ein Treppenhaus, die ächzenden Stufen hoch, bis er vor einer Tür stand mit Bleiglas und zwei krummen Messingschrauben, wo einst das Namensschild gehangen hatte. Er schob sie auf und betrat die Reste einer Wohnung.

Aus dem zerschlagenen Küchenfenster konnte er auf die Maschinen hinunterblicken, die zwischen den Ruinen den Grund umpflügten. Er erkannte die Farbe der Wände. Eine kleine Unebenheit in der Türklinke. Eine dünne Schicht Kalkstaub lag auf den Böden, aber das Parkett war dasselbe. Eine

Lampe mit rosa Schirm und schmutzigweißer Spitzenkante, ein Armsessel ohne Armlehnen, vier Marmeladengläser … Hans Larsen lehnte den Rücken an die Wand und ließ sich langsam in den Staub sinken.

Er wusste ja, er hätte nicht herkommen dürfen.

Er öffnete die Augen wieder und stellte fest, dass jemand ihn ansah, eine Gestalt hinten in der Wohnung, die im Staub saß, wie er selbst, ein Spiegelbild, in Lumpen gekleidet, mit einer blanken Wunde unter dem einen Auge und einem Verband um die linke Hand.

Larsen erhob sich und ging durch zwei Türen.

»Was machst du hier?«, fragte er.

Der Mann blickte zur Seite.

»Was machst du hier?«, wiederholte Larsen.

Nicht ein Kleidungsstück war unversehrt. Der Mann war ungepflegt und abstoßend, roch nach süßem Dreck, seine Zähne waren schwarz, auf dem Boden stand ein Rucksack. Larsen bückte sich, öffnete ihn und fand zwei Marmeladengläser, ein Radio ohne Knöpfe und eine defekte Mischbatterie. Er fragte: »Wie kannst du so leben?«

Die Augen des Mannes leuchteten in der Dunkelheit weiß. Er mochte in Larsens Alter sein, oder jünger. Er konnte auch älter sein.

»Das ist leicht«, sagte er. »Du hinterlässt keine Spuren.«

»Spuren?«

»Ja, ich mache ja nichts, ich arbeite nicht, ich kenne niemanden, ich lösche mich ganz aus …«

Larsens Blick blieb an einem kleinen Deckel an der Wand neben der Tür hängen. Er erhob sich, ging hin und drehte ihn halbwegs um, schob zwei Finger hinter die Kabelreste und fischte eine kleine Glaskugel hervor, wischte den Staub davon, drehte sich um und hielt sie mit zwei Fingern hoch.

»Weißt du, was das hier ist?«

»Ich habe nichts damit zu tun«, sagte der Alte. »Ich nehme nur das, was sonst niemand haben will …«

»Das sind Spuren«, sagte Larsen. »Das wurde vor einer Ewigkeit versteckt, und der, der es versteckt hat, erinnert sich noch immer daran. So ist es mit allem. Es kommt zurück.«

Der Alte lachte unsicher.

»Du hast hier gewohnt?«, fragte er.

»Darin sind kleine Luftblasen«, sagte Larsen. »Die haben damals miese Klicker produziert.«

»Das ist deine Wohnung?«

»Entweder das«, sagte Larsen. »Oder ich bluffe.«

»Ich habe nichts weggenommen«, jammerte der Alte. Larsen ging in die Knie und hielt die Glaskugel zwischen den Fingern, so dass sie einander durch das unregelmäßige Glas ansehen konnten.

»Du bist doch nicht unsichtbar.«

»Dann lass mich doch gehen.«

»Das geht nicht.«

»Warum nicht?«

»Ich halte dich fest.«

»Warum?«, fragte der Alte durch eine berstende Speichelblase.

»Das weiß ich nicht«, sagte Larsen. »Ich tu es einfach.«

»Was tust du?«

»Ich halte dich fest.«

»Ich weiß nicht, wovon du redest, lass mich in Ruhe.«

»Dann beantworte mir diese eine Frage, verdammt noch mal«, sagte Larsen. »Halt ich dich fest oder tu ich das nicht?«

Der Mann warf den Kopf hin und her. Larsen wartete.

»Ja«, kam es resigniert. »Du hältst mich fest.«

»Genau«, sagte Larsen. »Und jetzt lasse ich dich los.«

Er richtete sich auf, steckte die Glaskugel in die Tasche und stellte sich ans Fenster, schaute hinaus auf den Bagger und den Schäferhund, der mit nach vorn gekippten Ohren daneben saß und die gewaltigen vor Mauerschutt und Bretterstücken nur so strotzenden Eisenklauen anstarrte. Ich kann sein, wer ich will, dachte Hans Larsen. Ich kann absolut jeder sein. Aber hierher hätte ich niemals kommen dürfen.

4

Marianne sah durch das Spiegelglasfenster einen Hund, danach eine gekrümmte, heruntergekommene Gestalt, die stehen blieb und zögernd nach der Tür griff, wie in der Hoffnung, sie sei verschlossen. Dann schob er die Tür auf, kam mit einem Rücksack und zwei zerfetzten Plastiktüten herein und blieb wortlos stehen.

»Was ist los?«, rief Marianne und registrierte die verbundene Hand und die Wunde unter dem Auge. Der Mann schüttelte ungeduldig die Tüten, und ihr ging auf, dass es einer der Obdachlosen aus den Hütten im Wald oberhalb des Neubaugebietes sein musste, der ungefähr einmal pro Monat mit seinen Lumpen kam, da Ragnhild sie aus purer Wohltätigkeit gratis wusch.

Er sah mit teilnahmslosem Blick zu, während sie mit einem Besenstiel in den stinkenden Fetzen wühlte, Kieselsteine, leere Flaschen, Holzstücke herausholte. Sie fand auch einen Fünfziger, steckte ihn in seine Brusttasche und stopfte die Kleider in die älteste Maschine.

»Möchten Sie warten?«, fragte sie und entdeckte in diesem Moment einen Schlafsacküberzug, der zwischen die Trockner gefallen war.

Er sagte Ja.

»Dann setzen Sie sich dahin«, sagte sie und zeigte auf den Stuhl neben der Tür.

Trond Pedersen stand mit blauem Filzstift auf einem blassen, verwaschenen Namensschildchen, mehrmals übereinander geschrieben, dazu eine Adresse, aber keine Telefonnummer.

»Wohnen Sie in der Hütte oben am Hang?«, fragte sie im Plauderton den Alten, der sich jetzt gesetzt und zu einer Illustrierten gegriffen hatte.

»Ja.«

»Dann gehen Sie an Nummer 8 vorbei, könnten Sie das hier für mich abgeben?«

Sie reichte ihm den Überzug, bereute das aber, als die groben Hände sich um den frischgewaschenen Stoff schlossen, Trond Pedersens Schlafsacküberzug in den Klauen dieses Monstrums, das nun da saß und ihn befühlte, als sei er hier zum Opfer eines günstigen Angebotes geworden.

»Das gehört mir nicht.«

»Ich weiß, dass Ihnen das nicht gehört. Aber könnten Sie es für mich abgeben?«

Er sah sich den Überzug noch genauer an.

»Das gehört mir nicht.«

Er öffnete die Illustrierte und konzentrierte sich auf eine Königsfamilie, während Marianne sich in die Lippe biss und ins Hinterzimmer ging und den Überzug ins Licht hielt, um nach Spuren zu suchen, sie schnupperte daran und steckte ihn zusammen mit Schminke und Notizbuch in die Tasche – hier gab es weder plus noch minus. Sie zog ihn wieder hervor und legte ihn hinten auf den Stuhl, wo sie ihn vielleicht vergessen könnte.

Sie faltete Wäsche zusammen und stapelte sie aufeinander, schrieb drei Rechnungen, addierte die Einnahmen des Tages und trank einen Schluck kalten Kaffee, ehe sie wieder hinausging und die Uhr an der Maschine überprüfte, die sich mit den Lumpen des Obdachlosen abmühte.

»Ist das Ihr Hund?«, fragte sie und nickte aus dem Fenster zu dem Schäferhund hinüber, der dort saß und sie anstarrte.

»Nein.«

»Ich hatte auch mal so einen Hund.«

»Er ist mir gefolgt.«

»Ich hatte auch einmal ein Pferd.«

»Mm.«

»Trinken Sie Brennspiritus?«

»Ja.«

»Da wird irgendein Dreckszeug beigefügt, wissen Sie das, davon können Sie sterben?«

Er schien ihr zuzustimmen. Die Wunde unter dem Auge sah aus wie ein Schmuckstück oder ein natürliches Organ. Aber noch etwas anderes machte Marianne nervös und könnte auch diesen hier in einen schlechten Tag verwandeln – wie er ihrem Blick auswich? Sie beugte die Finger hin und her und die Gelenke knackten.

»Tun Sie das nicht«, sagte er und schaute weiter in seine Zeitschrift.

»Was denn?«

»Das klingt scheußlich.«

Sie sah ihre Hände an und atmete auf, damit hatte sie aufgehört, wie sie mit Nägelkauen aufgehört hatte. Sie setzte sich neben ihn und zog eine Packung Zigaretten hervor, bot ihm eine an und öffnete die Tür. Sie hatte auch mit Rauchen aufgehört, hatte aber wieder angefangen, weil es zu nichts führte, und Trond Pedersen, das war ja nun ein überaus häufiger Name, sogar hier.

»Hänseln die Kinder Sie?«, fragte sie und dachte, es sei gut, dass sie ihn gesehen hatte, es gab doch Gerüchte, eine Bande von Trinkern oben im Wald und eine ganze Wohnsiedlung voller Kinder.

»Nein«, sagte er.
»Wie heißen Sie?«
»Ich werde der Magnat genannt.«
»Ganz schön großartiger Name.«
»Ich bin neu hier.«
»Was hat das damit zu tun?«
»Wollt ich nur gesagt haben.«
»Die haben doch mal eure Hütte abgefackelt?«
»Davon habe ich gehört.«
»Aber Sie wollen trotzdem da wohnen?«
»Ja, es ist scheußlich.«
Sie schnippte Asche in eine Seifenschale und hielt sie ihm hin, seine Finger zitterten.
Marianne erhob sich und klopfte auf die Maschine, um die letzten Seifenreste zu lösen, zog sich ins Hinterzimmer zurück und spülte sich den Mund aus, ging wieder hinaus und erzählte, wie lange sie schon dort wohnte, zusammen mit ihrer Tochter, die sie bald aus dem Kindergarten holen müsste. Sie erzählte von den beiden Freundinnen, Greta und Nina, die sich unbedingt gleich anziehen und Zwillinge sein wollten, während sie noch immer nicht begriff, was sie hier machte, als sei sie der defensive Teil in einem Verhör ohne Fragen.
»Wie kommen Sie nach Hause?«, fragte sie.
»Ich gehe.«
»Ich kann Sie mitnehmen, dann können Sie für mich etwas abgeben?«
Er gab keine Antwort.

Marianne erinnert sich daran, wie Trond Pedersen ihr zum ersten Mal aufgefallen war – er kam ihr in viel zu hohem Tempo auf dem Motorrad entgegen: schwarzer Lederanzug, Handschuhe, hohe mit Nieten besetzte Stiefel und das Gesicht versteckt hinter einem Visier, das in einen japanischen Krieg gehört hätte. Sie heulte, er riss den Helm ab und zeigte sein jungenhaftes Grinsen – zum ersten Mal.

Und das zweite Mal: Sie hatte die Brieftasche in der Wäscherei vergessen und stand wie eine Schwarzfahrerin an der Sperre der U-Bahn-Station, die Schamröte auf ihren Wangen, als er sie von der anderen Seite der Halle her erblickte, er kam mit diesem Grinsen auf sie zu, ließ einige Münzen in den Automaten fallen und sagte:

»Willkommen.«

Zwei Begegnungen, die nichts bedeuteten, weder für sich noch zusammen, aber die wieder in ihren Gedanken auftauchten, und sie setzte sich in den Kopf, dass auch *das* etwas mit dem Alten zu tun habe, wollte ihn sogar fragen, wurde aber durch das Klingeln der Waschmaschine daran gehindert. Der Magnat erhob sich majestätisch.

»Die müssen noch getrocknet werden«, sagte sie und stopfte die Lumpen in einen Trockner und machte sich ans Aufräumen. Die klägliche Garderobe war ungefähr fertig, als Ragnhild zur Tür hereinkam, Ragnhild mit den schwarzgesprayten Haaren und dem konstanten Lächeln auf den viel zu roten Lippen. Marianne umarmte sie rasch, riss sich den Kittel herunter, packte den Sack und die Tüten des Magnaten, ging hinaus und stopfte alles in den Kofferraum des Volvo.

Er sah ihr aus großen Augen zu.

»Sie brauchen keine Angst zu haben«, sagte sie durch das Fenster. »Also, kommen Sie.«

Er seufzte in tiefer Verwirrung und stieg widerwillig ein. Sie schaltete, fuhr durch die kurvenreichen Straßen zum Block Nr. 8 hoch und legte ihm den Schlafsacküberzug auf den Schoß.

»Liefern Sie das für mich ab.«

Sie erklärte, wo und wem. Der Magnat blickte sie fragend an. Dieses Gefühl, beobachtet zu werden, entlarvt, von jemandem, den sie erkennen müsste – kannte sie ihn? Sie fragte:

»Sind wir uns schon einmal begegnet?«

»Nein«, sagte er und starrte trotzig aus dem Fenster.

Sie stieg aus und öffnete ihm die Tür, reichte ihm die Kleider in einem Versuch, ihn sich genauer anzusehen. Er schlug die Augen nieder.

»Danke.«

Marianne sah, wie er den Hang hoch schwankte und hinter dem obersten Block verschwand. Sie sah das Auto an, dann Block Nr. 8, und ging zum Eingang, die Treppen hoch, und drückte auf den Klingelknopf unter dem Schild mit Namen Pedersen. Eine Frau von Mitte vierzig öffnete, sie trug einen verwaschenen Morgenrock mit bleichen Maiglöckchen, als wollte sie unbedingt älter wirken, als sie war. Marianne hielt ihr den Schlafsacküberzug hin.

»Ist Ihr Sohn zu Hause?«

Die Frau rief irgendetwas in die Wohnung.

»Du hast das hier vergessen«, sagte sie, als er kam, und reichte ihm den Überzug. Er lächelte überrascht und machte der Frau ein Zeichen, in die Wohnung zu gehen.

»Spitze. Den wollte ich ja vergessen. Schau her, mein Name, clever, was?«

»Sehr.«

»Jetzt weißt du immerhin, wie ich heiße.«

»Hättest du das nicht einfach sagen können?«

»Dann wärst du jetzt nicht hier.«

Er hielt ihr die Hand hin, sie nahm sie und er ließ nicht los.

»Marianne.«

Ihr gelang sogar ein Knicks.

»Ich wusste, dass du den Wink verstehen würdest.«

Sie verdrehte die Augen.

»Herrgott. Bis dann.«

Ihr Blick fiel auf die beiden Hände. Sie riss sich los und sagte:

»Ich möchte dir etwas zeigen.«

»Okay?«

»Ja, jetzt sofort.«

Sie lief die Treppen hinunter und hinaus auf die Straße, setzte sich hinters Lenkrad und sah im Spiegel, wie er auf das Motorrad sprang – ohne Helm – und ihr durch die Wohnsiedlung folgte, zum Kindergarten, wo er neben sie glitt.

»Wohin fahren wir?«

»Warte nur ab.«

Sie ging hinein und holte Greta, setzte sie auf den Kindersitz und fuhr hinunter auf die Schnellstraße, noch immer mit dem Motorrad im Rückspiegel. Seine flatternden Haare wie eine weiche Fahne hinter dem vielen rasenden Metall. Er war vor ihr, rechts, hinter ihr, links, ein schwarzer Schutzengel, der spielerisch seinen Weg durch den Stoßverkehr fand, aus der Stadt hinaus und im Tal immer höher. Während Greta summend hinten saß und ihre Puppen umarmte – ihr gefielen diese Ausflüge, die bedeuteten, dass Mama gut gelaunt war und dass es vielleicht etwas Unerwartetes zu essen geben würde.

Marianne fuhr die letzten Meter bis nach oben, stieg aus, machte Greta vom Sitz los und ging mit ihr an der Hand zu den Haselsträuchern auf der kleinen Anhöhe, die auf den Hof blickte.

»Da hab ich einmal gewohnt«, sagte sie, als er sich neben sie fallen ließ, atemlos und mit rotem Gesicht.

»Und was machen *wir* hier?«

»Das weiß ich noch nicht.« Marianne sagte: »Wir hatten Pferde. Mein Vater hat sie trainiert, auf der Bahn dort hinter der Scheune, Traber, ich war die Einzige, die darauf reiten durfte.«

»Warum?«

»Ich war ein Kind.«

»Hä?«

»Traber, die ziehen einen Sulky.«

»Ach so.«

An den Bäumen zeigte sich der nahende Herbst. Er erhob sich und ging um die Anhöhe, kam zurück und setzte sich neben Greta, die Grashalme aus dem Boden zog und ein Bett für ihre Puppen Allis und Ellis machte.

»Und wie heißt du?«, fragte er.

»Nina.«

»Red keinen Unsinn, Greta.«

»Greta.«

»Hallo, Greta.«

»Selber hallo.«

Er reichte ihr die Hand, sie ignorierte sie mit einem schelmischen Lächeln, baute ein Nest und legte die Puppen nebeneinander.

»Kriegen die keine Decke?«

»Doch, sicher.«

»Wer wohnt jetzt da?«, fragte er Marianne.

»Keine Ahnung. Siehst du die Eberesche da unten?«

Sie ging hinter ihm in die Hocke, verflocht die Finger mit seinen langen Haaren. »Da hatten wir eine Hütte. Am Bach daneben haben wir Forellen gefischt oder Elritzen … Die Scheune war das größte Haus der Welt, wir konnten nicht von der einen Seite zur anderen schauen.«

»Wir?«

»Ja … naja, vor allem ich. Hier waren eigentlich nie andere Kinder, aber ich hatte ja Fantasie.«

Er sagte nichts.

»Bei Gewitter haben wir uns zwischen den Felsbrocken am

Bach versteckt. Von da aus sehen die beiden Birken aus wie ein Tor.«

»Du sagst noch immer wir?«

Sie nickte.

»Wie lange hast du hier gewohnt?«

»Ungefähr ein Jahr.«

Ihre Finger wollten seine Haare nicht loslassen. Greta hob den Kopf und lächelte. Sie war heller als die Mutter, hatte weichere Linien um den Mund, wirkte aber sonst wie ihr aus dem Gesicht geschnitten, vor allem, was das Lächeln anging, und Marianne dachte, jetzt wird er fragen, woher sie die blonden Haare hat, aber die Stille um sie herum wuchs nur noch. Und endlich konnte sie seine Haare loslassen.

»Das ist nicht so schlimm«, sagte er.

»Was ist nicht so schlimm?«

Er breitete die Arme aus, wie um die gesamte Umgebung zu umfangen, und beugte sich zu ihr hin.

»Erzähl, was du machst?«, sagte sie und legte die Arme um ihn.

»Ich arbeite nicht. Ich gehe nicht zur Schule. Ich mache, was ich will. Schraube am Motorrad herum.«

»Du wartest doch auf etwas?«

»Das tu ich wohl.«

»Was denn?«

»Hab eigentlich noch nicht einmal mit Warten angefangen.«

»Ach so.«

»Und worauf wartest *du*?«

Sie setzte sich neben ihn und beugte sich vor, so dass die Haare ihr über die Wangen fielen. Er legte sich zurück, stützte sich auf die Ellbogen und schloss die Augen. Sie sah, dass er ein Lächeln plante, beugte sich vor und küsste ihn rasch auf den Mund und sagte:

»Ich hab einmal etwas Schreckliches getan«.

»Das kann ich mir nicht vorstellen.«

»Du kennst mich nicht.«

»Ich kenne dich.«

Das tust du verdammt nochmal nicht, dachte sie plötzlich, als ein Traktor zwischen den Häusern unten auf dem Hof hervorkam und zwei blutige Spuren in den schlammgrünen Feldern hinterließ. Die Stille wurde lauter, ihr schauderte.

»Bewegen wir uns mal?«, fragte er.

»Wir können zum Bach gehen«, sagte sie, stand auf und nahm seine Hand.

»Du magst mich also?«, fragte er.

»Ich mag niemanden.«

Er lachte.

Außerhalb von Gretas Blickfeld zog sie ihn zwischen zwei Felsbrocken, hob ihren Pullover hoch und presste seine Finger auf ihre Haut.

»Das ist schlimm«, sagte sie mit geschlossenen Augen.

»Warum tust du es dann?«

»Irgendwann wird es wohl gut.«

»Du bist komisch.«

»Ich bin herrlich.«

»Ja. Und ich muss dich haben.«

»Nicht jetzt.«

Er holte Luft. »Wie hast du das gemeint, dass du etwas Schreckliches getan hast?«

»Dass ich gestern …«

Sie öffnete die Augen. »… oder heute … wieder angefangen habe, daran zu denken.«

»Meinetwegen?«

»Vielleicht. Kennst du die Obdachlosen in der Hütte oberhalb der Siedlung?«

»Ob ich die kenne?«

»Einen, der Magnat genannt wird?«

»Ein harmloser Trottel, was ist mit dem?«

»Ich weiß nicht.«

Er sah sie an. Marianne blickte in eine andere Richtung. Sie sagte: »Etwas ist es jedenfalls, ich weiß nicht, vielleicht bilde ich mir das ja nur ein.«

»Belästigt er dich?«

»Er sieht mich an. Wenn er glaubt, dass ich das nicht merke.«

»Na gut, ich sehe dich auch an, die ganze Zeit.«

Ein zottiger Schäferhund trottete zwischen den Gebäuden auf dem Hof herum, hob die Schnauze in den kühlen Luftzug, machte den Rücken krumm und steuerte das Tor an, und das Unheimliche verschwand, das Unheimliche in den Augen des Magnaten.

Sie stand auf und ging zurück zu Greta, legte ihr die Hände um den Kopf und drehte ihn in die richtige Richtung:

»Siehst du den Hund?«

»Nein«, sagte Greta mit ihrem schelmischen Lächeln. »Kommt der Mann mit uns nach Hause?«

»Ein andermal vielleicht.«

»Der ist lieb.«

»Ja«, sagte Marianne und überlegte, wie dieser Ausflug in dem schwarzen Buch aussehen würde, ob er dort überhaupt landen würde, als könnten ihre Schreibereien nur Dinge enthalten, die vorüber und begriffen waren, während das hier noch nicht einmal angefangen hatte.

»Wollen wir uns die Häuser nicht genauer ansehen?«, fragte er hinter ihr.

»Das nun wirklich nicht.«

5

Hans Larsen machte Überstunden und saß allein im Büro vor Salonens Zahlenreihen, weil ihm nicht nach einem langen Abend zumute war, zusammen mit einer Yuccapalme und einem Fernseher, den er sowieso nicht einschaltete. Dann hörte er hinten im Lager Geräusche. Es war zehn Uhr und drinnen und draußen dunkel.

Er ging zwischen den Palettenreihen hindurch und entdeckte zwei Männer in Kapuzenjacken, die Pappkartons durch eine Öffnung in der Wand hoben, Computer, die früher an diesem Tag mit der Bahn gekommen waren. Larsen schlich sich näher und sah, dass es sich um zwei von den Jungs handelte, denen Salonen nicht vertraute. Er hockte sich hinter einige Getreidesäcke und kam zu dem Schluss, dass er gar nichts unternehmen werde, dann gelangte er unbemerkt zurück in den Verschlag und blieb in Salonens Sessel sitzen, bis der Einbruch vorüber war. Dann klappte er die Buchführung zusammen, ging hinaus und schloss hinter sich ab.

Als er am nächsten Morgen zur Arbeit kam, hatte Salonen bereits Anzeige erstattet, mehr als vierzig Rechner waren verschwunden und zwei Polizisten durchsuchten gerade den Tatort. Sie stellten dann auch Fragen. Und es gefiel ihnen nicht, dass Larsen am Vorabend im Büro gewesen war, ohne etwas bemerkt zu haben, er war ein Gauner, das glaubten sie ihm anzusehen.

Larsen gab die Antworten, die ihm auf die Schnelle kamen,

ab und zu entsprachen sie zufällig der Wahrheit, ab und zu nicht, und Salonen bestätigte alles.

»Hansen war das nicht«, sagte er. »Für den bürge ich.«

»Hansen?«

»Ja, Hansen.«

Sie schienen nicht der Auffassung zu sein, dass Larsen Hansen heißen könnte. Auch Salonen war für sie ein Gauner, und jetzt kamen sie auf die Idee, dass der Finne den Einbruch vielleicht nicht angezeigt habe, um ihn aufklären zu lassen, sondern, um die Versicherungssumme an sich zu reißen. Salonen sagte, sie sollten doch glauben, was sie wollten, die Drecksäcke.

Die Untersuchung wurde damit nur noch gründlicher, jetzt wollten sie auch Papiere sehen. Salonens Bücher von A bis Z. Und dieser Hansen wurde abermals durch die Mangel gedreht.

»Okay«, sagte Larsen, um der Sache ein Ende zu machen. »Die beiden da waren das.«

Salonen warf ihm einen seltsamen Blick zu. Frank lachte lautlos. Die Polizisten verhörten die jungen Männer, die alles abstritten. Sie nahmen die beiden mit und fanden die Rechner im Keller des einen, kamen zurück und wollten wissen, warum Larsen das nicht gleich gesagt habe.

Larsen sagte, er habe kein Interesse daran, seine eigenen Arbeitskollegen zu verpfeifen.

»Nicht einmal dann, wenn die deinen Kumpel bestehlen?«

Larsen wusste, dass Salonen nie auch nur fünf Öre durch einen Diebstahl verloren hatte.

»Aber es hat dir nichts ausgemacht, sie zu verpfeifen, als der Boden unter deinen Füßen heiß wurde?«

»Nein«, sagte Larsen.

Larsen wollte unsichtbar sein, und jetzt hatte er einen ganzen Tag mit diesem Quatsch vergeudet, und das machte ihn wütend, auch wenn er noch immer als Hansen behandelt wurde, so weit er das beurteilen konnte. Es war einfach viel zu wenig, und kam dazu zu etwas, das in ihm bereits kochte, die alte Wut.

Salonen wollte ihn durch einen freien Tag beruhigen. Larsen wollte keinen freien Tag. Er wollte einen Ort haben, an dem er seine Kräfte lassen könnte, wie wäre es mit ein paar Überstunden?

Die Kollegen versuchten nicht, ihn zu beruhigen, sie konnten Larsen nicht leiden, jetzt weniger denn je. Und die Geschichte lief ihm weiter nach. Der Einzige, der nichts sagte, war Frank, aber der hatte immerhin aufgehört, lautlos zu lachen, und das alles erheischte eine Reaktion von der Art, die Larsen um jeden Preis vermeiden musste.

Dann wurde er von einem Bus überfahren.

Es war ein absurdes Geschehnis, er wollte eine Straße überqueren, und besonders lebhafter Verkehr war auch nicht, aber er focht eine heftige Schlacht mit seinem eigenen Inneren aus und sah plötzlich etwas in einem Schaufenster auf der anderen Straßenseite, in einem Schuhgeschäft, und fühlte sich dazu hingezogen. Der Bus traf ihn mit einem Funkenmeer und danach mit ohrenbetäubender Nacht.

Als Hans Larsen das nächste Mal die Augen öffnete, lugte er durch einen schmalen Spalt zwischen Mullbinden und duftendem Heftpflaster. Er war in Händen von Menschen in weißen Uniformen, die sich aufrichtig um ihn sorgten, er hatte keinen Einfluss mehr, er war entgleist, außer Funktion, endlich, dachte er.

Fast kam es ihm vor, als sei das hier der Ort, wo er sein sollte, und nicht in Salonens Hafenlager, in einem sterilen und nichtssagenden Dasein, von dem er sofort das Gefühl hatte, sich danach gesehnt zu haben, seit er an Tag Nr. 2 am Hotelfenster gestanden und einer Pfahlramme zugehört hatte. Hans Larsen hatte ein Einzelzimmer und fand es schade, dass niemand hinter den vielen Verbänden sein Lächeln sehen konnte. Er hatte es geschafft.

Der Herbst ging in einen vorläufigen Winter über, und es lag Schnee auf den Gesimsen und den schwarzen Ästen vor seinem Fenster. Darauf saßen kleine Vögel. Es kamen Blumen aus dem Hafen, Rosen, mit einem handgeschriebenen und von Salonen und Frank unterzeichneten Zettel. Sie dachten sich nichts dabei, aber Larsen ließ die Rosen ins Wasser stellen und sah sie dunkel werden und verwelken und einer nach der anderen das Genick brechen, als seien sie die Uhren in seinem neuen Leben.

In seinem Morphiumrausch glaubte er, seine Tochter kümmere sich um ihn, wie Töchter das tun sollen, wenn die Väter das Steuer nicht mehr halten können – sie kam mit diesen Blumen.

Es war warm, weiß und sauber, es gab viermal täglich zu essen, nahrhaftes Anstaltsessen, Hans Larsens Essen, das er nun saugen musste.

Ein Radio sang vage über dem Bettende. Er ließ seine Tochter über ihr Leben erzählen und er ärgerte sich, weil seine Hände so zerschunden waren, dass er ihre Haare nicht halten oder ihr bei den Armbändern helfen könnte, die ihr immer wieder auf den Boden fielen. Und da es ihm Probleme machte, mit den vielen Metallstiften im Maul zu reden, wäre es doch ein Vorteil gewesen, wenn sie ihm am Gesicht hätte ablesen können, was er meinte.

Was meinte er?

Larsen hatte die Gewohnheit zu vergessen, wie alt sie war.

Und sie hatte die Gewohnheit, ihn als senilen alten Trottel zu bezeichnen. Sie war jung und sammelte Jahre wie Trophäen, jetzt bin ich zehn, jetzt bin ich elf, zwölf. Sie versuchte nicht, auszulöschen und zu vergessen, sie wollte erwachsen sein und sich erinnern. Während er von seinem schwankenden Gerüst aus hohem Alter zu ihr hinuntermurmelte – eines Tages wirst auch du dich all der Jahre schämen, der Runzeln und der Spuren und der einen oder anderen Torheit, dann wirst auch du anfangen, auszuwischen und abzuziehen, wirst fordern, vergessen zu dürfen …

»Du verstehst mich nicht«, quengelte sie.

»Ich verstehe mehr als du«, meinte Larsen.

»Ich will dein Gesicht sehen«, sagte sie. »Haben die Ärzte dich verändert?«

»Sie haben mir die Nase auf die Stirn gesetzt, den Mund ans linke Ohr.«

»Papa, ich meine das ernst, werde ich dich erkennen?«

»Du erkennst doch meine Stimme.«

»Ja, schon …«

»Und die Hände.«

»Die sind in Verbände gewickelt.«

Er verdrehte die Stimme und brachte sie zum Lächeln, die kleinen Halbmonde in den Mundwinkeln, die sie von ihrer Mutter hatte, das fragende und neckende Lächeln, das der Sinn von allem zwischen Himmel und Erde war.

»Ich hätte dich damals mit nach Kreta nehmen sollen«, sagte er. »Erinnerst du dich an das Labyrinth? Wenn du mitten drin stehst, entdeckst du etwas Seltsames, es hat keine Wände mehr, von innen her kann man alles sehen.«

Larsen wurde in ein Zimmer zusammen zu drei anderen verlegt, einem älteren grauen Herrn, einem Geschäftsmann in der Lebensmitte und einem Zwanzigjährigen, der sich bei einem Autounfall das Bein gebrochen hatte.

Keiner bekam Besuch von einem Segen wie Larsens Tochter. Er stellte sie ihnen vor, damit der Junge von seinem idiotischen Leben erzählen könnte. Damit der Mann von Mitte vierzig sie in Finanzfragen beraten könnte. Während der Alte ihr gar nichts beibringen konnte, aber im Gegenzug konnte er sie als die Tochter betrachten, die er selbst nicht hatte, ein großer Mangel in einem langen und trockenen Leben, röchelte er – er hatte einen Schlag gehabt und war von der Straße abgekommen, sein Gesicht war verzerrt und seine Rede unklar. Aber er konnte ihr wie ein Geistlicher die Hand auf den Kopf legen. Und Larsen nickte zufrieden über diese treffsichere Auswahl an Männern, die das Schicksal vorgenommen hatte.

Bist du wach, Larsen?

Der Schlagpatient bekam jeden Tag Besuch von seiner Frau. Sie brachte Blumen und Pralinen und kleine Wiederholungen aus einer meilenlangen Ehe. Larsen stellte sich vor, dass auch sie an der Tochter teilhatte. Und als sie das erste Geschenk brachte, ließ er es geschehen, sie wirkten ja wohlhabend, sie wollte ihr gern ein goldenes Armband schenken.

»Wissen Sie, wir lieben Kinder, haben aber leider keine eigenen.«

Sie brachte eine Puppe, die sprechen konnte, einen Hund aus weichem ockergelbem Plüsch und alle Kleider, von denen ein anspruchsvolles Mädchen nur träumen konnte. Larsen sah, wie froh seine Tochter das alles annahm, und wollte der

Sache ein Ende setzen. Aber es war eine Herrschaft, die einer Tochter über einen Vater, das natürlichste aller Regime.

»Wir haben leider selbst keine«, wiederholte die Alte.

Was wollten die mit Kindern, überlegte Larsen. Spuren hinterlassen? Das Leben noch einmal leben? Es ewig werden lassen?

»Bist du wach, Arthur«, rief er zum Nachbarbett hinüber – der Mann war Bankmann gewesen und hatte sein Leben lang hinter einem Schreibtisch gesessen, so benahm er sich auch. Und das Morphium ist nicht von Dauer, deshalb können sie mit klarem Kopf über Essen und Wetter reden – wie es aussieht auf der anderen Seite der Fensterscheiben, über Pflege und Routinen, sie können in den blauen Nächten kleine Dummheiten flüstern und nach und nach tagsüber aufsitzen und schließlich auch über Boote reden, Schiffe, auf denen Larsen seinerzeit gefahren ist, und die Modellschiffe, von denen es sich nun zeigt, dass der Bankmann sie in seiner Freizeit gebaut hat, schon als Kind, Spanten und Takelage und Bestückung … Hunderte von Buddelschiffen, erzählte er mit seiner halben Zunge. Und er hatte alle behalten, sogar eins, das er als Junge seiner Mutter geschenkt hatte, bei einer Erbauseinandersetzung hatte er es zurückgeholt. Aber seine Frau wollte nichts davon wissen, deshalb mussten sie auf dem Dachboden stehen, Larsen fand das vielleicht albern?

»Wir haben alle unsere Eigenheiten«, sagte Larsen.

»Ich vergesse niemals etwas. Du vielleicht?«

»Nein«, sagte Larsen und merkte, dass er jetzt aufwachte, endgültig.

Sie saßen aufrecht in ihren Betten und lächelten einander an.

»Meine Frau hält die Schiffe für Symbole.«

»Wofür denn?«

»Für alles, woraus nichts geworden ist, nehme ich an, wofür denn sonst.«

»Ja, ja«, sagte Larsen, der mehr als genug mit dem zu tun hatte, aus dem etwas geworden war, und er fragte sich, ob er jetzt einen Freund bekommen hatte, fast ohne es zu bemerken. Das wäre dann aber der einzige, den er gehabt hätte, seit …

Der Tag hatte jetzt Tag und Nacht und die Uhrzeit hielt sich an die richtige Reihenfolge. Larsen schlief ruhig und traumlos, plauderte mit den Pflegerinnen und der Frau des Alten, die frische Blumen brachte und sie zu gleichen Teilen auf Larsens und auf dem Nachttisch des Ehemannes verteilte. Er aß die Trauben, die sie mitbrachte, denn der Mann konnte Trauben nicht ausstehen, und erklärte – als sie gegangen war – dass es wohl ein ganzes Leben dauert, bis ein Ehepartner begriffen hat, was dem anderen gefällt.

Oder sich damit abfindet, hätte Larsen gern hinzugefügt, aber er begnügte sich mit diesem Beobachtungsposten, den es nur in einem Krankenhaus gibt, wo Wildfremde stumm glotzend Stunde um Stunde nebeneinander sitzen oder sich dem geringsten Kleinkram ergeben können.

»Herrgott, diese durchsichtigen Kittel, die sie hier tragen, wenn man sie im Gegenlicht sieht.«

»Du meinst Martine«, sagte Larsen. »Die Blonde?«

»Ja.«

»Du hast übrigens Rotz am Kragen – da.«

»Himmel. Danke. Und dann dieser Pudding, heute schon wieder.«

»Der erinnert mich an Maschinenöl.«

»Maschinenöl?«

»Mm.«

»Seltsam, ich denke an Asphalt, als Kind war Auspuff mein Lieblingsgeruch.«

»Hast du nicht Asphalt gesagt?«

»Beides, ja, ich habe beide Gerüche geliebt.«

»Und Teer?«

»Boote, ja, nicht wahr – ha, ha.«

»Und Pferde«, sagte Larsen. »Ich hatte Pferde.«

»Zucht?«

»Nein, Training … Traber.«

»Ich habe mich eher für Galopp interessiert.«

»Das kann ich mir vorstellen.«

»Ich habe allerhand verspielt. Oder … naja, wenn ich ehrlich sein soll, dann habe ich wohl rein gar nichts verspielt.«

Auch das kann ich mir vorstellen, dachte Larsen, sagte es aber nicht. Er sagte:

»Das kann ich von mir wohl nicht gerade behaupten.«

»Sicher nicht. Spielst du Karten, Larsen?«

»Nein.«

»Kein Bridge?«

»Nein.«

Pause.

»Woher kommst du, Larsen?«

»Vika.«

»Wirklich?«

»Ja.«

»Weißt du, woher ich komme?«

»Nein.«

»Nein, und es kann ja auch egal sein, eigentlich hat es mir nie Freude gemacht, von dort zu sein …«

»Da sagst du was Wahres«, sagte Larsen. »Hast du eigentlich begriffen, wie diese Hebevorrichtung funktioniert, hier am Bett?«

»Was meinst du?«

»Du kannst den ganzen Scheiß hochklappen. Sieh mal … Hydraulik. Sie wollen nur nicht, das wir das selbst machen.«

»Ach so, ja, das ist clever.«

…

Die Bekanntschaft müsse fortgesetzt werden, meinte der Bankmann, wenn sie erst wieder draußen in der Wirklichkeit wären. Und seine Frau sah das auch so. Sie freute sich so sehr darüber, dass ihr Mann einen vernünftigen Gesprächspartner gefunden habe, wie sie das nannte, nicht zuletzt auch, weil seine Sprache jetzt zurückkehrte, was dem geschundenen Larsen zu verdanken war. Larsen seinerseits meinte, die Verbesserung liege wohl eher daran, dass sie – wie auch er – einfach gelernt habe, das Gestammel zu deuten.

Larsen könne doch zu ihrer Entlastung kommen, wenn er entlassen würde, sagte sie mit einem kleinen Lächeln und legte eine Hand auf seinen Arm und ließ sie dort liegen, auf dem sackartigen blaugestreiften Krankenhaushemd, das Larsen auf beunruhigende Weise wie den aussehen ließ, der er in Wirklichkeit war.

»Doch, schon«, sagte er. Er hatte angefangen, sich auf eine neue Weise für sie zu interessieren, systematisch, für ihre Perlenkette und ihre Ohrringe, für das diskrete Parfüm, für den weichen, mit Flaum bewachsenen Hals, dafür, was sie sagte und nicht sagte, wenn Larsen oder der Ehemann etwas murmelten, sie hieß Agnes, er fasste das als weiteres Zeichen der Besserung auf, die Qualität ihrer Stimme, die war wie plätscherndes Wasser, und bald dachte er an nichts anderes, am Tag und in den Nächten, als an Agnes Almlie.

»Wir haben kein besonderes Leben zusammen«, sagte ihr

Mann. »Aber ich habe wenigstens meine Schiffe. Und jetzt kann ich beide Hände benutzen. Sieh mal.«

Die Sonne knallte voll aufs Fenster und machte seine Finger rot und dünn wie Raubvogelkrallen, wie die eines toten Raubvogels, dachte Larsen und schloss die Augen und sah vor sich den klaren Blick von Agnes Almlie, die perfekte Frisur, die variierte, die aber nicht albern oder übertrieben wirkte, die Schminke, die aussah wie von Leonardo aufgetragen. Ihm waren auch ihre Hüften und Oberschenkel unter den geschmackvollen Kostümen aufgefallen, wenn sie saß und stand und sich im Zimmer bewegte, und ihre Brüste und Schultern, die rund waren. Sie war schlank, wogte aber dennoch auf überzeugende Weise, Larsen hatte so etwas noch nie gesehen, und jetzt sah er nichts anderes, ob seine Augen nun offen waren oder geschlossen.

Seine Zimmergenossen wurden nacheinander entlassen und abgeholt, der Zwanzigjährige am Fenster von einer bleichen, wortkargen Mutter, der Mann vom Sozialamt von einer lärmenden sechsköpfigen Familie, und Agnes Almlie mit der Perlenkette holte ihren Ehemann, der sich mehr freute als die beiden anderen zusammen.

Er und Larsen reichten einander die Hände, der Bankmann fremd und plötzlich aufrecht zwischen zwei Krücken – seltsamerweise viel jünger in der viel zu zivilen Kleidung.

Als sie fort waren, rappelte Larsen sich auf, steuerte mit seinem Gehwagen zum Fenster und war plötzlich nur die Hälfte dessen, was er in diesen Wochen gewesen war. Eine heftige Sehnsucht brach über ihn herein und wurde noch stärker durch den Anblick der beiden unten auf dem Parkplatz, Agnes Almlie, die mit großer Behutsamkeit den Mann auf den Beifahrersitz eines Autos bugsierte und die Tür schloss, ehe sie sich umdrehte und am Gebäude hochschaute, ohne das Fenster finden zu können, hinter dem Larsen stand, so weit er das beurteilen konnte, winkte sie allen zu, nahm Abschied von einem ganzen Krankenhaus.

Larsen winkte zurück.

Am nächsten Tag wurden sein Katheter und der eine Gips entfernt. Hans Larsen bekam Krankengymnastik von einer energischen jungen Blonden in blauer Uniform, die mit ihm auf professionelle und teilnahmslose Weise flirtete, zum Glück, denn Larsen hatte keine Kraft für weitere Gefühle, er war bis an den Rand davon gefüllt.

Ihm wurden zwei neue Zähne in den Schädel gesetzt, und auch der zweite Gips wurde entfernt. Derweil füllte das Zimmer sich mit neuen Männern. Larsen redete ganz normal mit ihnen. Er lag im Bett und sein Zustand besserte sich. Salonen kam mit ausstehendem Lohn, es tue gut, Larsen wieder bei klarem Bewusstsein zu sehen, und lieferte neue Rosen ab, die auf Larsens Nachttisch standen und denen langsam, aber sicher ebenfalls das Genick brach. Hans Larsen lief auf eigenen Beinen durch die Gänge – in blauem Morgenrock mit viel zu eng gebundenem Gürtel, und sah in den Spiegeln, an denen er vorübereilte, aus wie ein Stundenglas; er wechselte freundliche Worte mit Personal, Angehörigen und Patienten und kannte alle, besser als er jemals andere Menschen gekannt hatte. Er konnte mit Menschen umgehen, es stimmte ihn fast melancholisch, bestätigt zu bekommen, dass nur die Einsamkeit einen zum wirklichen Idioten macht. Er hatte sich an dieses Krankenhaus gewöhnt, er war ein Veteran, der sich eingelebt hatte, und jetzt würde er es sehr bald verlassen müssen.

Als der Tag kam, erschien sie persönlich vor dem Kiosk in der Eingangshalle – in Pelz gewandet stand sie da in einer Aura aus Herbst und Winter – und sagte, sie sei gekommen, um ihn zu holen. Ja, Agnes Almlie stand vor Hans Larsen, so sehr, dass er sie zuerst fast nicht wiedererkannte.

»Wir hatten doch eine Verabredung«, sagte sie lächelnd.

Vielleicht war er nur überrumpelt davon, dass sie sich daran erinnerte. »Sie haben doch niemanden«, sagte sie leichthin. Und er hätte gern gewusst, woher sie das wusste.

Es war ein seltsamer Tag. Sogar das Wetter war neu. Solches Wetter war vorher nicht gewesen, so blank und winterlich. Die Wahrheit lag schwer über der Welt. Und Larsen wurde davon zutiefst getroffen, von der tiefstehenden Sonne und den einzelnen Wolken am blauen Himmelszelt, den nackten Bäumen und dem Schneematsch, der um seine Schuhe herumgurgelte, und dabei hatte er doch erst vor wenigen Monaten etwas Ähnliches durchgemacht. Aber damals wurde er nur in eine lärmende Freiheit entlassen, jetzt stand er regelrecht von den Toten auf, bewegte sich Arm in Arm mit Agnes Almlie über einen Parkplatz.

Sie nahm seine Tasche und legte sie in den Kofferraum eines marineblauen BMW mit beigen Ledersitzen, wie Larsen feststellen konnte, als er sich wie ein ganz normaler Mensch zurechtsetzte und dachte – ich lebe.

»Wohin fahren wir?«

»Essen.«

Sie fuhr mit sicherer Hand hinab auf die Ringstraße, nach Westen.

»Damit hätte ich nicht gerechnet«, sagte er aufrichtig und musterte aus den Augenwinkeln ihren Hals und die Perlenkette, den Schmuck an den Handgelenken, nicht zu viel und nicht zu auffällig, die schmalen Hände, die er bewundert hatte, wenn sie Pralinenschachteln öffneten, Saft in großen Gläsern verdünnten und Blumen in Larsens und des Ehemannes Vasen aus rostfreiem Stahl stellten. Die Art, in der sie trockene Blätter von einem Zweig zupfte, sie mit den perlmuttfarbenen Nägeln an sich riss, wie ein graziöser Vogel, und die silberfarbenen Strümpfe, von denen er zuerst dachte, dass ein junges Mädchen sie tragen müsste, die aber wohl von der eher zeitlosen Sorte waren.

»Sind Sie sicher?«, sagte er zur Windschutzscheibe, als sie um einen Kreisverkehr segelten, und strich zugleich seine Haare zurecht, damit sie die Narbe auf seiner Kopfhaut verdeckten, im Krankenhaus gab es einen Friseur, der sich um Larsens schüttere Haare gekümmert hatte.

»Wieso denn sicher?«

»Ich habe eine ... äh ... Vergangenheit«, sagte er, überrascht, weil er ein so passendes und zugleich verdauliches Wort für das elende Leben gefunden hatte, das hinter ihm lag, als plötzlich ein Gedanke seine Krallen in ihn schlug, dass er von dieser Krankheit, den vielen Schmerzen, den Menschen und dem Morphium einfach weich geworden sei, hier saß er doch und war aus irgendeinem Grunde gerührt, fast fromm.

»Das haben wir alle«, sagte sie und wartete so lange damit, diesen Satz zu vollenden, dass Larsen nicht begriff, wovon sie redete, als sie es dann doch tat: »So sicher war ich mir noch nie.«

Sie bugsierte den Wagen in eine stille Villenstraße mit eingesackten Schneerändern, Lattenzäunen und nackten Büschen und Obstbäumen, mit Kindern, die spielten, und einem Mann mit Schirmmütze und Schneeschaufel – und das alles trug bei zur Eigentümlichkeit dieses Tages. Die ersten Lichter wurden an Torpfosten und hinter Fenstern eingeschaltet, und von einer Telefonleitung über der Straße baumelte irgendetwas vor dem blauen Himmel, es ähnelte einem kleinen Schulranzen.

»Der hängt schon seit Jahren da«, sagt Agnes Almlie lächelnd. »Sicher hat ein Kind ihn hochgeworfen.«

Auch Larsen lächelte.

Sie fuhr zwischen zwei Steinsäulen durch, auf denen jeweils eine verzierte schmiedeeiserne Lampe stand – nur die eine brannte, registrierte Larsen, in einer Auffahrt, die unbedingt vom Schnee befreit werden müsste, auch das registrierte er – und hielt mitten in einer Schneewehe und blieb sitzen und sah ihn an.

»Wie fühlen Sie sich?«

Larsen fühlte sich plötzlich unwohl, wusste aber nicht, warum. Er legte eine Hand auf das schlimmer zugerichtete Knie und spürte den Schmerz, der ihn niemals verlassen würde, während er dachte, mit Gebrechen sei es hoffentlich wie mit fast allem anderen, man riskierte, sich daran zu gewöhnen. Er murmelte, er werde schon wieder auf die Beine kommen, wenn er nur einige Male spazierengehen könnte. Und der viele Schnee brachte ihn auf die Idee, dass er vielleicht auch wieder Skilaufen könnte. Auch das sagte er, und sie lächelte.

»Dann schlage ich vor, dass wir uns nicht mehr siezen«, sagte sie und stieg aus.

Larsen dagegen kam nicht hinaus. Er blieb auf dem angewärmten Ledersitz sitzen und dachte an das Unwohlsein und die Bemerkung, die er soeben von sich gegeben hatte, darüber, wieder Ski zu laufen, während er sah, wie sie vor die Motorhaube trat und ihn fragend ansah. Hinter ihr eine breite Holzvilla, umgeben von verschneiten Büschen und Bäumen und mit Licht in allen Fenstern im rechten Flügel, während der linke dunkel war, und Larsen merkte an seinem schmerzenden Knie, dass er jetzt einen Entschluss fasste, ohne so ganz zu durchschauen, worum es sich dabei handeln mochte.

»Hier muss Schnee geschippt werden«, erklärte er.

»Auch darüber wollte ich mit dir sprechen«, sagte sie. »Aber zuerst essen wir. Komm.«

Sie hob ihren Pelzmantel an und balancierte in ihren eigenen Fußstapfen zurück zum Haus. Larsen folgte ihr. Er war seit elf Jahren nicht mehr mit Schnee in Berührung gekommen, jetzt spürte er, wie der Schnee die niedrigen Schuhe mit schockierend feuchter Kälte füllte, und schnappte sich im Vorübergehen eine Handvoll und stopfte sie in den Mund und lachte über das Schmelzwasser, das über sein Kinn und unter seinen Hemdkragen sickerte. Das Seltsame war, dass er nicht tat, als stolpere er, um die Gelegenheit zu nutzen und in dem vielen Weiß ein wenig zu strampeln. Aber immerhin lachte er und brachte sie dazu, sich umzudrehen und ihn fragend anzusehen. Er wollte gerade etwas sagen, begriff aber noch rechtzeitig, dass nicht viel dabei herauskommen würde, deshalb machte er nur eine vage Handbewegung. Sie hatte wohl nicht erfasst, was er sagen wollte, über diesen vielen einzigartigen Schnee. Doch sie lächelte zurück und watete die letzten Schritte die Treppe hoch, wo ein zaghafter Versuch des Schneeschaufelns gemacht worden war, und blieb stehen und stampfte mit den Füßen, bis Larsen neben sie getreten war und das Gleiche tat, gehorsam, merkte er, sie standen auf ihrem Boden.

Sie schloss eine schwere Eichentür auf, und Larsen ging hinter ihr hinein und half ihr, den Mantel abzulegen, etwas, das sie offenbar zu schätzen wusste, und er hängte den Mantel auf einen Kleiderbügel, den sie ihm reichte, und schob ihn zwischen allerlei andere Mäntel in der Garderobe, die einmal ein altes bäuerliches Himmelbett gewesen war. Er zog seine eigene graue Windjacke aus und hängte sie an einen Haken, nachdem er zuerst einen schwarzen Regenmantel weggehoben hatte, der dort hing, den er dann wieder zurückhängte, damit er seine Jacke versteckte.

Larsen befand sich in einem wohlhabenden Haus.

Es war warm und halbdunkel und voller Bauernromantik, mit Büchern und kleinen und großen Bildern an allen Wänden, allein schon in der Diele, und mit einem Leuchter, der nur einige Tropfen Licht auf einen Teppich von so weicher Dicke rieseln ließ, dass es unverändert ruhig und friedlich blieb, ob man sich bewegte oder nicht.

Larsen stand still und schaute sich um.

Sie schien nichts dagegen zu haben, sondern sagte ›willkommen‹ mit einem ironischen Unterton, fand er, und verschwand in einen Raum, den er für die Küche hielt, während er selbst einem Impuls folgte und sich auf eine breite Tür zubewegte, die offen stand, und in ein riesiges Wohnzimmer schaute, auch das voller Wertgegenstände, aber nicht so übermäßig, dass kein Platz zum Gehen mehr gewesen wäre. Hier gab es zudem Geräusche, ein klassisches Eichenparkett, das so nachdrücklich unter seinen Füßen knackte, dass Larsen unweigerlich eine Pause auf seinem Weg zu einem Flügel einlegen musste, der blendend schwarz vielleicht einen Meter vor einem Sprossenfenster mit einem Meer aus weißem Schnee auf der anderen Seite stand, dem Garten in seiner ganzen Weite, wo nur eine verwackelte Hundespur das jungfräuliche Weiß brach, ehe sie sich zwischen zwei Birken unten am Zaun zum Nachbargrundstück verlor. Er fühlte sich wieder unwohl, noch immer, ohne dafür eine klare Ursache benennen zu können.

Aber das Knacken unter seinen Füßen hatte die Aufmerksamkeit des Hausherrn erregt, des Bankmannes, der sich in der hintersten Ecke aufgehalten hatte, wo sein Rollstuhl vor einem von Büchern und Zeitungsstapeln überlaufenden Schreibtisch stand, vor einer grünen Lampe, die so leuchtete, wie es sich für eine Lampe gehört, damit man sehen und lesen kann, ohne geblendet zu werden, oder an der Takelage eines kleinen Schiffes arbeiten, das sehr bald in eine grüne Flasche gesteckt werden sollte, eine klassische Weinflasche, so dunkel, dass Larsen sich kurz fragte, was darin denn ein Schiff sollte, ein unsichtbares Schiff, ehe er es im Profil sah, denn das Licht ließ sich drinnen fast nieder und verwandelte die Flasche in eine zaghafte Lampe. Er lächelte überrascht und ergriff die ihm hingehaltene Hand, als wären sie alte Freunde und nicht nur jeder die eine Hälfte einer Leidensgenossenschaft.

»Endlich«, sagte der Alte. »Ich kann einfach nicht mehr mit ihr allein sein.«

Arthur Almlie war jetzt seit drei Wochen zu Hause, aber Larsen hatte nicht den Eindruck, dass seine Stimme sich sonderlich verbessert hätte, im Gegenteil, und seine Sprache auch nicht, und das Gesicht war noch ebenso verzerrt. Er habe sein Atelier in den Keller verlegt, erklärte er, damit er mit dem Rollstuhl von der Terrasse hereinfahren könne. Und jetzt wollte er sofort mit dem Gast dorthin gehen, durch eine breite Tür, die er mit einem Gerät öffnete, das Larsen an eine Prothese erinnerte, und steuerte den lautlos motorbetriebenen Rollstuhl über einen schneefreien Plattenweg, der sicher von unten beheizt wurde, und in eine frühere Einliegerwohnung führte, wo es Larsen fast den Atem verschlug.

»Beeindruckend, was?«

Larsen begnügte sich mit einem Nicken, zu einer Seeschlacht von gewaltigen Ausmaßen.

»Du hast die doch nicht alle selbst gebaut?«

»Die meisten schon. Aber nicht die schönsten, wir hatten ja keine …«

Dann kam wieder etwas über diese Kinder, die im Haus fehlten und für die Larsen sich nicht interessierte. Er überlegte sich, warum man mit dem Alter nicht träger würde, warum die Sinne immer empfindlicher und die Erinnerungen immer aufdringlicher würden, das ist doch kein Vorteil. Aber es hatte vielleicht mit der Beleuchtung zu tun, die war das, was er als direkt raffiniert bezeichnen musste – kleine Lampen und Leuchter, diskret platziert hinter Wandschirmen und in Hohlräumen, die alle Beleuchtung indirekt machten und Gläser und Gegenstände mit einer eigenen Glut leuchten ließen. Und jetzt ließ sein Unwohlsein sich jedenfalls mit einem konkreten Grund in Verbindung bringen – den drei Monaten, die er in seiner Jugend auf einem Schulschiff verbracht hatte. Larsen hatte in jenem Herbst einen Knacks bekommen, den er später überwunden hatte, aber der jetzt wieder da war, der Mangel an Selbstvertrauen, beleuchtet in gedämpften Farben, die ihn nicht kleiner machten, sondern greller. Er hielt Ausschau nach einem Stuhl.

Es gab Boote auf Gestellen und in Vitrinen, es gab Werkzeug und kolorierte Kupferstiche, Konstruktionszeichnungen und Seekarten, Regale aus Mahagonibrettern, eine Schiffsglocke, Laternen, Kompass, Sextanten, ein Fernglas, in einer Ecke hatte der Alte ein ganzes nautisches Besteck montiert.

»Ich stehe nicht mehr auf der Brücke«, sagte er. »Aber unter Deck mache ich weiter.«

Er hielt die *Cutty Sark* in einer westindischen Rumflasche mit den Resten eines vergilbten Etiketts hoch. Larsen nahm sie mit dem ganzen Stativ an sich und blickte in einen tropischen Sonnenuntergang. »Aber ich bin leider nicht mehr ich selbst.«

Larsen glaubte, Tränen auf den Wangen des Alten zu sehen

und musste sich umdrehen, er saß da und starrte eine ausgestopfte Heringsmöwe an und fragte – um etwas von der Gefühlsduselei zu beseitigen – ob der Alte auch Tiere präpariere, und als ein »nein, es muss doch Grenzen geben« ertönte, wurden sie von dem leisen Hüsteln einer Messingglocke unterbrochen.

»Es ist serviert.«

Die Vorspeise bestand aus einer Art rohem Fleisch, das einen italienischen Namen hatte und wunderbar schmeckte, darauf folgte gekochter Kabeljau, der mit einer Bemerkung von Agnes Almlie serviert wurde, dass Larsen es mit der Reihenfolge wohl nicht so genau nehme. Er genoss den Kabeljau – der wirklich köstlich war – und überlegte, was diese Ironie bedeuten mochte, mit der sie ihn ja auch willkommen geheißen hatte. Das Unwohlsein hatte nun noch eine Ursache, sie brachte ihn dazu, sich verzagt zu fühlen, nicht nur fehl am Platze, denn das hatte ihn nie gestört, aber Verzagtheit ist etwas anderes, es bringt einen dazu, sich noch weiter zu demontieren, in Auflösung überzugehen sozusagen, aus eigenem Antrieb.

Dann entdeckte er, dass der Mann nicht nur aus dem linken Mundwinkel sabberte, ein zähflüssiger blanker Strom aus Speichel und Essensresten, der auf den vorgewärmten Teller glitt, sondern dass das Ehepaar offenbar auch beschlossen hatte, das nicht zu bemerken oder nichts daran zu ändern, mit dem Ergebnis, dass der Alte die ganze Mahlzeit hindurch sabberte. Plötzlich konnte Larsen es nicht mehr mit ansehen, er packte seine eigene Serviette, beugte sich rasch über den Tisch vor und wischte Arthur Almlie Kinn und Hemd und auch die Tischdecke vor dem Teller ab, während er kurz entschied, dass er nicht gut auch noch das Essen abwischen könnte, das in Petersilienbutter und Speichel schwamm, als sie plötzlich schrie:

»Lass das!«

Larsen ließ sich auf seinen Stuhl fallen und sah sie überrascht an. »Lass das«, wiederholte sie mit leuchtender Verzweiflung im Blick, als sei sie Zeugin einer Katastrophe geworden, während der Alte – der offenbar weder Larsens Eingreifen noch den Ausbruch seiner Frau registriert hatte, ruhig weiter aß, mit der Gabel in der rechten Hand, wie einen Spaten, während Larsen stumm da saß und Agnes plötzlich aufsprang und neben dem Tisch stehen blieb, in dem Versuch, sich zusammenzureißen, wie es aussah, von Larsen aus betrachtet. Er legte sein Besteck hin, wischte sich mit derselben Serviette den Mund ab und bereitete sich darauf vor, vor die Tür gesetzt zu werden oder möglicherweise freiwillig zu gehen. Stattdessen rief sie dem Ehemann zu:

»Na gut, dann nimm dir doch ein Bier.«

Sie trat hinter seinen Rollstuhl, schob ihn zum Kühlschrank und riss die Tür auf. Und während der Alte die vollgestellten Fächer anstarrte, beugte sie sich über Larsen und fauchte ihm ins Ohr, während sie die kleinen Fäuste ballte, so dass ihr Schmuck nur so klirrte:

»Ich kann nicht mehr. Hörst du! Ich kann nicht mehr!«

Larsen schaute diesen verwandelten Menschen verdutzt an. Aber das alles gab der Sache immerhin einen absurden Sinn, der ihm nicht fremd war, unkontrollierte Ausbrüche. Er legte seine großen Hände um ihre, erhob sich und schob sie behutsam zurück an ihren Platz, es war fast wie eine Liebkosung, ließ dann los und wandte sich dem Mann zu, der ihm noch immer den Rücken zukehrte und versuchte, zwei Bierflaschen aus dem Kühlschrank zu nehmen, es war mindestens eine zu viel.

»Lass mich.«

»Ja … diese verdammten Hände.«

Larsen schob ihn zurück an den Tisch, öffnete die Bierflaschen, fand auf der Anrichte Gläser und schenkte ein, hob sein eigenes, um ein Prost anzudeuten, sagte einige nette Worte über das Essen, während seine Augen die ihren streiften und ein fast berauschtes Lächeln auf ihren schönen Lippen ahnten, aber auch sahen, dass sie jetzt die Fassung zurückgewann.

Sie hob das Weinglas, schaute ihn kurz über den Rand hinweg an, während sie einen großen Schluck trank, und stellte das Glas auf die schneeweiße Decke, ließ die Finger um den Stiel ruhen, um danach den Mann anzusehen, der wieder die Arbeit, sich das Essen einzuverleiben, aufgenommen hatte, als erwäge sie eine Unmöglichkeit. Plötzlich griff sie ihre Serviette, rollte sie zu etwas auf, das einer Keule ähnelte, und beugte sich rasch über den Tisch vor und wischte ihn ab, wie Larsen das getan hatte, um dann mit einem Knall mit der Serviette auf das Tischtuch zu schlagen, als ob sie sich verbrannt hätte.

Larsen schaute sein eigenes Essen an, davon war nicht mehr viel übrig. In der tiefen Stille fing er an, über sein Leben als Seemann zur reden, nicht über Kneipen und Suff, sondern über die Ewigkeit des Meeres, des Meeres, das zu allen Zeiten viele auf Abenteuer hat locken können, das aber niemals das hält, was es verspricht.

»Das war schön gesagt«, sagte Agnes Almlie hingerissen und sah fast aus, als habe sie es gemeint.

Es gab Kaffee und Cognac, und Larsen war nach dem Intermezzo mit dem Gesabber plötzlich in einer Art Element, nicht notwendigerweise seinem eigenen, und er war das Trinken nicht gewöhnt, aber jetzt machte der Alkohol ihn einfach unkompliziert. Der Alte sagte zuerst nicht sehr viel, nickte aber zu Larsens Gerede, und Kaffee und Schnaps brachte er hinunter, ohne zu kleckern, sogar mit einer gewissen Würde, wie Larsen bemerkte. Agnes Almlie ihrerseits trank mehr Wein und erzählte von einem Landhaus, das sie besaßen, ihrem Elternhaus, und den Umbaumaßnahmen, die nötig waren, um es für den pflegebedürftigen Arthur zugänglich zu machen, und Arthur nickte träge und trank noch mehr Cognac, den er sich selbst einschenkte, worauf er plötzlich wieder zu Kräften kam und einen Vortrag über die Fondsabteilung der Bank hielt, die er seinerzeit unter sich gehabt hatte. Es endete damit, dass er sagte, Larsen müsse bleiben, sie brauchten ihn, diese verdammte Bruchbude sei zu groß für zwei einsame Alte, das sehe er ja selbst, und sie wollten keine Jugend im Haus haben – er könne in dem leerstehenden Flügel schlafen, der sei kalt, aber es gebe Holz genug, und er habe doch niemanden, der auf ihn wartete.

Larsen fragte sich wieder, woher sie das wussten, als er ein wenig später zwischen steifen sauberen Laken lag und zu einem dekorierten Plafond hochschaute, zierliche Stuckgirlanden und kleine Vögel und Wiesenblumen, die wie ein lebendiger Rahmen an den riesigen Hohlkehlleisten verliefen. Ihm ging auf, dass sie natürlich Untersuchungen über ihn angestellt hatten, Namen und Personalien waren ja dem Krankenblatt an seinem Krankenhausbett abzulesen gewesen, aber das hatte vielleicht seine Vorteile, überlegte er dann – nachdem er zuerst in anderen und eher unseligen Bahnen gedacht hatte –, dass die beiden wussten, wer hier lag. Denn warum um alles in der Welt war das so, dass gerade Hans Larsen in einem Bett in einem Zimmer in einem Haus wie diesem lag?

Hans Larsen erwachte von seinem eigenen Schnarchen und stellte fest, dass er noch immer in demselben Bett in demselben Zimmer lag. Er stellte auch fest, dass ihn das überraschte, und er fing an, Pläne für den nächsten Tag zu machen, zuerst ein wenig Schneeschippen, beschloss er, einige Glühbirnen auswechseln und wie wäre es, den zugewucherten Kirschbaum im Garten zu beschneiden, das musste im Frost passieren, wie er wusste. Dann musste er Salonen anrufen …

Aber dann fiel ihm etwas anderes ein, was er gesehen zu haben glaubte und was er nicht bis zum Morgen aufschieben konnte. Er stand auf und machte sich daran, die Wände im Zimmer abzutasten, er drückte vorsichtig auf die Türklinke und schlich sich hinaus in den kühlen Gang und ging weiter zu einem anderen Gästezimmer und schaute auch dort die Wände an, Nachttisch und Kommoden, in diesem Flügel gab es vier Schlafzimmer, ein Kaminzimmer und ein großes Arbeitszimmer, und kein einziges Foto, weder hier noch im lebenden Teil des Hauses?

Keine Familienbilder, Konfirmationsbilder, Hochzeitsbilder, Agnes und Arthur Almlie mit Abiturientenmütze, an einem Sommertag im Park?

Larsen versuchte, dem nicht zu viel Gewicht beizumessen, hier gab es doch genug Aquarelle und Gemälde, und er war selbst ein Mann ohne Fotografien, aber diese Menschen waren nicht wie er. Und er fing an zu überlegen, ob auch noch andere Dinge fehlten, Gegenstände, die in jedes Heim gehören, so selbstverständliche Grundsteine in einem Leben, dass ihr Fehlen, wenn sie ein seltenes Mal nicht vorhanden sind, nicht nur auffällt, sondern wirkt wie der Versuch, etwas zu verbergen, ein Skandal, ein Unglück?

Dann hörte er plötzlich klassische Musik, die einwandfrei aus dem Inneren des Hauses stammte. Er ging wieder auf den Gang und die Musik war noch immer so leise. Sie kam aus dem lebendigen Flügel. Er blieb stehen und lauschte. Beethoven oder Mozart, er konnte keinen Unterschied hören.

Er ging zurück ins Schlafzimmer und legte sich hin und lauschte weiter. Er hatte noch nie in einem so bequemen Bett gelegen, unter einer so großbürgerlichen Decke, sie war leicht und schwer zugleich, ein schwebender Berg, und er fühlte sich nicht nur ausgeruht, sondern auch jung. Er war in seinen älteren Tagen schon häufiger von diesem Gefühl überkommen worden und wusste, dass es nur Trug war, der selten anhielt. Zum Ausgleich war es unwiderstehlich. Jetzt dauerte und dauerte es, auch wenn ich wohl nicht in alle Ewigkeit hier liege und lausche, dachte er und glaubte fast, im Einschlafen das Geräusch von Weinen zu hören.

6

Marianne hörte auf der Straße kreischende Bremsen und blickte von zwei schwarzen Prada-Stiefeln, die sie sich nicht leisten konnte, auf, begegnete dem Blick der schwedischen Verkäuferin, stand auf und sah einen Bus einige hundert Meter weiter, um ihn herum drängte sich eine Menschenmenge, die immer größer wurde, dann waren Sirenen zu hören.

»Verdammt«, sagte die Verkäuferin.

Marianne ging zurück zu dem Lederhocker und blieb mit den Stiefeln auf dem Schoß sitzen, schaute auf die Uhr und ging die kurze Liste noch einmal durch, die sie für diesen freien Tag aufgestellt hatte – sich über das Gehalt beklagen (woraus nichts geworden war, man beklagt sich nicht bei einer alleinstehenden Mutter mit drei Teenagern, die eine wohltätige Wäscherei betreibt). In die Bank gehen und um ein Darlehen bitten (unter dem Vorwand, renovieren zu wollen). Ein neues Kleid für ein Fest bei Anne-Berit kaufen (auch daraus war nichts geworden, weil sie diese Stiefel entdeckt hatte).

»Ich muss meine Tochter holen«, sagte sie und reichte die Stiefel der Verkäuferin, die auf jede Hand einen schob, wie Handschuhe, und die dann damit herumfuchtelte wie mit den Figuren in einem Puppentheater.

Marianne schnitt eine Grimasse, zog die alten Stiefel an und ging hinaus in die kühle Herbstluft – hinten stand der Bus schräg über der Straße und im Krankenwagen wurde die Tür hinter einer Bahre zugeschlagen, dann gab er den kurzen Sirenenstoß von sich, bei dem die Umstehenden zusammenfuhren. Marianne stellte fest, dass sie sich in der Gegend befand, in der sie aufgewachsen war, und überlegte, ob sie versuchen sollte, das Haus wiederzufinden.

Sie bewegte sich planlos über den Bürgersteig, während die Fahrgäste wieder in den Bus stiegen, der Fahrer zuletzt. Doch dann setzte er sich auf die unterste Stufe und schlug die Hände vors Gesicht. Im Rinnstein flatterte ein blutverschmiertes Kaugummipapier wie ein Blatt im Wind, und eine ältere Frau mit einem Stock, der aussah wie ein Skistock, ging hinüber und nannte den Fahrer ›Junge‹.

»Sie müssen einen anderen fahren lassen, Junge.«

Marianne hatte Freundinnen in dieser Gegend gehabt, die sie seit ihrem Wegzug nicht mehr gesehen hatte, sie hatte nicht einmal ihre Briefe beantwortet, die schon seit vielen Jahren nicht mehr gekommen waren, als sie sich auch nicht mehr darüber gewundert hatte, dass die ersten sie überhaupt gefunden hatten, da sie keine Adresse hinterlassen hatte. Die Vorstellung, dass einige vielleicht noch immer hier wohnten, als erwachsene Frauen, mit Mann und Kind, so dass sie jetzt eine Begegnung riskierte, war auch die Erklärung dafür, dass sie sich in all den Jahren ferngehalten hatte, ohne dass der Gedanke, was in aller Welt sie gerade jetzt hier machte, ihr kam, denn das tat er dann doch – was mache ich eigentlich hier?

Es war das zweite Mal in einer Woche, dass sie ihre Vergangenheit aufsuchte und sich diese Frage stellte.

Sie stand vor einem klaffenden Loch in der Reihe von teilweise baufälligen und teilweise frischrenovierten Mietskasernen und empfand eine so große Erleichterung, dass sie fast laut gelacht hätte, von der alten Bruchbude stand fast kein Stein mehr auf dem anderen, es gab nur eine ebene Grundfläche mit Rohren und Leitungen, die aus dem Fundament eines neuen Hauses aufragten, das im Laufe der nächsten Monate hier wachsen und die Erinnerungen an das alte entfernen würde, hoffentlich, als sie zwei Arbeiter in orangen Westen sah, die auf Steinquadern saßen und rauchten … etwas kriege ich nicht mit, ging ihr nun auf, oder ich habe die Reihenfolge verloren. Sie ging zu ihnen und fragte:

»Was macht ihr hier?«

Die beiden sahen sie verwundert an.

»Malochen natürlich, und was zum Teufel machen Sie hier?«

Es fiel ihr schwer, sich zu konzentrieren, hier gab es kein Warum, so wenig, wie es sich dort oben im Tal hatte auftreiben lassen.

Und als sie nun kein Bedürfnis mehr danach hatte, weiter mit dem Gedanken an die Begegnung mit einer alten Freundin zu spielen, wurde es eher wichtig, hier wegzukommen. Sie ging denselben Weg zurück, vorbei am Bus, der noch immer wie gelähmt dastand und auf einen neuen Fahrer wartete, hatte es noch eiliger damit, ins Parkhaus zu gelangen, mit dem Bewusstsein, dass ich in einer solchen Verfassung nicht länger in der Stadt herumlaufen kann, nicht einmal an einem schlechten Tag, und so darf ich nicht denken, sie verschloss die Türen, sowie sie sich hinter das Lenkrad gesetzt hatte und saß dann da und lauschte ihren Herzschlägen, bis sie den beruhigenden Takt eines richtig gehenden Uhrwerks wiedergefunden hatten.

Am selben Abend saß sie mit einem Glas Rotwein am Küchentisch und hörte wieder auf zu rauchen, während Greta und Nina auf dem Boden Bauklötze aufeinanderstapelten und eine Autobahn aus Dominosteinen von der Küche bis ins Kinderzimmer legten. Plötzlich fiel ihr ein, dass der Schlüssel zum Kellerraum noch immer hinten im Küchenschrank lag, der Schlüssel zu dem Kellerraum mit dem alten Spielzeug, den Schulbüchern, dem Reithelm, den Skistiefeln ... und dem Schuhkarton mit den Briefen ihrer Freundinnen.

Aber sie hatte ja beschlossen, gerade das nicht zu tun, allein mit einem Glas Wein dazusitzen und sich zu fragen, warum sie noch das Alleralltäglichste tat, wie ein Paar Stiefel oder ein Kleid in einem Stadtteil zu kaufen, in dem sie einmal gewohnt hatte. Oder, um es so zu sagen: Warum beendete sie ihre Ausbildung nicht und wurde Lehrerin?, überlegte sie und nahm den Kellerschlüssel hervor und sagte den Mädchen, sie müsse kurz bei Anne-Berit vorbeischauen.

Sie ging hinaus auf den Flur und drehte das Schnappschloss um, ging dann vorbei an Anne-Berits Tür, schloss die Eisentür der Waschküche auf und ging durch den Gang, den sie sonst nur betrat, um Rodelbrett, Skier, Winterreifen hervorzuholen oder wegzustellen, und blieb vor Tür Nummer 6 stehen und sah ihr eigenes Vorhängeschloss an und dachte laut, als sie den Schlüssel hineinschob: Warum zittern mir die Hände?

Sie drehte den Schlüssel im Schloss um in der Hoffnung, dass es sich nicht öffnen lassen würde, schob die Tür auf und schaute in eine Überraschung hinein – die daran lag, dass sich hier so wenig befand, die halbnackten Regale mit dem verstaubten Reithelm und ein Koffer mit Bauchbinde, Stapel von Pferdezeitschriften und eine Art Adventskranz.

Sie legte das Schloss hin und hob den Adventskranz auf und sah, dass die eine Kerze locker hing, wie das immer schon gewesen war, und sie fragte sich, warum ihre Eltern sich nie die Mühe gemacht hatten, sie zu reparieren, sondern sich mit nur drei Kerzen abgefunden und die vierte daneben in einen Eierbecher gesteckt hatten. Dann sah sie eine runde Kuchendose wieder, mit Bildern aus einem Märchen, das die Mutter gern erzählt hatte. Sie hob die Dose auf und merkte, wie leicht sie war, schob einen Nagel unter den Rand und brach ihn ab, fluchte, konnte den Deckel aber noch abheben und sah den Brautschleier ihrer Mutter, drei Glückwunschkarten zu ihrer eigenen Konfirmation und eine blaue Haarschleife, die ihr unbekannt vorkam.

Auf dem Regal über den Winterreifen stand der Schuhkarton mit den Briefen der Freundinnen, wie sehr sich ihre Handschriften geähnelt hatten. Hanne, Elisabeth, Camilla … sie hatten in der ganzen Kindheit nebeneinander gesessen und Kleider, Haare, Sprache, Schminke, Fett, Jungen verglichen … und also die Handschrift, als sie ein scharfes Geräusch hörte und eilig hinaus auf den Gang lief, wie aus Angst, in ihrem eigenen Kellerraum auf frischer Tat ertappt zu werden, und sie sah eine Gestalt auf sich zukommen, mit einem Schlüsselbund, das klappernd die Türen streifte, es war Trond.

»Was machst du denn hier?«, fragte sie überrascht.

»Bist du da?«, fragte er ebenso überrascht und wollte sie umarmen. Sie hielt ihn von sich ab. »Was ist denn jetzt los?«

»Ich hab dich etwas gefragt«, sagte sie, und er erzählte, er habe von einem Kumpel einen Kellerraum geliehen, den da, er zeigte darauf, wo er an seinem Motorrad herumbastelte, ob sie den sehen wolle?

»Ich habe dich hier noch nie gesehen«, sagte sie. Und das sagte er auch, ohne dass sie das witzig gefunden hätte. Er schloss Nr. 10 auf, wo es einen Hondamotor gab, festgeschraubt in einem riesigen Schraubstock, der umgeben war von Ersatzteilen und Werkzeug in allen Regalen und zwei alten Autositzen auf jeweils einem Bierkasten, mit einem weiteren Bierkasten dazwischen, auf dem ein zum Überlaufen voller Aschenbecher und zwei leere Bierdosen standen.

»Der ist so gut wie neu«, sagte er und legte die Hand auf den Motor.

»Diebesgut?«

»Wir bringen sie her und reparieren sie, dabei springen ein paar Kronen raus, ja. Setz dich.«

Marianne ließ sich auf den einen Autositz fallen und schmiegte die Wange an den Schuhkarton, hatte das Gefühl, ihr schwarzes Buch zu verraten, aber es musste heraus. Sie sagte:

»Mein Vater sitzt.«

»Spitze.«

Er ließ sich auf den anderen Sitz sinken und blickte sie forschend an.

»Nicht so sehr.«

»So war das nicht gemeint.«

»Du bist zu jung«, sagte sie.

»Sicher, weil du irgendetwas verbirgst«, sagte er.

»Wie meinst du das?«

»Etwas ist es jedenfalls, du bist doch nervös.«

»Du musst mir versprechen«, sagte sie und stand auf, noch immer den Schuhkarton an die Brust geklemmt und mit dem Gefühl, irgendetwas zu verraten. »Das mit meinem Vater ist ein Geheimnis.«

»Na gut. Warum sitzt er denn?«

»Körperverletzung. Unter anderem …«

»Okay.«

»Aber ich habe das Gefühl, dass er wieder draußen ist.«

»Ach?«

»Ja, und ich weiß nicht, warum.«

»Warum was?«

»Warum ich das Gefühl habe, ihm bleiben nämlich noch zwei Jahre, mindestens. Aber heute habe ich etwas gesehen, einen Unfall.«

»Was hat der mit der Sache zu tun?«

»Ich weiß nicht.«

»Kannst du nicht einfach feststellen, ob er noch immer sitzt?«

»Einfach anrufen und fragen. Hallo, habt ihr da einen Verrückten namens …«

»Ich kann das doch tun?«

»Du?«

»Ja, ich habe einen Kumpel, der könnte … der ist übrigens …«

Marianne fragte: »Liebst du mich?«

»Hä.«

Er lachte. Sie lachte nicht. Sie musterte ihren abgebrochenen Fingernagel und spürte seine Wärme über den provisorischen Tisch hinweg, murmelte, sie müsse zurück zu den Kindern, da sie kurz davor war, sich über den Tisch zu werfen und ihm die Kleider vom Leib zu reißen.

Sie ging hinaus und legte den Schuhkarton wieder in Nr. 6, schloss hinter sich ab, ohne an den Händen zu zittern, und ging hinauf in die Wohnung, wo die kleinen Mädchen ihr Rotweinglas umgeworfen hatten und jetzt auf allen vieren lagen und versuchten, den Wein mit einem Badetuch aufzuwischen. Das Übliche.

Sie holte eine Rolle Küchenpapier und beruhigte die Kinder damit, dass sie genug billige Weingläser habe, wenn sie sich nur nicht geschnitten hätten, das Übliche. Und auch später an diesem Abend brachte ihr das schwarze Buch keine aufklärenden Zeichen, obwohl sie sich an den Schreibtisch ihrer Mutter setzte, eine Kerze anzündete und Miles Davis einlegte. Sie frage sich, was es zu bedeuten haben mochte, dass sie kaum ein Wort geschrieben hatte, seit sie Trond kennengelernt hatte. Der letzte Satz war mit einem klaren Minus versehen, das stand neben seinem Alter, dem, was am allerwenigsten bedeutete.

Marianne bekam kein Darlehen zum Renovieren. Und auch kein höheres Gehalt. Sie wagte nicht einmal, darum zu bitten. Dann wurde die Miete erhöht, und als von der Bank ein Einschreibebrief kam, geriet sie vollends durcheinander und konnte sich nicht erinnern, wie diese enorme Summe zustande gekommen war. Sie ging den langen Weg die Treppen hoch, von der Wäscherei zum Sozialamt, es war nicht das erste Mal.

»Hat das Kind keinen Vater, der seinen Anteil bezahlen kann?«

Das Übliche.

»Äh … doch. Nein.«

Sie fanden, sie sei zu gut angezogen, sie wussten, dass sie in einem brauchbaren Volvo durch die Gegend fuhr, dass ihre Stelle nicht übermäßig schlecht bezahlt war.

»Alle haben doch Anspruch auf Hilfe«, sagte sie fast zu sich selbst, und sie ließen sich ihre Situation detailliert beschreiben, eine Situation, die sie bis ins kleinste Detail kannten, sie bot an, Greta aus dem Kindergarten zu nehmen, billigeres Essen zu kaufen …

Bis sie sich geschlagen gaben.

Am Freitagabend passte sie auf die Kinder auf und lieferte sie bei Anne-Berit ab, ehe sie am Samstagmorgen zur Arbeit ging.

»Dann brauchen sie die miesen Typen nicht zu sehen, mit denen du dich abgibst.«

»Ich nehme, was ich haben will«, sagte Anne-Berit. »Das solltest du auch tun.«

»Es ist nur so, dass ich gar nichts will.«

»Ach was. Dieser Knabe war übrigens wieder hier und hat nach dir gefragt.«

»Hä?«

»Ja, gefällt der dir nicht?«

»Er weiß, wo ich wohne, und dann kommt er *her*?«

Anne-Berit verdrehte die Augen. »Du bist nicht krank«, sagte sie. »Du bist verliebt.«

Da war Marianne sich nicht mehr so sicher.

Marianne näht gern (kleine Dinge: Puppen, Topflappen ..., das hat sie von ihrer Mutter gelernt, Patchwork); sie mag Reisebeschreibungen aus den kleinsten Ecken der Welt, am liebsten so exotisch wie möglich, und liest jeden Samstagmorgen die Zeitung von vorn bis hinten, obwohl sie sich weder für Politik noch für Wirtschaft interessiert und auch nicht sonderlich für gehobenen Klatsch, aber sie kann sich mit Begeisterung in alles hineinversetzen, was Unglück oder menschliches Drama heißt. Sie trainiert einmal die Woche, Jogging (kurze Runde), rasiert sich jeden Sonntag Beine und Achselhöhlen, schläft gut, aber unregelmäßig, und kann eine Ewigkeit im Badezimmer stehen und sich die Haare bürsten, wenn es sich so ergibt, und erst aufhören, wenn der Gesichtsausdruck im Spiegel reichlich dämlich wird.

Was die Talentshows im Fernsehen angeht, da hält sie immer zu denen, die ihr am meisten leidtun, manchmal auch zu denen, die am besten singen, wenn die ihr auch leidtun, was im modernen Fernsehen immer häufiger vorkommt.

Marianne gewinnt alle Quizfragen mit dem Thema Geographie. Sie verliert, wenn es um moderne Popmusik geht, landet in der unteren Mitte bei Fragen nach Geschichte, Getränken, Autos und Zitaten aus einer Sprache, die sie nicht beherrscht.

Sie hat lieber amerikanische Filme als europäische und vor allem sieht sie gern muskulöse Männer mit ölglatten rußigen Bizeps aufeinander einschlagen, und sie träumt davon, von dem Sieger von hier bis zum Mond gevögelt zu werden, ist aber doch ziemlich zufrieden damit, dass sie nicht zu seiner Zielgruppe gehört, wenn sie ins Bett geht und sich überlegt, was mit ihr und den Männern ist, ein Thema, bei dem sie in der Regel einschläft, ehe eine Antwort auftaucht, zum Glück. Leider.

Ist Marianne dumm?

Nein.

Stellt sie sich ab und zu gern dumm?

Gern ist nicht das richtige Wort, aber es kann nötig werden – in bestimmten Situationen.

Hat sie diese »bestimmten Situationen« gründlich analysiert oder durchdacht?

Nein.

Ist sie darauf vorbereitet, für klug gehalten zu werden?

Verlockend. Überaus verlockend. Aber auch beängstigend. Marianne möchte gern im Startloch stehen, wäre eigentlich gern ein wenig geheimnisvoller. Marianne verlangt nicht viel. Wie wäre es mit ein wenig Tiefsinn? Überhaupt stimmt an all diesen Fragen etwas so gar nicht.

Minus.

Es schneite. Marianne stand in der Wäscherei und sah den Schnee langsam hinter den Fenstern nach unten gleiten und im Asphalt verschwinden. Sie schaltete Ragnhilds Stereoanlage ein, und Ragnhild liebte klassische Musik, Beethoven, Mozart, Brahms … Komponisten, die Marianne kaum mehr geben als ferne Horizonte und das Gefühl, vor ihrer Zeit alt zu werden.

Und statt den üblichen Weg nach Hause zu gehen, legte sie einen Abstecher um die U-Bahn-Station ein und überraschte die Motorradbande von hinten und fragte ganz offen, ob er noch immer nicht begriffen habe, wo sie wohnte. »Doch«, sagte er ungestört davon, dass seine Kumpel zuhörten, lenkte sein Lächeln zu ihren Einkaufstüten, sie hielt in jeder Hand eine.

»Schwer?«, fragte er. »Soll ich dich nach Hause fahren?«

»Nein«, sagte sie und stieg hinter ihm auf das Motorrad.

»Halt dich an mir fest«, sagte er.

Das ging nicht. Seine Kumpel lachten. Ein Hüne mit schwarzem Vollbart, Pferdeschwanz und indianischen Tätowierungen auf den nackten Armen – sie wusste, dass er JonaX genannt wurde und der Anführer der Clique war – lieferte ein breites Grinsen unter schwarzer Sonnenbrille und verteilte ihre Einkäufe auf die beiden Satteltaschen.

»Jetzt hab ich dich«, sagte Trond und drehte den Starthebel um. Sie spürte, wie noch ein Nagel abbrach, unten auf der Schnellstraße und als es nach Norden ging, er zauberte Tempolimits, rote Ampeln und Fußgänger weg, während Marianne im Wind sein Haar roch, Shampoo, Auspuffgase, Leder, und sich noch dichter an ihn presste.

Er bog von der Hauptstraße ab und der Auspuff hinterließ einen Drachenschweif aus Funken, und dann fuhr er über den Hof und die Felder, wo der Neuschnee weiß und feucht in den Furchen lag, zum Hang hinauf.

»Was machen wir jetzt?«, fragte sie verwirrt in der Stille.

»Du frierst«, sagte er und wickelte sich aus ihrem Zugriff, stieg ab und fing an, ihren Rücken zu massieren. Sie klapperte mit den Zähnen und sah, dass die Landschaft auf seltsame Weise verrutscht war. Hof und Bach, lärmende Krähenscharen.

»Wir werden etwas untersuchen«, sagte er rätselhaft und zog sie durch das Gras nach unten, als derselbe Traktor aus dem Wald hervortuckerte und sich mit einem Anhänger voller Holz den Häusern näherte. Er hielt an, der Bauer sprang heraus, blieb stehen und starrte ihnen entgegen, als habe er sie schon erwartet.

»Nein«, sagte sie.

»Doch«, sagte er. Und rief:

»Sie friert. Können wir reinkommen und uns ein wenig aufwärmen?«

»Nein«, sagte Marianne – verzweifelt.

»Wartet da hinten«, sagte der Bauer und fuhr mit dem Anhänger in die Scheune ein. Sie hörten, wie Werkzeug zu Boden fiel, dann kam der Bauer heraus.

»Hier lang. Ist etwas passiert?«

Trond zog sie auf ein Sofa, während der Bauer in der Küche verschwand. Sie hörten einen Wasserhahn und das Klappern von Töpfen, ein Herd wurde eingeschaltet. Marianne kniff die Augen zu, wurde aber von den Gerüchen getroffen und öffnete sie wieder, Bilder, Möbel, und ein grauer Schäferhund, der hereinkam und sie beschnupperte.

»Der sieht aus wie einer, den ich einmal hatte«, sagte sie und kraulte den Hund unter dem Halsband. Der Hund wedelte mit dem Schwanz, legte ihr den Kopf in den Schoß, gähnte und schloss die Augen.

»Seltsam«, sagte der Bauer. »Der mag sonst keine Fremden.«

»Sie hat früher hier gewohnt«, sagte Trond. »Wohnen Sie allein?«

»Wieso das?«

»Keine Panik, wir haben uns einfach nur verfahren.«

Der Mann nickte und zog seine Pfeife hervor. Der Geruch von Hund und Tabak, feuchter Arbeitskleidung, Flickenteppichen, Kaffee, die ruhigen Atemzüge des Hundes, das zischende Wasser unter dem Kessel in der Küche, der Geruch von trockenem Holz und Brennnesseln, Rhabarber, gekochten Eiern, Pferdeäpfeln, Tomatenpflanzen vor den Fenstern, frischen Waffeln, Harz – Marianne sah ihre Eltern und das, was sich niemals verändert – Seifenlauge, Lack, Stearin, das Geräusch von schlurfenden Pantoffeln, feuchte Wischlappen auf abgenutzten Böden, schnippende Finger, der Windzug von der Kellerluke, der aufsteigt und einen kalten Schauer nach dem anderen loslässt.

»Wieso flennt die denn?«, fragte der Bauer.

»Keine Ahnung.«

Marianne ließ das zottige Fell los und fuhr mit den Händen über die Tischplatte, den Kerzenleuchter, eine Tasse, eine Vase mit kleinen Rosen oben am Rand.

»Das ist doch ein seltsames Benehmen.«

»Wir hatten oben in der Biegung einen Unfall.«

»Unfall?«

Sie stand auf und streckte die Hände aus wie eine Schlafwandlerin, Tapete, Wandtäfelung, Lampen, Vorhänge, eine Uhr, sie ließ die Arme sinken, als der Bauer mit dem dampfenden Kessel hereinkam, und zuckte zusammen, als er die Tassen auf die Untertassen stellte, selbst das Neue war alt, aber jetzt konnte sie um Entschuldigung für ihren törichten Einfall bitten.

»Und der Kaffee?«

»Nein, danke. Ich musste es einfach wiedersehen.«

Sie gingen hinaus auf den Hofplatz und dann weiter den verschlammten Weg hinauf. Es schneite jetzt, der Hund lief neben ihnen her, schlug mit dem Schwanz gegen ihre Waden, bis er von einem scharfen Pfiff angehalten wurde, er blieb stehen und bewegte den Kopf hin und her, um dann in Richtung Haus zu wittern.

»Wozu sollte das denn gut sein?«, fragte sie und schaute hoch zum Schnee, der kleine Schauer über ihr Gesicht jagte.

»Ich wusste, dass etwas nicht stimmte«, sagte er.

»Was denn?«

»Hast du wirklich hier gewohnt?«

»Was bildest du dir eigentlich ein?«

Er gab keine Antwort. Sie sagte: »Ich war einmal bei einem Arzt, der drei Monate gebraucht hat, um mich davon zu überzeugen, dass ich nicht verrückt bin. Ich bin nicht verrückt.«

»Okay, sorry.«

»Aber jetzt bin ich ruhiger, selbst wenn er auch hier ist.«

»Wer?«

»Mein Vater. Er ist überall.«

»Er sitzt. Und wie du gesagt hast – er hat noch zwei Jahre – ich habe mich erkundigt.«

»Wirklich?«

Er nickte.

Marianne sah ihn an. »Sicher?«

»Hundert.«

Er hatte die Arme um sie gelegt. Sie ließ sich zurücksinken und schaute ihm ins Gesicht.

»Du bist ein Held«, flüsterte sie. »Du weißt es nur noch nicht.«

»Wie war er eigentlich?«

Marianne erzählte eine Geschichte – sie hatten hier einen alten Hengst namens Florian. Der gehörte dem Tierarzt und hatte eine Wunde am Hals, die nicht verheilen wollte. Marianne kümmerte sich um die Wunde und striegelte das Pferd, sie fütterte es und gab ihm Wasser und lernte auf ihm reiten, von ihrem Vater. Sie fühlte sich schließlich mit diesem Pferd enger verbunden als mit irgendeinem anderen lebenden Wesen, sogar als mit ihren Eltern.

An einem warmen Frühsommertag mit Insektensummen und Lerchengesang und dem hellen Grünschimmer im Wald saß sie auf Florians Rücken und betrachtete ihre Eltern, die auf der anderen Seite eines ungefähr einen Meter hohen Zauns standen. Plötzlich winkte ihr Vater ihr zu und rief, sie solle mit dem Pferd darüber springen.

»Das schaffst du«, rief er. »Du weißt, was du zu tun hast, also los jetzt!« Während die Mutter daneben stand und schrie: »Spinnst du, der Gaul kann doch nicht mal über ein Katze springen, das wird dein Tod sein, tu es nicht!«

Sie fingen an, sich gegenseitig anzuschreien, während Marianne auf dem Pferd hin und her ritt und einen Entschluss fasste, sie schlug ihm die Hacken in die Flanken und wusste, wie es gehen würde, schon als die ersten Muskelbewegungen gegen ihre Oberschenkel hämmerten. Sie zwang das Pferd zu immer schnellerem Galopp, machte den kleinen Trick mit Zügeln und Fersen, und Florian schwebte über den Zaun wie ein Pegasus und landete sicher auf der anderen Seite, mit Marianne auf dem Rücken.

»Er hat mir vertraut«, sagte sie ernst. »Er hat gewusst, dass ich es schaffen würde. Sie wusste das nicht.«

»Meine Fresse«, sagte Trond.

»Ohne ihn hätte ich das nicht geschafft. Ich wäre nicht einmal auf die Idee gekommen.«

»Meine Fresse«, sagte er noch einmal. »Ich dachte, du hasst ihn.«

Marianne sah den Rücken ihres Vaters vor sich, einen Spaten über der rechten Schulter, als er auf den Stall zuging, um dann um die Ecke zu verschwinden, während die schrille Stimme der Mutter von ihr ein Versprechen nach dem anderen verlangte, so etwas niemals wieder zu tun.

»Setzen wir uns?«, fragte er.

»In diesen Schlamm?«

»Ich habe den Schlafsack mit.«

Marianne lachte.

»Ich glaube auch, dass ich Bierdosen in deinen Tüten gesehen habe?«

»Mm.

»Und die Kleine?«

»Sie heißt Greta.«

»Ich weiß …«

»Ich kann eine SMS schicken. Anne-Berit kümmert sich um sie.«

Marianne musterte ihn forschend. Er blickte ernst zurück.

»Wie war es, das wiederzusehen?«, fragte er.

»Einfach schrecklich.«

»Das hab ich gewusst«, sagte er.

»Danke«, sagte sie.

Sie saßen auf dem Überzug und hatten den Schlafsack wie ein Zelt über sich ausgebreitet. Er:

»Es gefällt mir nicht, dass du die ganze Zeit redest, als ob du dir alles überlegt hättest.«

»Was denn?«

»Sex.«

»Das habe ich mir überlegt.«

»Eben.«

»Gefällt es dir nicht, dass ich darüber rede, oder dass ich es mir überlegt habe?«

»Eigentlich beides.«

»Ich sage doch nichts Wichtiges.«

»Aber du redest.«

Marianne spürte seine Wärme.

»Bei dir fühle ich mich sicher«, sagte sie.

»Das brauchst du nicht«, sagte er.

Sie tat sich leid, gab auf und küsste ihn gierig auf den sehnigen Hals, barst vollständig und klammerte sich an ihn, mit Armen und Beinen, in einer verzweifelten Hoffnung, er möge stark genug sein, um ihr die Kleider vom Leib zu reißen, ohne dass sie ihn loslassen müsste, das war er.

»Frierst du?«

»Mir war noch nie wärmer.«

Marianne musterte die Schneeflocken, die auf ihren Bauch rieselten und zu Wasser wurden. »Dieser Kumpel von dir, JonaX, du weißt doch, dass der ein Gangster ist?«

»Jetzt redest du wieder.«

»Ich erwähne es nur.«

»Genau.«

»Das gilt auch für die restliche Clique, die terrorisieren unser Viertel schon, so lange ich da wohne.«

»Wir scheißen nicht ins eigene Nest.«

»Na gut. Weißt du, hier, wo wir jetzt liegen, auf diesem grünen Flecken, habe ich meinen ersten Kuss bekommen.«

»Romantisch.«

»Eigentlich war es ziemlich widerlich. Ich war elf.«

Er sagte etwas Seltsames.

»Ich liebe dich«, sagte er.

Marianne war mit ihrem frotzelnden Ton zufrieden gewesen, aber jetzt sah sie zu ihrem Schrecken, dass er es ernst meinte. »Was ist los?«, fragte er.

»Nichts«, sagte sie und zog seinen Kopf auf ihren Bauch, damit er ihre Tränen nicht sah.

»Was ist denn los?«, fragte er noch einmal.

»Kapierst du denn gar nichts, *ich bin glücklich!*«

Er legte die Arme um sie und zwang sie, ihn anzusehen. Marianne beschloss, mit Denken aufzuhören.

7

Hans Larsen war wieder bei Salonen im Hafen, lenkte Gabelstapler, lud Waren und trank mit Frank draußen in dem kalten Wetter Kaffee, um sich nicht mit der Jugend im grünen Verschlag drängen zu müssen. Er war nicht mehr er selbst. Hans Larsen. Er ähnelte auch keinem anderen, so weit er das verstehen konnte.

»Ich habe gehört, dass du meine Yuccapalme gegossen hast«, sagte er. »Als ich im Krankenhaus lag.«

»Mm«, sagte Frank.

»Da sage ich doch Danke.«

Frank trank kalten Kaffee und rauchte eine nach der anderen.

»Die hat ja nicht viel gebraucht. Und Bent hat das übernommen.«

»Bent?«

»Ja, eine Freundin.«

Larsen staunte.

»Das ist doch ein Männername?«

Frank machte einen Lungenzug und schaute über das Hafenbecken, musterte seine Kippe und schnippte sie in elegantem Bogen ins Meer.

»Das habe ich mir noch nicht überlegt«, sagte er und drehte eine neue, zog das Feuerzeug hervor, machte einen tiefen Zug und behielt den Rauch in der Lunge, während er Larsen forschend anschaute.

»Du hast nur eine schiefe Stelle da in der Fresse. Sonst ist es fast nicht zu sehen.«

Larsen nickte.

Etwas mehr als elf Jahre zuvor hatte er in einer Vernehmung gesessen und etwas gestanden, das er nicht begangen hatte, um der Sache ein Ende zu machen, und danach bereute er das, was er getan hatte, und das, was er auf sich genommen hatte. Aber es hatte auch Zeiten gegeben, in denen er gar nichts bereute, vor allem, als er in seiner Zelle neben einem Typen saß, der sich immer wieder über seine lichten Zukunftsaussichten verbreitete, als sitze er an einer hohen Stelle im Staatsdienst und habe eine glänzende Karriere vor sich. Das Geheimnis lag darin, die Verbrecherlaufbahn als Beruf zu betrachten – die einen fahren Lastwagen, die anderen importieren Gewürze oder tragen Zeitungen aus, und noch andere stehlen und sitzen einige Jahre, stehlen noch mehr und sitzen noch einige Jahre. Das ergibt den Rhythmus des Saisonarbeiters, durchaus ähnlich der Monotonie des Seemannes, und die Monotonie ist trotz allem der Tragbalken in jedem normalen Leben. Seine Zelle sah aus wie eine Bibliothek, mit Rechner, Fernseher, gepflegten Topfblumen, Staffelei und einem reichhaltigen Aquarellkasten, ein Mann, der seinen Platz gefunden hatte und Larsen Fotos seiner Kinder zeigte, mit denen er korrespondierte, vor allem dem jüngsten, das in der Schule Schwierigkeiten hatte und Nachhilfe brauchte. Nie wäre er auf die Idee gekommen, sich eine andere Beschäftigung zu suchen, und Larsen war dadurch entspannt und zivilisiert geworden. Das war er jetzt nicht. Er hatte sich in eine angespannte philosophische Ecke verirrt. Er sagte:

»Weißt du was, Frank, vor zehn, zwölf Jahren hätte ich dich hier in das Meer werfen können.«

Frank lachte lautlos. »Nachdem ich dir zuerst den einen Arm gebrochen hätte.«

»Ja, da sagst du was Wahres.«

Larsen entfernte die Füße ein wenig voneinander und spielte mit dem Gedanken, Frank zu erzählen, dass er ihn nicht aus Mangel an Kräften nicht ins Meer geworfen hatte, sondern aus Mangel an Willen.

»Hast du dir mal überlegt, warum du gerade hier gelandet bist?«, fragte er stattdessen. »Im Hafen, meine ich, und hier geblieben?«

»Nö«, sagte Frank.

»Statt etwas anderes zu machen?«

»Nö.«

»Aufheben kannst du doch auch nichts.«

»Du meinst mein Kreuz?«

Larsen sah zwei Enten zu, die unter ihnen im Kreis schwammen – sie gaben den Enten oft Brotkrumen –, und dachte darüber nach, dass Frank sein Leben lang eine Arbeit gehabt hatte, zu der er absolut unfähig war, und dass er folglich in diesem selben ganzen Leben Sonderbehandlung gebraucht hatte, und das hatte vielleicht einen gewissen Charme, aber etwas zum Lachen war es nicht.

Einzelne Abende verbrachte Larsen in Salonens Wohnung, sie kam ihm vor wie ein enger Verband. Aber in der Regel war er in der Villa der Almlies, wo er als eine Mischung aus wohlerzogenem Gast, Hausmeister und servilem Hausfreund auftrat, er spielte eine Rolle, die er beherrschte, das registrierte er mit einer gewissen Zufriedenheit, es war, als hätte er einmal eine Ausbildung gemacht und fände nun endlich Verwendung dafür.

Er heizte in drei riesigen Öfen ein, auch in seinem eigenen Flügel, schippte Schnee und konnte ein oder zwei Stunden mit dem Lahmen an den Buddelschiffen sitzen. Sie verglichen ihre Leben, der Bankmann mit seiner stockenden Sprache, Larsen zumeist mit abwartendem Schweigen. Aber das war offenbar beredt, denn eines Abends vertraute der Alte ihm an, dass auch er in seinem Leben oft wütend gewesen sei, auf die Politik und den Zustand der Straßen, auf die Steuerbelastung … Echten Hass habe er jedoch niemals verspürt, wie Larsen, sagte er und musterte seinen Sitznachbarn mit einem grotesken Lächeln. Larsen beugte sich vor und wischte ihm ein wenig Speichel ab, abermals unbemerkt von Arthur Almlie, der hob die Stimme und sagte, er sei als Tourist um die Welt gereist, nicht als Seemann auf Heuer wie Larsen, er sei kurz und gut niemals zu etwas gezwungen gewesen, er sei frei gewesen.

»Und verwöhnt«, schloss er. »Das bist du nicht.«

Larsen überlegte, ob er jetzt beleidigt sein sollte, oder ob nun endlich eine Erklärung dafür folgen würde, was er in diesem reichen Haus trieb, aber der Alte blieb stumm, sie waren zwei Varianten von wütenden Männern, zwei Extreme.

Und eine Frau.

Die Musik in der Nacht musste sein, weil Agnes Almlie nicht schlafen konnte. Und was das Weinen anging, das Larsen hörte, so konnte er niemals feststellen, ob mit seinen Ohren etwas nicht stimmte. Vor zwölf Uhr mittags sagte sie wenig oder nichts. Aber sowie Larsen in den Garten ging und versuchte, sich ein wenig nützlich zu machen, kam sie dazu und kommentierte, wie er einen Pflaumenbaum beschnitt, lobte ihn für eine Arbeit, die eigentlich nicht der Rede wert war.

»Das mache ich zum ersten Mal«, sagte Larsen.

»Dann bist du wirklich begabt.«

»Ich nehme diese Schere hier«, sagte er gereizt und zeigte

ihr eine Rosenschere. »Dann schneide ich einen Zweig ab, so, das ist alles.«

»Phänomenal.«

Dann konnte sie plötzlich sagen, dass diese Bäume ihr eigentlich egal seien, die hätten schon vor langer Zeit gefällt werden müssen, und Larsen fragte sich wieder, ob er ihr endlich einige persönliche Fragen stellen könne.

Welche Fragen Larsen ihr wohl gern stellen würde?

»Wie geht es dir, Agnes – eigentlich?«

Das könnte ein guter Anfang sein.

Denn diese Frau war niemals ganz sie selbst, zu diesem Schluss war er gekommen, sie gab die Antwort, die ihr am passendsten erschien, nicht unbedingt für sie selbst, sondern auch für ihren Ehemann. Ja, sogar Larsen wurde ab und zu zum Gegenstand dieser verbalen Fürsorge, die nirgendwo hingehörte; wenn zum Beispiel vom Einkaufen die Rede war, wollte sie um jeden Preis wissen, wann Larsen denn Zeit habe, was er doch immer hatte. Das sagte er auch, da sei die Auswahl groß, sagte er, jetzt sofort zum Beispiel? Aber dann griff sie wieder zu dieser kleinen Ironie und fragte, ob er denn niemals eine eigene Meinung habe.

Dazu sagte Larsen Nein.

»Wie meinst du das?«

»Ich habe keine Meinung, nein, dazu, wann wir einkaufen sollten, wir können es jetzt machen oder in drei Stunden, du entscheidest.«

Er sagte das freundlich, und statt beleidigt zu reagieren, zeigte sie ihm ein scharfes Lächeln.

»Ja, Scheiße, dann lieber sofort, was, das ist wohl eine Sprache, die Sie verstehen, Larsen, die Gossensprache?«

Auch Larsen lächelte, und für einen Moment waren sie auf einer Wellenlänge, dann wurde sie wieder vornehm und herablassend, was dazu führte, dass Larsen sich noch mehr verschloss und dass er außerdem dachte, er habe es wohl nicht besser verdient, als dass sie ihn wie einen Diener behandelte, denn das wollte er doch, oder vielleicht eben doch nicht, Larsen hatte keine Worte dafür, und aus dieser Frau wurde er immer weniger schlau, um so besser er mit ihr bekannt wurde.

Nach drei Wochen schlug er vor, für seine Unterkunft Miete zu bezahlen. Davon wollte sie nichts hören.

»Es kommt mir seltsam vor, gratis hier zu wohnen«, sagte er.

»Ach was«, sagte sie kurz. »Sehe ich etwa aus, als ob ich Ihr Geld brauchte?«

»Wir hatten uns doch auf du geeinigt?«

»Das hatten wir wohl.«

Larsen strich eine Wand im Keller an. Sie kam und nahm das Thema wieder auf.

»Wenn es so ist, dass du dich wohler fühlst, wenn du etwas bezahlst …«

»Das tu ich wohl …«

»Wenn es doch immer so einfach wäre«, seufzte sie und er stellte sich vor, dass diese Aussage geplant gewesen war, wie auch der abschließende Seufzer. »Na gut«, sagte sie dann. »Komm jetzt um Himmels willen nicht mit einem Vorschlag, der die Sache peinlich macht.«

Das schaffte er nicht.

Es war absolut unmöglich für Hans Larsen, eine passende Summe für dieses neue Leben festzulegen, in das er so willenlos und angenehm hineingeglitten war, eine Summe, die in ihren Augen, von ihm aus gesehen, nicht auf irgendeine Weise peinlich wirken könnte. Er beschloss zu warten, bis sie das Thema wieder zur Sprache brachte. Aber das tat sie nicht. Und ihm ging auf, dass in diesem Fall er es war, der sich wichtig machte, denn objektiv gesehen hatte er doch kein Bedürfnis danach, sich jeden Monat von dem Kleingeld zu trennen, das er bei Salonen verdiente, wenn er ehrlich sein sollte, dachte er wütend.

An dem Nachmittag, an dem Kirschen und Pflaumen beschnitten worden waren, hing die Wintersonne tief am Himmel. Es war feucht und kalt, und Larsen fror auf eine fast persönliche Weise. Aus einem Impuls heraus trug er die Trittleiter auf den Weg und stellte sie unter die Telefonleitung, stieg mit einem seltsamen Rauschen in beiden Ohren hoch und erreichte – von der obersten Sprosse aus – gerade den kleinen Ranzen, den irgendwann einmal ein Kind hochgeworfen haben musste. Er schwankte, es war der pure Wahnsinn, und er war von allen Seiten, von der Straße und von den Häusern her zu sehen, schon hatte er Aufmerksamkeit erregt.

Er zog ungeschickt ein Fahrtenmesser hervor und konnte den Riemen kappen, der sich um die Leitung gewickelt hatte.

»Wozu soll das denn gut sein?«, hörte er unter sich. Sie war es. Umringt von drei Kindern und einem Nachbarn, den er einmal kurz begrüßt hatte.

»Der ärgert mich, seit ich hier bin«, sagte Larsen zu der Versammlung unten.

»Der hängt seit Jahren da, wir sind daran gewöhnt.«

Er trat eine Sprosse tiefer, um besseres Gleichgewicht zu erhalten, holte Atem, spürte noch immer dieses private Rauschen in beiden Ohren, und machte sich an die Untersuchung des Ranzens. Der war von Wetter und Feuchtigkeit schwarz geworden und so gut wie durchgefault. Aber als er den kleinen Deckel öffnen konnte, stellte er fest, dass der Ranzen ein Vogelnest enthielt, ein Amselnest, vermutete er, das trocken und unversehrt war, eine perfekte Schale aus Gras und getrocknetem Lehm, und ihm ging auf, dass sein Unterbewusstsein, seit er zum ersten Mal einen Fuß ins Haus Almlie gesetzt hatte, eine Art Taxierung der Einrichtung vorgenommen hatte, von Kunstgegenständen und allem anderen, als berechne er im tiefsten Herzen die Möglichkeit, sie auszurauben, dass dieser Gedanke bisher aber keinen Ertrag erbracht habe, noch nicht, denn er hatte begriffen, dass es nicht eilte, vielleicht, wenn das Ganze überhaupt interessant war – das Thema war ein Brei aus Bedingungen und Möglichkeiten, den Larsens altes Ich vermutlich rasch in Worte hätte kleiden und ausnutzen können, was er aus irgendeinem Grund aber nicht mehr schaffte, und das nicht, weil er zu einem besseren Menschen geworden wäre, sondern, weil er sich wirklich geändert hatte; genau das ist passiert, dachte er, während er fast wie gelähmt oben auf der Trittleiter stand und ein Vogelnest ansah und sofort beschloss, den Ranzen wieder hinzuhängen – er war ein anderer.

Er reckte sich so hoch er konnte, zitterte von Kopf bis Fuß, und konnte den unversehrten Riemen wieder um die Leitung wickeln, er befestigte ihn mit einem soliden Schifferknoten und stieg langsam wieder nach unten, Sprosse um Sprosse, klappte die Leiter zusammen, lächelte die glotzenden Kinder an und ging gefolgt von Agnes zurück zur Garage. Sie sagte kein Wort, während er die Aluminiumleiter weghängte, und plötzlich wurde ihm klar, was hier wirklich Sache war. Sie hatte keine Angst vor ihm. Niemand in diesem Haus hatte Angst vor Hans Larsen. Er war harmlos.

Es kann zwei Gründe dafür geben, dass man keine Angst hat: man hat nichts zu befürchten oder man hat aufgegeben – soviel an Überlegung brachte er immerhin zusammen. Und von hinten gesehen wirkte das Leben des Ehepaars wie eine zusammenhängende Serie von »reizenden Menschen«, »netten Empfängen« und »spannenden Reisen«. Aber Hans Larsen sah nie etwas von diesen »reizenden Menschen«. Es kam überhaupt nie jemand zu Besuch, die beiden gingen niemals aus, während der Briefkasten nur Rechnungen und Zeitungen enthielt, die Larsen jeden Morgen und Nachmittag ins Haus brachte und auf einen kleinen Rokokotisch in der Diele legte, neben das Telefon, das ebenfalls nicht benutzt wurde. Er saß am Esstisch und hörte die beiden über Blumen reden, dass er rote Rosen und meergrüne Blätter liebte, derselbe Mann, der seine Frau als Scheißkuh bezeichnete, wenn er und Larsen sich über ein Boot beugten. Das Ehepaar debattierte über die Bedeutung von Nelken im Gegensatz zu Narzissen und konnte abermals eine alte Meinungsverschiedenheit austragen, ohne – soweit Larsen das feststellen konnte – etwas anderes damit zu machen als sich davon zu überzeugen, dass sie noch immer vorhanden war, wie eine Eiterbeule. Sie sind so voller Gewohnheiten, dachte er, sie hatten so viel mehr an Gewohnheiten als er, weil sie die zusammen hatten, und es ist viel schlimmer, gemeinsam ein Gebrechen zu haben, als sich allein damit abzuplagen, hoffte er.

Eines Samstagnachmittags saßen Hans Larsen und Agnes Almlie im Erker zum Garten hin und tranken Tee, während sie in einem Buch blätterte, und er dachte, ihm sei jetzt schon eine Weile von ihrem Parfüm nicht mehr schwindlig geworden. Und nun erlitt sie plötzlich einen ihrer Vertraulichkeitsanfälle, legte ihr Gesicht in besorgte Falten, sah ihn über das Buch hinweg an und sagte, der Schlaganfall ihres Mannes habe ihren Alltag ruiniert, ihren *Alltag*, betonte sie mit plötzlich brüchiger Stimme. Dann fauchte sie – wie am ersten Abend, als sie dem Mann den Speichel abgewischt hatten –, dass der alte Trottel keinen Widerspruch mehr ertragen könne, keinen gesunden Menschenverstand. Und sie könne nicht mit einem Mann leben, dem sie nicht widersprechen dürfe. Er sei zum Pflegefall geworden, sei kein Partner oder ebenbürtiger Gegner mehr, endete sie und schüttelte abermals ihre kleinen Fäuste, dass der Schmuck nur so klirrte. Larsen spürte, wie eine vage, aber überaus präzise Idee sich in seinen Schädel bohrte, die Idee, dass der Inhalt dieses Ausbruchs alles andere als neu sei, also keine Folge des Schlaganfalls, den ihr Mann erlitten hatte, sondern dass der Ausbruch in ihrem ganzen Leben wurzelte, und – nicht zuletzt – dass sie Larsen vielleicht hergeholt hatte, um dem Mann das Leben zu nehmen, ohne das selbst zu wissen.

Genau aus diesem Grunde brachte er es nicht über sich, noch einmal ihre Hände in seine zu nehmen. Das Ganze trug sich noch dazu mitten am Nachmittag zu, sie waren nüchtern, und das Licht der Belanglosigkeiten leuchtete klar und unzweideutig durch die großen Fenster, auf Larsen, den Seemann mit der zweifelhaften Vergangenheit, und dieses Wesen, das eine verwirrende Mischung von Häufchen Elend und einzigartiger Schönheit war, gefüllt bis an den Rand mit etwas, das Larsen nur zu gut kannte – Hass. Aber er könnte also – auf keinen Fall – zum verlängerten Arm dieses Hasses werden, egal, was er für sie empfand, deshalb erhob er sich und verließ sie, ohne sich auch nur für das Essen zu bedanken, ohne sie anzusehen, er wusste so gut, wie sie aussah – ihre Enttäuschung, darüber, dass Hans Larsen nicht der war, für den sie ihn gehalten hatte.

Aber, dachte er, als er in seinem Zimmer in Sicherheit war – wenn das der Grund dafür ist, dass sie mich hier haben will, welchen Grund hat dann *er*? Ahnte er, was seine Frau so trieb? Und ahnte sie, dass er – der Ehemann – es eventuell ahnte? Larsen sah sich selbst in eine dermaßen schwindelerregende Doppelrolle versetzt, dass er weiter gar nicht denken konnte.

Zwei Tage darauf kam Larsen durch den Garten und entdeckte sie im beleuchteten Küchenfenster, wo sie erstarrt in Gedanken oder Erinnerungen stand, sie sah mit leerem Blick hinaus ins Dunkle, wo Larsen sich befand, ohne ihn sehen zu können. Im Garten lag zum dritten Mal Schnee, es war still in der Nachbarschaft, Wassertropfen hingen an den Fensterbänken und fielen nicht herab, und das machte einen gewaltigen Eindruck auf ihn: Eine nackte Frau, die sich ungesehen glaubt und damit ihr innerstes Wesen verrät – sie war lebendig begraben, hatte aber dennoch nicht aufgegeben. Und die ersten Gefühle, die er für sie gehabt hatte, im Krankenhaus und im Auto auf dem Weg hierher, an den ersten Tagen und in den ersten Wochen, machten sich wieder bemerkbar – dieser trügerische Anflug von Jugend, das schicksalhafte Gefühl von Hoffnung.

Aber es bedeutete, dass er ihren Wunsch erfüllen musste. Diesen Gedanken konnte er nicht denken. Nicht Hans Larsen. Der einzige, den er kannte, der fähig wäre, beide Aufträge zu erfüllen, den des Todes und den des Lebens.

Aber es war zu spät.

Deshalb gestattete er es sich in der nun folgenden Zeit, kleine, konkrete Pläne zu machen, ohne jedoch besonders weit zu kommen, ehe er sie eines Tages in der Stadt entdeckte – sie saß vorn in einem fremden Auto, lehnte sich zum Fahrersitz hinüber, wo ein Mann in ihrem Alter saß, die eine Hand auf dem Lenkrad, die andere irgendwo zwischen ihnen, auf ihrem Knie, so konnte es aussehen, von dort, wo Larsen stand, und der Mann nickte lächelnd zu etwas, das sie ihm ins Ohr sagte. Sie sahen aus wie ein Ehepaar, oder wie noch viel mehr.

Larsen machte auf dem Heimweg einen Umweg. Er hatte bei Salonen mehr oder weniger aufgehört, in der Hoffnung, im Haus Almlie allem auf den Grund zu kommen, und jetzt löste ihr offenkundiges Wohlbefinden zusammen mit einem fremden Mann in ihm etwas von derselben Bewegung aus wie an dem Tag, als er im Garten gestanden und sie durch das Fenster betrachtet hatte, die Erkenntnis, dass sie nicht aufgegeben hatte, obwohl die Situation nichts Kompromittierendes gehabt hatte, sie wirkte im Gegenteil sehr natürlich, eine lebende Frau mit einem gelähmten sabbernden Mann zu Hause im Keller, natürlich sitzt sie vorn in einem Auto und unterhält sich mit einem anderen.

Aber wer war er?

Jedenfalls nicht Hans Larsen. Das war das Nächste, was ihn beschäftigte, als er durch die Straßen lief, um nicht zu früh nach Hause zu kommen, und was konnte das für seinen bereits unmöglichen Auftrag bedeuten – noch ein Mann?

An den folgenden Tagen wusste er sich keinen anderen Rat, als sich noch häuslichere Gewohnheiten zuzulegen. Er kochte Kaffee und deckte unaufgefordert den Tisch. Er spülte und räumte auf und reparierte ein Fenster, ohne darum gebeten worden zu sein. Er nahm sich keinerlei Freiheiten heraus, er sah nur aus, als gehöre er noch mehr zum Inventar, hoffte er.

Aber verdammt noch mal, wer war der Mann im Auto?

Larsen merkte, dass diese Frage ihm zusetzte. Er überlegte, ob es ihr Bruder sein könnte, sie hatte nämlich einen Bruder, der ab und zu erwähnt wurde, auch wenn er sich niemals blicken ließ. Oder ein Arzt? Ja, Larsen hatte sich überlegt, dass der Mann aussah wie ein Arzt, so, wie alle Ärzte wie Ärzte aussehen, ohne dass man das Entscheidende in Worte kleiden kann. Aber er war mit keiner dieser Erklärungen zufrieden. Sie überzeugten nicht.

Wie wäre es also mit einem alten Kollegen aus ihrer Zeit als Lehrerin?

Hans Larsen merkte, dass er sich auf dünnem Eis befand.

Wenn er es nicht besser gewusst hätte, hätte er auf die Idee kommen können, er sei eifersüchtig.

Zu allem Überfluss hatte sie jetzt eine neue Leichtigkeit und konnte ihn direkt ausfragen, nach Larsens Meinung über Essen, Wetter, Gartenpflege, sie erkundigte sich zudem nach seinem früheren Leben. Und er erzählte ihr ein paar Kleinigkeiten, achtete aber darauf, sie nicht mit zu authentischem Material zu schockieren, er gab sich eher Mühe, unterhaltsam zu sein, das Beste von sich zum Besten zu geben, sozusagen mit einem wachsenden Gefühl, dass ihm das nicht sonderlich gut stand. Aber als sie dann plötzlich befreiend lachte, ging ihm auf, dass er auf etwas gestoßen war, das in diesem Haus fehlte, zusätzlich zu den Fotos und den Menschen, nämlich, unbefangenes und vorbehaltloses Lachen. Zum ersten Mal lachte sie so wie jetzt, und das machte die Sache nicht besser.

Damit machte Larsen einen weiteren Schritt und fing an, sich zu ihrer Kleidung zu äußern, murmelte, ein Kleid gefalle ihm besser als ein anderes, ohne das andere zu kritisieren, es fiel ihm sehr leicht, wie er zu seinem Staunen bemerkte, es war doch ein Flirt und nicht gerade seine Stärke, und woher habe sie diese Halskette, die mit den blauen Steinen?

Er registrierte, dass sie ihr Parfüm wechselte, und wenn etwas passierte, worüber sie sich amüsierte – es konnte eine Kleinigkeit sein, wie eine Meldung im Radio – verspürte er den unwiderstehlichen Drang, sie noch mehr zu amüsieren, was ihm manchmal gelang und manchmal nicht – und dann grämte er sich und beschloss, kein Wort mehr zu sagen, ehe er es sich so genau überlegt hatte, dass es vermutlich überflüssig würde, es zu sagen. Aber das Schweigen bekam er auch nicht richtig in den Griff. Wir sind beide alt, versuchte er zu denken, wir sind beide Opfer unseres langen Lebens, und sie ist nicht unsterblicher als ich. Oder verzweifelter. Nur um abermals mit dem Kopf gegen die unvermeidliche Frage zu stoßen: Wer zum Teufel war der Mann im Auto?

Larsen ging in ein Café. Seit seiner Entlassung war er noch in keinem Café gewesen, und dieses hier sah nett aus, es war außerdem nur einen interessanten Spaziergang von der Straßenbahnhaltestelle entfernt, die er inzwischen benutzte. Es überraschte ihn, dass es so schwer sein sollte, einen ganz normalen Kaffee zu bestellen. Er musste sich eine Reihe Namen von unterschiedlichen Kaffeetypen anhören, ausgesprochen von einer hübschen und heftig geschminkten jungen Frau mit belegter Stimme, so exotische Namen, dass sogar ein alter Seemann in Verwirrung geriet.

»Sagen Sie mal«, sagte er, »ist das hier Afrika?«

Die Kleine lächelte und gab zu erkennen, dass sie seinen Witz verstand und legte eine bleiche Hand mit schwarzlackierten Nägeln auf eine Metalleinrichtung, die Larsen an einen nagelneuen Schweißapparat erinnerte, und er war jetzt so erregt, dass er etwas tun könnte, etwas Ernsthaftes, das spürte er. Wieder die alte Wut. Aber vieles ließ annehmen, dass sie den Ernst der Lage doch nicht verstehen würde, und deshalb zeigte er auf den Schweißapparat. Und als sie abermals die unverständlichen Namen nannte, beschloss er ganz einfach, Ja zu sagen.

»Ja, was denn?«

Larsen musste sagen:

»Das Letzte, was Sie gesagt haben.«

»Americano?«

»Schwarzer Kaffee?«

»Der ist ziemlich schwarz, ja, wie Afrika.«

Sie lächelten einander an.

»Dann nehm ich den.«

Er bekam eine Tasse Kaffee, bezahlte, setzte sich auf einen Hocker am Fenster und beschloss, wieder herzukommen, jetzt, wo das Eis gebrochen war. Und das, bei dessen Erforschung er eigentlich eine Pause eingelegt hatte, seine Position im Haus Almlie, geriet in verwirrende Entfernung – denn dort am Tresen hatte er vor nur wenigen Minuten einen so heftigen Drang verspürt, zu explodieren.

Aber das war nicht passiert.

Larsen hatte sich ruhig verhalten, hatte sich ganz einfach alles Mögliche gefallen lassen – ohne zu reagieren.

Und das war eine ebenso entscheidende Erfahrung wie der Einblick in Agnes Almlies Wesen, wenn er also richtig gesehen hatte. Also warum beruhigte diese neue Selbstkontrolle ihn nicht mehr, als sie das eben tat?

Weil er im Haus Almlie die ganze Zeit ein Keil zwischen den Ehepartnern war und das weiterhin sein würde, egal, was auch geschah, weil er mit allen seinen kleinen und großen Tätigkeiten dort nur ein einziges Ziel hatte, objektiv gesehen, eben, sich zwischen die beiden zu bohren und dieser verdammte Keil zu sein, und das durfte nicht geschehen, auch wenn es ihm befohlen würde, von ihr, rief es in ihm. Er ging wieder zum Tresen und bestellte noch einen Kaffee, diesmal mit den Worten:

»Dasselbe.«

»Americano?«

»Ja, ja, Americano.«

Er sah ein, dass er einige Tage wegbleiben musste, vielleicht für immer, das spürte er, als er dort saß und Kaffee trank und in das dichte Schneegestöber hinausschaute, sein erster Winter seit wie vielen Jahren.

Larsen liebte den Winter, das fiel ihm jetzt ein, es war

ihm nur nicht aufgefallen, so lange der nur eine Jahreszeit war, wie die drei anderen, ein vergängliches Stück Zeit. Jetzt war es endlich Winter geworden. Hans Larsens erster Winter. Er erhob sich und ging hinaus, verdrängte den plötzlichen Wunsch, seine Tochter wiederzusehen, einen Wunsch, der sich auch im Laufe dieser Wochen an ihn herangeschlichen hatte – ja, das war es, dachte er endlich – sie war es, die ihn so vollständig umgeworfen hatte, nicht dieses alte Ehepaar.

Er ging nach Hause und nahm sich wieder ihren Brief vor, um sich davon zu überzeugen, dass der dieselbe Wirkung hatte – die grellen Anklagen, mit dem fatalen Echo, das Larsen sagte, wer er war, ein Mann, der sich nie in eine Beziehung zu einem anderen Menschen verwickeln konnte. Na gut, dachte er, faltete den Brief zusammen und steckte ihn wieder in den Umschlag. Was für ein Tag, dachte er. Was passiert mit mir? Und dann dieses unbegreifliche Rauschen in beiden Ohren?

Es wurde Weihnachten und Larsen sagte zu dem Ehepaar Almlie, dass er etwas erledigen müsse und einige Tage ausbleiben werde, und sie protestierten beide nicht, wie er registrierte.

Von Salonen verlangte er am Heiligen Abend Überstunden, aber es war kein Arbeitsplatz, wo irgendwer zu Weihnachten frei haben wollte, es war eher ein Ort, wo man Vollzeit arbeitete und auf dem Tisch im grünen Büro einige Flaschen stehen hatte, um nicht nach Hause gehen zu müssen, aber Larsen könnte doch auch kommen?

Er saß eine Weile dabei und trank zwei kleine Gläser, ihm fehlte jedoch etwas so schrecklich, dass er aufstehen und gehen musste, und niemand protestierte, auch hier nicht, dachte er – und noch immer mit diesen Insekten in den Ohren.

Er ging in einen Blumenladen und kaufte einen Kranz und eine Kerze, ging in Salonens Wohnung und duschte und suchte sich einen Anzug und einen Mantel heraus, bereute, den Hut liegen gelassen zu haben, und ging auf den Friedhof, wo seine Frau begraben war.

Sie lag seit fast zehn Jahren hier, und Larsen entfernte ein wenig Schnee, lehnte den Kranz an den Grabstein, zündete die Kerze an und blieb mit gesenktem Kopf stehen und sah seine eigenen Spuren an. Er kniete nieder und formte Schneebälle, stapelte sie zu einem Wall um die Kerze und sah gelbes Licht durch die Spalten flackern.

Am Grab daneben stand eine alte Frau und weinte. Ihr Grabstein war nicht neu. Er nahm ihre Streichhölzer und zündete für sie ihre Kerze an. Sie lächelte, dankte aber nicht, als wäre das ein Verstoß gegen das Grundgesetz hier vor Ort.

»Können Sie das begreifen, es ist zwanzig Jahre her, aber ich weine noch immer.«

»Ja«, sagte Larsen.

Er hörte mit halbem Ohr ihrem Gerede zu, über einen Ehemann, und erinnerte sich daran, dass er immer gemeint hatte, das Leben seiner Frau sei ebenso sinnlos gewesen wie seins: Sie lächelte tapfer, machte einen Versuch und verschwand wieder, es war wenig im Vergleich dazu, was sie erwartet hatten. Sie hatten nicht einmal geschafft, füreinander zum Kompromiss zu werden.

»Sie muss Ihnen doch sehr fehlen?«, fragte die Alte und schaute Larsen durch einen mit Perlen besetzten Schleier interessiert an.

»Ja«, sagte er. »Zehn Jahre, und nicht einen einzigen Tag habe ich daran gedacht, noch einmal zu heiraten.«

»Nein, nicht wahr, man möchte die Erinnerung an sie rein halten.«

Larsen merkte, dass er lächelte, und er sah sie sich näher an, den zweiten verfeinerten Menschen, der in kurzer Zeit seinen Weg gekreuzt hatte.

»Haben Sie Familie?«, fragte er.

»Sicher.«

Er glaubte zu verstehen, dass diese Familie nicht in nächster Nähe wohnte.

»Ich muss da lang«, sagte er und nickte in die wahrscheinlichste Richtung. »Gehen wir ein Stück zusammen?«

»Ja, gern.«

Er ging hinter ihr her über den Weg zwischen den verschneiten Gräbern, den Laternen und Kerzen und den festlich gekleideten Menschen, die sich über Steine und Kreuze beugten, gedämpfte Stimmung, unerträglich eiskalt, und Larsen wollte schneller gehen, aber sie versperrte ihm den Weg.

Als sie durch das Tor gingen, konnte er ihren Bewegungen ablesen, in welche Richtung sie musste, und er kam ihr zuvor und sagte, er müsse in dieselbe Richtung.

»Ich wohne hier«, sagte sie. Da hatte er sich geirrt.

»Sie hätten da oben weinen sollen«, sagte sie. »Dann wären Sie jetzt damit fertig.«

»Ja«, sagte Larsen.

»Sie haben keinen Ort, wohin Sie gehen könnten, oder?«

»Nein.«

»Dann haben Sie wohl Zeit für eine Tasse Kaffee?«

»Moment noch«, sagte er und musterte den Schneewall zwischen der Straße und dem unbenutzbaren Bürgersteig.

»Sie müssen mir hinüberhelfen«, sagte sie.

»Moment noch«, wiederholte er, in dem Wissen, dass das hier der Zeitpunkt war, zu dem er ein Unglück verhindern könnte, hier wird die Entscheidung gefällt, an der Ecke davor, ehe man hineingeht; hier gibt man nach oder widersteht; das ist der Punkt, den man niemals sieht, weil er noch nicht existiert, sondern von dem erschaffen wird, was später geschieht – er fasste sie unter den Armen und hob sie wie eine Puppe über den weißen Wall und stellte sie auf der anderen Seite vorsichtig wieder ab.

Er half ihr aus dem Pelzmantel, hängte seinen eigenen Mantel darüber, strich die restlichen Haare über die Narbe und betrat dann eine weitere Welt, ausgerüstet mit einer Armee aus gerahmten Fotografien auf Fensterbänken und an Wänden und auf kleinen Tischen, die keinem anderen Zweck dienten, als eben den Untersatz für die Bilder zu geben, auf Regalen, Kommoden, Klavier; es gab hier zwei Wanduhren mit unterschiedlicher Zeit und mit Teppich belegte Böden mit schweren Ledersesseln, die sicher hier standen, seit sie ins Haus getragen worden waren; es war zu warm, es roch süß und alt, und Hans Larsen staunte darüber, wie wenig er noch aus seiner eigenen Ehe wusste: Man geht ins Geschäft, isst ein Pausenbrot, nimmt den Bus und blickt in ein anderes Gesicht, man tut es wieder, die Tage werden gleich und unscharf, und am Ende ist es so, als hätten andere sie gelebt.

Eine kleine Narbe an ihrem rechten Zeigefinger.

Er erinnerte sich daran, dass sie die Hände über den Knien gefaltet hatte, dass ihr Ei immer falsch herum im Eierbecher stand, dass sie rosa Plastikohrringe trug … aber was hatte sie zu ihr selbst gemacht und zu keiner anderen?

Einige Tage zuvor hatte Larsen im Hafen im Terminalgebäude gestanden und auf Zollpapiere gewartet. Die Passagiere strömten an Land, und ein Mann in den Fünfzigern wurde von einer viel jüngeren Frau empfangen. Sie fielen einander um den Hals und umarmten sich und weinten und konnten einander nicht einmal ins Gesicht blicken. Eine Begegnung zwischen zwei Ewigkeiten. Sie versuchten, zum Ausgang zu gehen, mussten aber immer wieder stehenbleiben und einander anfassen. Und es war keine Vorstellung, denn es gab nur diese beiden in dieser ganzen Welt, die von ihnen aus in totale Auflösung hätte übergehen können. Und Larsen hatte plötzlich keinen Zynismus mehr gehabt, um sich zu schützen, und er hatte für den Rest des Tages dieses irrsinnige Bild im Kopf gehabt, hätte beschreiben können, wie sie gekleidet gewesen waren, wie groß, ihre Haare, ihr Alter … er war der geniale Augenzeuge von etwas, das er selbst niemals erlebt hatte, das aber dennoch in ihm stecken musste, wie ein Keim vielleicht, da er es erkannte und so hart davon getroffen wurde.

»Wer sind all diese Menschen?«, fragte er.

»Meine Familie«, sagte sie.

»Verzeihung«, sagte er, als seien sie verstorben.

»Das ist mein Mann. Meine Töchter. Sie wohnen im Ausland, die Enkelkinder … haben Sie eine große Familie?«

»Nein. Nur eine Tochter.«

Sie brauchte offenbar nichts um sich herum, das eine Distanz zu dem schuf, was gewesen war, als gäbe es nichts zu bereuen, dachte Hans Larsen.

»Sie haben es hier sicher gut«, sagte er, als sie die Tassen auf den Tisch stellte.

»Ja, ich bin hier geboren.«

»Ich habe keine Bilder«, sagte er.

»Keine?«

»Nein.«

»Nicht einmal von Ihrer Tochter?«

»Nein.«

Er lächelte.

»Möchten Sie ein Glas Likör?«

»Wenn Sie eins mittrinken.«

Ihr zitterten die Hände und Larsen war kurz vor dem Einschlafen – in letzter Zeit war er jeden Morgen um drei aufgewacht, nicht nur durch ferne klassische Musik und das rätselhafte Weinen, sondern davon, dass jemand an die Tür klopfte. Er hatte aufstehen und auf nackten Füßen draußen auf dem kalten Flur stehen müssen, bis sein Kopf klar wurde. Er wartete, bis der Zeitungsbote kam, las ein wenig und nickte wieder ein. Aber es war ein Wachdienst, den er da ableistete, und er erwachte jede Nacht zu diesem Wachdienst.

»Ich kenne Sie«, sagte die Alte plötzlich. Und er zuckte zusammen. »Ja, ich habe Sie sicher da oben gesehen. Voriges Jahr Weihnachten vielleicht, oder noch ein Jahr davor?«

»Das kann sein.«

»Und ich habe sofort gesehen, dass Sie unglücklich sind. Sehe ich ebenso unglücklich aus?«

»Ja«, sagte er mit einem neuen Lächeln.

»Dann muss ich das ändern. Wie finden Sie den Likör?«

»Köstlich.«

»Kirschen. Ich habe einen kleinen Schrebergarten, es ist doch gut, eine Beschäftigung zu haben, finden Sie nicht?«

»Doch.«

»Sie konnten in all diesen Jahren also nur an sich selbst denken?«

»Ja.«

»Das ist nicht gut.«

»Das ist es wohl nicht.«

Es war seine Tochter, die er draußen auf dem Flur zu sehen erwartete, obwohl er wusste, dass sie nicht zu ihm kommen würde, dass von ihr nur das Klopfen übrig war, um drei Uhr morgens, die Bitte, eingelassen zu werden, und ihm fiel plötzlich ein, wie sie einmal einen Kinderwagen gestohlen hatte.

»Was soll das bedeuten?«, hatte er gefragt.

»Der gehört mir«, sagte sie, während die kleinen Hände das viel zu große Diebesgut festhielten. Der Trotz in dem schwarzen Blick, der ihm sagte, dass das hier etwas ganz anderes sei als eine kindliche Verwechslung von Dein und Mein.

»Das tut er nicht. Stell ihn wieder dahin, wo du ihn gefunden hast.«

»Ich habe ihn nicht gefunden, der gehört mir.«

»Wie meinst du das?«

»Mir! Mir!«

Sie war sieben, keine vier, und etwas stimmte nicht mit ihrem Gesichtsausdruck, und er wollte die steifen Finger aufbrechen und den Wagen seinem Besitzer zurückbringen, aber ihm ging noch rechtzeitig auf, dass er gar nichts unternehmen könnte, denn es gab eine Ursache, und die war *er* – etwas Unsichtbares und Diffuses, das in seinem ganzen Wesen wurzelte, das seit der Geburt dort gewesen war, seit seiner Geburt.

Er holte eine Nachbarin, die die Kleine fragte, wo sie den Wagen gefunden habe. Das Kind sah die Nachbarin an, schlug beschämt die Augen nieder und ließ den Wagen los, als sei nichts passiert – und damit erhob Larsen sich in der Wohnung der alten Frau und sah den vielen Dekorationen an, dass Weihnachten war, denn er sagte etwas über ihren Weihnachtsbaum, dass er selbst keinen habe, dass er keinen Schmuck habe, das sei nichts für ihn!, rief er, der riesige Mann, außer Fassung geraten, und brüllte, er sei von einem Bus umgefahren worden, das sei das Beste, was ihm in seinem Leben je passiert sei.

»Sie sind krank«, sagte sie.

Nein, Larsen wollte nur betonen, dass das Krankenhaus einen Anwalt hatte, der sagte, er könne die Busgesellschaft verklagen und eine bedeutende Entschädigungssumme fordern. Aber diesen Vorschlag hatte er abgelehnt, denn es sei *seine* Schuld gewesen.

»Und wissen Sie was?«, brüllte er.

»Nein …«

»Es *war* gar nicht meine Schuld. Ich bin *nicht* bewusst auf die Straße gelaufen!«

Er hatte sich endlich zu einem Kern vorarbeiten können. Aber der verschwand nun wieder. »Ich wollte es nicht«, wiederholte er in einem verzweifelten Versuch, es wieder an die Oberfläche zu treiben, dieses diffus Wesentliche. Aber es war und blieb verschwunden, er hielt die Fäuste vor sich wie zwei Keulen und donnerte damit auf den zierlichen Tisch, so dass Tassen und Gläser zu Boden gingen.

Sie stieß einen heiseren Schrei aus und blieb wie geblendet sitzen. Während Hans Larsen wieder zurückverwandelt war und anfing, Porzellanscherben und Gläser aufzulesen wie ein sanftmütiger Diener, er trug sie in die Küche und nahm einen Stapel Zeitungen mit, breitete sie unter dem Tisch und auf dem verschmutzten Teppich aus.

»Danke«, sagte sie.

Larsen beendete seine Arbeit und trat vor sie hin, die Skulptur Hans Larsen, mit gesenktem Kopf und die Hände mit feuchtem Papier gefüllt, aufbruchsbereit, aber sie hielt ihn zurück.

»Bleiben Sie«, sagte sie.

Er schaute überrascht auf. Sie nickte. Larsen schloss die Augen, hörte schlurfende Pantoffeln auf dem Teppich, und wartete, bis sie mit einer neuen Flasche und zwei neuen Gläsern zurückkam.

»Ich weiß nicht, woher es kommt«, sagte er und zeigte auf sich. »Das hier drinnen.«

»Das weiß niemand«, sagte sie. »Setzen Sie sich.«

Er sah Agnes Almlie im Fenster. Agnes auf dem Vordersitz eines fremden Autos. Mit einem fremden Mann. Jetzt fiel ihm auch ein, wie sie den Schnee vom Geländer wischte, mit den Handschuhen, die aussahen wie kleine schwarze Flügel, ihre Hände, die Fleisch in flordünne Streifen schnitten und das Wasser unendlich langsam durch ein Teesieb laufen ließen, während er selbst in erwartungsvoller Freude darüber von einem Fuß auf den anderen trat, dass jemand die Geduld hatte, mit reinem blanken Wasser und einigen unscheinbaren Teeblättern ein solches Meisterwerk zu vollführen.

»Ich habe nichts mehr, wofür ich leben kann«, hörte er hinter sich, aber Larsen konnte nicht noch mehr anhören, er fand einen Vorwand, nahm Abschied und ging hinaus in den Winter, den Kopf gefüllt von einem einzigen Gedanken – dass er etwas bekommen hatte, wofür er leben könnte, er hatte nicht nur eine Tochter, sondern auch eine Enkeltochter.

8

Marianne musterte den Mittelscheitel von Anne-Berit, die ihr am Cafétisch gegenübersaß und Autoanzeigen studierte – ihr Zeigefingernagel kratzte über die Seiten.

»Woran denkst du?«, fragte sie zum Tisch gewandt.

»Daran, dass du einen hellen Mittelscheitel kriegst«, sagte Marianne. »Und zum Friseur gehen müsstest.«

»Quatsch. Was sagst du zu dem hier?«

Sie schob die Zeitung über den Tisch, hob die Kaffeetasse und blickte Marianne skeptisch an. Die sah eine Anzeige, der es gelang, so wenig wie möglich zu sagen.

»Ausländer.«

»Vermutlich. Und der Preis?«

»Der ist wohl in Ordnung.«

»Ach.«

»Aber blau?«

»Die Farbe ist mir ja wohl scheißegal, solange das Teil fährt. Ich wollte wissen, woran du denkst.«

»Und ich habe wie üblich keine Antwort gegeben.«

Marianne beugte sich über den Tisch vor. »Sieh dir doch an, wie ich aussehe!«

Anne-Berit lächelte mit roten Lippen über dem weißen Porzellan.

»Elektrische Nylonbluse mit Ausschnitt, lässt sich das noch steigern? Ein bisschen eng vielleicht.«

»Reizend.«

»Was willst du eigentlich in dieser blöden Wäscherei, mit deinem Kopf?«

Marianne flüsterte:

»Und warum müssen wir uns ausgerechnet hier treffen?«

»Weil dein Typ kommt.«

»Was?«

»Ja, ich hab doch kaum Ahnung von Autos, oder … und da ist er schon.«

Anne-Berit breitete die Arme aus und sah so glamourös aus, wie das nur sie konnte, beugte den Körper vor, um theatralisch einen Kuss auf jede Wange zu fordern. Er kommentierte ihr Aussehen mit einem »wow« und setzte sich.

»Was hältst du von dem hier?«

Er hatte Mariannes Hand genommen, aber er küsste Marianne nicht auf die Wangen, sondern hielt ihre Hand fest, während er die Anzeige las, so dass Anne-Berits Vorstellung auf beruhigende Weise zweitrangig wurde, und Marianne schaute aus dem Fenster, mit dieser neuen Intimität im Körper, die sie noch nie bei einem Mann erlebt hatte, aber jetzt also mit einem Jungen, der sie einfach genommen hatte, wie sie offenbar genommen werden musste, und sie redete sich plötzlich ein, dass sie nicht nur hinter dem Fenster etwas sah, sondern dass sie etwas *durch* Glas sah, dieses zitternde Gefühl von Kohlensäure, ihre Hand in seiner – und jetzt war sie wieder sicher, dass ihr Vater als freier Mann umherlief und sie gesehen haben musste, und sie merkte zu spät, dass die beiden anderen über sie lachten.

»Nur ein bisschen zerstreut?«

Anne-Berit hielt sich den Stift wie einen Zauberstab zwischen die Lippen. Trond sagte:

»Krass«, weil Marianne sich in dem Reisebüro, in dem Anne-Berit arbeitete, nach einer Stelle erkundigt hatte.

»Hast du das erzählt?«

»Hör doch zu.«

»Dann verdienst du wohl auch besser?«

»Ich habe gesagt, dass ich es mir überlegen will«, sagte Marianne.

Sie konnte nachts aufwachen und musste dann aufstehen, duschen und nach Greta sehen, ehe sie zurück ins Schlafzimmer gehen und begreifen konnte, dass er dort lag, lautlos schlafend, auf dem Bauch im Doppelbett, das sie fünf Jahre zuvor in einer verzweifelten Hoffnung gekauft hatte, und was sie seither bereut hatte, die zu deutliche Einsamkeit in einem Doppelbett, das sie dennoch behalten hatte, weil der Gedanke an ein Einzelbett noch schlimmer war.

Sie hörte vage zu, während Trond und Anne-Berit über das Autowrack sprachen, registrierte, dass er versprach, ihr zu helfen, und sah, wie ihre Freundin aufstand und stehen blieb, wie in dem Versuch, sich etwas einfallen zu lassen, begriff aber nicht, was sie sagte, ehe sie sie mit einem überzeugenden Hüftschwung verließ. Marianne sagte:

»Mein Vater ist draußen. Ich bin mir ganz sicher.«

»Er sitzt, das hab ich doch gesagt.«

»Er kann seinen Namen geändert haben.«

»Sonst noch was.«

»Und wenn er einen Deal gemacht hat?«

»Du kannst dich nicht aus dem Knast rausdealen. Du kannst …«

»Gute Führung, was weiß ich.«

Er seufzte und griff nach ihrer Kaffeetasse, sah, dass die leer war, und suchte in einer Tasche nach der anderen nach Kleingeld, so, wie er immer eine Meinungsverschiedenheit damit beendete, dass er sich ganz einfach wegdrehte, wofür sie ihn liebte. Sie murmelte, sie müsse zurück zur Arbeit, stand auf und sagte, bis heute Abend, umarmte ihn und verließ dann das Café mit zweiundzwanzig abgemessenen Schritten, noch immer davon überzeugt, dass jemand sie ansah.

Es wurde Weihnachten und Marianne stellte fest, dass Gretas Schopf bis zum Lichtschalter im Badezimmer reichte, sie registrierte, dass Greta das Milchglas mit einer Hand halten, fehlerfrei aus ihrem Donaldheft vorlesen und plötzlich bereit sein konnte, selbst den Reißverschluss in ihrem Overall zu schließen.

Jedes Jahr gingen sie am Heiligen Abend auf den Friedhof, legten einen Kranz auf das Grab der Mutter und zündeten Kerzen an, damit Marianne den Kopf hängen lassen konnte, während Greta im Schnee spielte, flackernde Kerzen, ein Gefühl von Andacht und das verschlossene Gesicht der Mutter, das sich durch das Eis hochpresste und eine klarere Sprache zu ihr sprach als zu ihren Lebzeiten, ohne jedoch das Entscheidende zu sagen, dass Marianne das Richtige getan habe und der Bruch zwischen ihnen an einem Missverständnis liege – Marianne war auf dem Friedhof, um Vergebung zu erlangen.

Aber jetzt wollte Greta zu Hause bleiben und zusammen mit Nina einen Zeichentrickfilm sehen.

»Ich kann dich auf dem Rodelbrett ziehen?«

»Nein.«

»Voriges Jahr bist du doch mitgekommen?«

»Nein«, sagte das Kind. »Es ist kalt.«

Es war immer kalt und sie mochte diese Filme nur, weil Nina das tat. Aber Marianne gab nach, denn sie brauchte nicht noch einen tränennassen Einsatz vor einem schwarzen Stein im Schnee. Aber sie konnte es auch nicht ertragen, dass sie nachgegeben hatte, und ging deshalb zum Uhrmacher im Einkaufszentrum und kaufte für ihre Tochter eine Uhr, damit

Greta lernte, selbst auf die Zeit zu achten und auf eigenen Füßen aus dem Kindergarten nach Hause zu gehen, es waren nur vier-, fünfhundert Meter, im Herbst kommst du in die Schule, du musst das üben.

Auf diese Weise wurden die ersten Wochen des neuen Jahres durch präzise Uhrzeiten eingeteilt. Aber am vierzehnten Januar kam Greta nicht nach Hause. Marianne saß mit fertig geschmierten Broten am Küchentisch und starrte zehn Minuten lang aus dem Fenster, ging zu Anne-Berit hinunter, stellte fest, dass Nina gekommen war und schlug Alarm – Kindergarten, die halbe Wohnsiedlung … und die Kleine wurde im Wald bei der Hütte der Obdachlosen gefunden, sie war zum Spielen hingegangen.

»Spielen!«, schrie Marianne und hatte das Gefühl, ihr Gesicht sei in Stücke geschnitten und schief wieder zusammengesetzt worden.

»Jetzt übertreib hier mal nicht«, sagte Anne-Berit.

»Ich bin sicher, dass etwas passiert ist.«

Sie ging zu Trond in den Kellerraum. Aber auch er begriff den Ernst der Lage nicht, legte nur über einem weiteren Motorblock den Kopf schräg und hörte zu, bis sie ganz leer war, dann machte er das, was er immer machte, er schraubte weiter, eine Mutter oben in einem Schraubenschlüssel, und er sagte:

»Ich hab dir doch schon gesagt, die Penner da sind total harmlos.«

Marianne rannte wieder hinauf in die Küche, wo Greta auf ihrem Tripp-Trapp-Stuhl saß, aus dem sie einfach nicht herauswachsen wollte, und ihre Brote mit demselben friedlichen Appetit aß wie immer, zwischen vier und halb fünf in diesem halben Zuhause.

»Morgen kommst du sofort nach Hause. Oder nein, ich hol dich ab.«

»Die anderen gehen doch selbst.«

Marianne schnappte sich ein Brot und fuchtelte damit herum, sah vor sich das offene verkehrslose Gelände, wo nichts passieren konnte und wo doch etwas passiert sein musste.

»Ich hole dich und Nina ab, habe ich gesagt.«

»Na gut.«

Der verwandelte Mensch sah nicht auf, dieser Trotz, der dennoch so nah war, wie sie ihm nur kommen konnte. Marianne stieß die Luft aus ihrer Lunge und merkte, wie die Angst dem Gefühl Platz machte, sich abermals dumm verhalten zu haben, nur wirkte das nicht sonderlich beruhigend, sie stopfte sich das Stück Brot in den Mund und kaute.

»Ich habe Schmetterlinge im Bauch«, sagte Greta.

»Du hast was?«

»Schmetterlinge …«

»Wo hast du diesen Ausdruck her?«

»Da war noch der Job«, sagte Anne-Berit.

Am Tag, nachdem Marianne den vierzehnten damit abgeschlossen hatte, dass sie in dem schwarzen Buch eine alte Frage stellte, ob sie nun wieder hysterisch würde, und sie mit einem zögernden Nein beantwortet hatte.

»Du musst dich entscheiden«, sagte die Freundin.

»Dann gib mir ein paar Tage.«

Sie wurde diese Schmetterlinge im Bauch nicht los, und schon gar nicht die aufkeimende Unzufriedenheit damit, dass Trond sich ein wenig zu leicht an ihre Ausbrüche gewöhnt hatte, das brauchte sie nun wirklich nicht auch noch. Das sagte sie ihm auch, als sie nebeneinander in dem hoffnungsvollen Doppelbett lagen und wieder alles jungfräulich dunkel war und der Winter friedlich vor den Fenstern ruhte. Er sah sie an und antwortete gelassen:

»Es gibt noch immer etwas, das du mir nicht erzählst.«

Ihre Haut an seiner, wärmer als seine, seine starken Finger auf ihrem Bauch.

Aber es gab auch etwas, das *er* nicht erzählte, die Distanz zwischen ihnen war größer geworden, durch nichts.

»Bitte, fass mich doch ein wenig an?«

Jetzt spürte sie auch, dass er lächelte. »Dann werde ich ganz still liegen bleiben und mich festhalten.«

»Warum das?«

»Dann sieht es aus, als ob ich gefesselt wäre.«

»Ich kann dich auch richtig fesseln?«

»Das ist nicht nötig, Katerchen, ich habe ziemlich viel Fantasie.«

»Du kannst doch gar nicht still liegen.«

»Darum geht es ja gerade.«

»Okay. Ist das schön?«

Sie schloss die Finger um die Bettpfosten und war in ihrem eigenen Bett gekreuzigt.

»Ich merke nichts.«

Er lachte.

»Ja, bestimmt.«

»Küss mich auch.«

»Noch nicht.«

»Jetzt werde ich gleich eine andere.«

»Wie meinst du das nun wieder?«

»Küss mich, hab ich gesagt.«

»Nein, hab ich gesagt.«

»Herrgott, jetzt komme ich. Komm jetzt in mich rein, dann zeige ich dir etwas, das du noch nie gesehen hast.«

Er war wieder ihr schwarzer Engel, und das Abwartende und Ungesagte war plötzlich die Krönung des Werkes, wie hatte sie das vergessen können, sie wusste doch, dass das, was noch nicht gesagt oder getan ist, das ist, wo sich die Liebe befindet, im Kampf zwischen dem heutigen Tag und den Erwartungen an morgen – es kommt ein Tag, im Namen der Liebe, dachte sie gierig, das ist nämlich Glück – auf das Gute zu warten, von dem du weißt, dass es kommen wird.

Es war Winter und die Motorräder ruhten im Clubhaus. Und während Anne-Berit sich vom Freitagabend ausschlief, liefen Marianne und Trond mit Nina und Greta Ski – an den Hängen hinter der Satellitenstadt, über vereiste Tümpel und abgeholzte Hügel – etwas, das sie viel besser beherrschte als er. Marianne war immer schon gern Ski gelaufen, zuerst mit dem Vater, die wenigen Male, wenn sie zusammen gelacht hatten, abgesehen davon, wenn sie sich mit den Pferden beschäftigten; wenn er zum Beispiel hinfiel, ohne wütend zu werden, anders als Trond, der genauso oft wie die kleinen Mädchen auf die Nase plumpste und auf der ganzen Tour bezaubernd wütend war, bis sie aussahen wie eine verschneite Kernfamilie aus vier Personen, während sie auf die Blocks zutaumelten und Marianne abermals denken konnte, dass das Glück zu ertragen sei.

Er wohnte nicht bei ihr, er war auch nicht jede Nacht da und mischte sich nicht in ihre Routine ein, in Kindererziehung oder Essensgewohnheiten. Er war hilfsbereit, aber nicht aufdringlich, interessiert, aber nicht sonderlich neugierig, er hörte zu, aber nur so weit, dass sie sich ab und zu aufregte, weil er nicht zugehört hatte – wunderbar, einen schwerhörigen Mann zu zwingen, sich überspannten Unsinn anzuhören, der einfach gesagt und gehört werden musste, um dann zu verschwinden.

Sollte sie ihm einen Wohnungsschlüssel geben?

Noch nicht.

Am Tag danach gab sie ihm den Schlüssel, ließ das aber mehr wie ein Hochzeitsgeschenk wirken als unbedingt nötig, und versuchte, das Ganze dadurch abzumildern, dass er den nur benutzen sollte, wenn sie zu Hause war.

»Was soll ich dann damit?«

»Hä?«

»Du hast doch eine Klingel.«

»?«

»Ist sicher besser, du passt für mich darauf auf«, sagte er und gab den Schlüssel zurück.

An diesem Abend schrieb sie: Das hier nimmt wirklich Form an. Und sie beschloss, die Stelle im Reisebüro anzunehmen – wer wusste zum Beispiel mehr als sie über Malediven und Balearen, Marokko, Sharm el-Sheik?

Aber dann landete ein anonymer Brief im Briefkasten der Wäscherei, mit der Mitteilung, Greta sei wieder bei der Obdachlosenhütte gesehen worden, Gruß, besorgte Nachbarn.

Marianne machte ihre Arbeit fertig und ging nach Hause und sprach mit ihrer Tochter, ruhig, Mutter mit Selbstbeherrschung, brachte aber nichts aus ihr heraus, merkte auch nichts Ungewöhnliches.

Dann kam noch ein Brief, und da wenig zu tun war an dem Tag, überließ sie die Wäscherei Ragnhild, ließ das Auto stehen und ging zu Fuß hinauf in den Wald, um sich in Ruhe vorstellen zu können, wie sie reagieren würde, wenn sie Greta dort vorfände.

Sie fand sie dort vor.

Zusammen mit dem Magnaten. Bei einer baufälligen Hütte aus Wellblech und angekokelten Brettern, ein zerfetztes Badetuch vor der einzigen Öffnung, es war kalter Spätwinter, und der Magnat kniete vor einigen Steinen und blies in ein Feuer, erhob sich mit einem Seufzer, riss das Badetuch zur Seite und verschwand in der Dunkelheit.

»Sie ist sechs Jahre alt«, sagte Marianne, als er mit einer Plastikschüssel wieder zum Vorschein kam.

»Ich habe sie nicht hergebeten.«

»Warum ist sie dann hier?«

»Keine Ahnung«, sagte er, goss Wasser in den Kessel, hängte ihn über das Feuer, setzte sich und schloss die Augen.

Marianne griff zu einem Stück Pappe und setzte sich neben ihn, bohrte die Finger in den Schnee, Greta spielte friedlich einige Schritte weiter.

»Sprechen Sie mit ihr?«

»Nö, sie sitzt bloß da.«

»Sagt sie nichts?«

»Ich frag, wie sie heißt, aber sie antwortet nicht.«

Marianne rief ihre Tochter und zog sie auf ihren Schoß.

»Woher hast du die?«, fragte sie, wegen einer kleinen Glaskugel, die das Kind in der Faust festhielt.

Greta zeigte auf den Magnaten, und Marianne glaubte, die Kugel schon einmal gesehen zu haben, einen Klicker mit Luftblasen und einer kleinen blauen Flamme, wie eine längliche Pupille.

»Sie dürfen ihr nichts geben, sie geht zu allen, die ihr etwas geben, die dumme Göre, begreifen Sie das nicht?«

Sie hob Greta auf und trug sie zurück zum Wagen.

»Ich will zu Papa«, rief die Kleine, als sie auf ihrem Kindersitz angeschnallt wurde, und Papa war bisher nie ein Thema gewesen, nicht einmal, wenn er ein seltenes Mal mit Spielzeug und Eis auftauchte und mit ihr über den Boden kroch.

»Du bist jetzt bei mir.«

»Ich will zu Papa.«

»Nein, hast du nicht gehört. Und morgen bleibst du im Kindergarten, bis ich komme …«

»Ich will zu Papa.«

»Halt die Klappe, Papa will dich nicht.«

Greta fing an zu weinen.

Marianne sah sich im Spiegel. »Natürlich will er dich! Aber du bist doch bei mir.«

Sie fuhren. »Warum bist du nicht mit Nina nach Hause gegangen?«

»Ich will zu Papa.«

»Herrgott, was ist los mit dir?«

»Du riechst nach Seife.«

Marianne dachte, darüber könne sie lachen, aber das konnte sie durchaus nicht.

»Ich rieche deinetwegen nach Seife, du Wirrkopf«, sagte sie und hielt an. »Und von jetzt an machst du einen großen Bogen um das alte Schwein – der ist jedenfalls nicht dein Vater.«

»Da ist noch ein anderer Mann.«

»Was?«

»Der ist lieb.«

Vor Marianne drehte sich alles. Sie fuhr herum und schlug Greta mit der rechten Hand ins Gesicht, hart. Die Kleine nahm es wortlos hin. Marianne schlug noch einmal, fester. Greta nahm auch das hin. Sie schlug zum dritten Mal, und das Weinen kam.

»Das ist mein Ernst«, sagte Marianne. »Von jetzt ab hole ich dich ab, jeden Tag. Und du gehst nie wieder dahin! Hörst du, nie wieder!«

Greta ging nicht mehr zum Magnaten. Sie wurde abgeholt, zusammen mit Nina, jeden Tag, Routine, Stille. Und als Papa sich einstellte – auf Mariannes Geheiß – zeigte sie ihm nicht mehr Interesse als sonst, eher einen neuen Hochmut, etwas, wogegen die Mutter nicht soviel hatte, sie waren wieder eins, Mutter und Kind, das strahlten sie geradezu aus, möglicherweise, weil Mutter zahllose Male um Verzeihung gebeten hatte.

Als Greta schlief, sprachen sie über eine weitere Beziehung, die er hinter sich gebracht hatte, mit Marianne sei das etwas Besonderes, er komme nicht über sie hinweg …

»Fehle ich dir nie?«

»Bitte nicht um Schläge, Johnny, das verträgst du nicht.«

»Hm. Hast du einen anderen?«

»Nein.«

Sie überlegte, was ihn früher einmal attraktiv gemacht hatte, seine Harmlosigkeit vielleicht, dass er lieb war.

»Diese Frau ist einfach aufgestanden und gegangen?«, fragte sie.

»Mit der Hälfte des Geldes, ja. Und apropos Geld, wie kommst du zurecht?«

»Gut.«

»Wo ist deine Stereoanlage?«

»Äh … die hat ihren Geist aufgegeben. Ich hab das Radio.«

Die Stereoanlage hatte eine Steuernachzahlung decken müssen. Seit Neujahr hatte sie Ragnhilds Aufgabe übernommen, aufzuräumen, abzuschließen und samstags ein wenig Papierarbeit zu erledigen, sie hatte ihre Chefin sogar überreden können, ein wenig schwarz zu bezahlen.

»Ich finde, sie ist dünner geworden«, sagte er über Greta.

»Sie wächst.«

»Blass ist sie auch.«

»Macht nichts, sie ist den ganzen Tag draußen.«

»Fragt sie nach mir?«

»Sicher, das Übliche, wo du bist und wann du kommst.«

»Komisch, mir kommt es so vor, als ob sie mich nicht einmal erkennt.«

»Sie erkennt dich«, sagte Marianne und dachte, das sei fast ein Teil ihrer Abmachung, dass er kam, um enttäuscht zu werden, und wenn alles gut ging, dann, ohne dass ihr das ein schlechtes Gewissen machte, sie sah ihn nicht gern auf den Knien, vor allem dann nicht, wenn sie daraus einen Vorteil ziehen konnte.

Als er endlich ging, duschte sie, öffnete eine Flasche Wein, las ein Buch über die Adriaküste, während sie sich fragte, warum Trond nicht kam, der Sohn der Nacht. Aber jetzt war Frühling und die Motorräder waren wieder auf dem Asphalt unterwegs, die Kavallerie rüstete zu neuen Feldzügen, Marianne konnte es nicht ertragen, das Dröhnen von hundert Motorrädern, die Himmel und Erde mit Beschlag belegten.

»Nimmst du Drogen?«, fragte sie, als er endlich kam.

»Nein.«

»Aber die Bande, mit der du zusammen bist, ist das seltsam, dass ich frage?«

»Wir fahren Motorrad, Marianne. Wir nehmen keine Drogen.«

»Warum kann ich dich dann nie auf deinem Handy erreichen?«

»Das liegt zu Hause.«

»Hä?«

»Wir haben Mobiltelefone, ja, und die liegen zu Hause.«

»Wie kommt ihr dann in Kontakt miteinander?«

»Auf die alte Weise. Wir reden.«

»Die ganze Bande hat Handys, und die liegen zu Hause?«

»Das ist der Sinn der Sache, ja.«

Und was sie einander noch immer nicht erzählten, was im einen Augenblick ein schönes Zeichen von Vertrautheit war und im anderen etwas Bedrohliches. Jetzt musste sie auch daran denken, wenn sie sich liebten. Sie sah ihn an und sah ihn nicht. Und sie hatte sich wegen der neuen Anstellung noch immer nicht entschieden.

»Das muss jetzt sein«, sagte Anne-Berit. »Die Reisesaison steht vor der Tür.«

Marianne musste zuerst noch etwas feststellen.

Sie fuhr zum Ende der Straße hoch und ging dieselben Schritte zur Hütte, wo der Magnat allein lag und in der Frühlingssonne röchelte.

Die Bäume hatten jetzt kleine Blätter, Vogelsang im Wald, ein blanker Bach plätscherte durch die Welt.

»Ist sie wieder hier?«

Er konnte sich weder an Marianne noch an Greta erinnern.

»Ja, ich bin's«, sagte er. »Hilf mir rein.«

Sie brachte ihn auf die Beine und in die Hütte auf einen Haufen Lumpen.

»Wie können Sie so leben.«

»Ja, das ist furchtbar.«

Sie sagte:

»Ich muss Sie etwas fragen. Woher haben Sie diese Kugel?«

Sie zeigte ihm die Glaskugel, die Greta jetzt unter der Lasche für den Radiergummi in ihrem neuen Federmäppchen aufbewahrte. Marianne hatte die Kugel nicht nur schon einmal gesehen, sie hatte so eine Kugel gehabt, sie hatte viele gehabt. Und der Magnat starrte sie mit unergründlichem Blick an.

»Das ist ein Glasauge«, sagte er.

Sie fuhr zusammen und ließ die Kugel fallen. Die traf auf eine Steinplatte und wurde in weißen Staub verwandelt.

Der Magnat lachte laut.

»Es hat sie Ihnen also niemand gegeben?«

»Nein.«

»Das ist keine Nachricht?«

»Was?«

Marianne gab auf und sagte, es sei Zeit, dass er sich seine Kleider wieder waschen ließe – so, wie es hier stinke.

»Ja, ja …«, lallte er.

Sie konnte nur das tun, was sie immer getan hatte, warten, bis etwas geschah, in der Hoffnung, dass es nicht geschah.

Marianne hatte Probleme mit einer Waschmaschine und rief den üblichen Reparateur, mit Sommersprossen auf den kräftigen Unterarmen und ölverschmierten Händen, die sie faszinierten mit ihrer harten, kantigen Stärke, mit den seltsamen Gerüchen und seinem plumpen Flirten, als sie den Blick von Werkzeug und Maschinenteilen hob, die wie verrenkte Glieder auf dem leuchtenden Fliesenboden lagen, und ins Gesicht einer älteren Frau sah, die auf der Straße stand und zu ihr hereinstarrte – die Frau stand nicht zum ersten Mal dort.

»Moment mal«, sagte sie, holte sich eine Jacke, lief durch den Laden und riss die Tür auf, wollte losrennen, fand aber keine Richtung, stieß auf JonaX und drei andere Indianer, die beim U-Bahn-Eingang über ihren Rädern hingen. Sie hatten nichts gesehen, eine gut angezogene ältere Frau, nein.

Marianne ging zurück, wartete, bis der Reparateur fertig war, schloss die Wäscherei und fuhr hoch zum Kindergarten, wo Greta bei ihrem Anblick glücklich lächelte. Sie sprach unter vier Augen mit der Kindergartenleiterin, einer Frau in Mariannes Alter, mit Position, Ausbildung und unbegrenztem Selbstvertrauen, aber zum Glück nicht dem dazugehörigen

Aussehen, und fragte, ob jemand hier gewesen sei und sich nach ihr erkundigt habe.

Die Leiterin sah aus, als müsse sie nachdenken.

»Nein.«

»Niemand, der wissen will, ob ich gut genug auf Greta aufpasse?«

»Wie soll ich das verstehen?« Die Stimme hatte jetzt einen schärferen Klang, und Marianne beendete das Gespräch. Aber dann fiel ihr ein, dass das Personal natürlich unter Schweigepflicht stand und ihr nicht verraten würde, wenn jemand erwog, ihr das Kind zu nehmen. Und die Frau vor der Wäscherei, um die sechzig, eine wohlhabende Frau mit anspruchsvollem Make-up und Pelz … wie lange hatte sie dort gestanden? Und wie oft?

»Pelz?«, fragte Anne-Berit. »Hier? Und um diese Jahreszeit. Das ist jedenfalls nicht das Jugendamt. Und wenn sie Greta holen, dann holen sie auch Nina, du bist eine viel bessere Mutter als ich.«

Marianne fischte den Teebeutel aus dem Wasser, zählte die Tropfen, die auf die braune Oberfläche fielen, und ließ den Blick über die Tischplatte zu einem Stapel Broschüren wandern, Anne-Berit plante eine Reise nach Kreta, Zuckerschale, Milch. Anne-Berit gab sich Feuer und sagte, sie müsse sich jetzt entscheiden, und sei es nur wegen der Reise ans Mittelmeer, wegen der Stelle werde sie ihr nicht mehr zusetzen.

»Ich hab keine fünf Öre.«

»Viel mehr kostet es auch nicht, ich kriege das über das Büro.«

Marianne halbnackt an einem Strand, albernes Gefasel mit idiotischen Typen, die Anne-Berit in drei holprigen Sprachen griechische Götter nennen würde. Es gab dort ein Labyrinth, von dem ihr Vater ihr erzählt hatte, aber es hatte keine Wände mehr … dieser Mann, der so viele Individuen in einem war, die unvorhersagbare Katastrophe und die friedliche Geborgenheit, der Geschichten mit einem Eifer erzählte, als höre er sie selbst zum ersten Mal – warum konnte sie sich nicht von ihm befreien?

Anne-Berit sagte:

»Im Hotel passen sie für uns auf die Kinder auf.«

»Ach.«

»Ich buche, abbestellen kannst du dann ja selbst?«

»Ich hab keine Kohle, hab ich doch gesagt.«

»Geh dir einen Bikini kaufen, dann kommst du auf andere Gedanken.«

Marianne in einer engen Umkleidekabine, mit gnadenlosem Spiegel und frecher Bedienung, das Ideal war, fünfzehn zu sein, rosa Lippenstift, Apfelbäckchen und Frisuren, die Tausende kosten. Ein Bild für einen neuen Pass machen zu lassen, zum eigenen Entsetzen zu lächeln, es war einen ganzen Winter weggewesen, fast jedenfalls, und jetzt war es wieder da – das Entsetzen angesichts von nichts und die Erinnerung an den Vater.

An diesem Abend überschüttete sie Trond mit Liebkosungen und Wein und brachte ihn dazu, zu lachen und von einer weiteren Honda zu erzählen, und ausnahmsweise schien er ihr nichts zu verschweigen. Wieder schwebten sie, sie sah ihn an, so liebt ein griechischer Gott in drei fließenden Sprachen, die Türen sind geschlossen und die Augen blind, die Waschmaschinen stehen still und die Motorräder halten den Atem an. Dann sagte er doch, was sie gewusst hatte, ohne es zu wissen, dass ihr Vater draußen sei und das schon seit dem frühen Herbst des letzten Jahres.

»Wann hast du das erfahren?« Sie hatte sich die Decke wie einen Panzer um den Leib gepresst.

»Irgendwann vorige Woche.«

»Und das sagst du mir erst jetzt?«

»Okay, vor zwei Monaten.«

»Herrgott.«

Marianne riss die Augen weit auf. Er sagte:

»Okay … noch länger.«

»Seit letztem Herbst vielleicht.«

»Kann sein.«

»Und das macht die Sache besser?«

Sie sagte wieder Herrgott. Er sagte:

»Aber begreifst du nicht, was das bedeutet?«

»Was denn?«

»Dass du ihm scheißegal bist, sonst hätte er sich schon längst gemeldet.«

Sie spürte, wie ihr irgendetwas durch die Finger glitt – im vergangenen Herbst, das war fast die gesamte Zeit, in der sie schon zusammen waren.

»Du hast es also geheimgehalten, aus Rücksicht auf *mich*?«

»Äh … ja.«

»Weil ich unvernünftig bin, nicht ganz normal?«

»Es ist jedenfalls besser, wenn du glaubst, dass er sitzt.«

»Woher willst du das wissen?«

Er versuchte es auf eine andere Tour:

»Er hat einige Monate im Hafen gearbeitet, seither habe ich ihn nicht mehr gesehen.«

»Du hast ihn auch *gesehen*?«

»Natürlich, du wolltest doch, dass ich herausfinde …«

»Hast du etwa auch mit ihm *geredet*?«

»Sei nicht blöd.«

»Wo hat er gearbeitet?«

»Bei einer Speditionsfirma. Da gab es einen Einbruch, er war zur Vernehmung und hat eine Adresse genannt, aber da wohnt er nicht, ich gehe also davon aus, dass er nicht mehr im Land ist, hier hat er doch nichts mehr zu suchen.«

Marianne versuchte zu denken. Nichts von allem stimmte, weder mit dem Vater, ihr oder Trond.

»Das muss ich genauer wissen«, murmelte sie.

»Wozu soll das denn gut sein, heute willst du alles wissen, morgen nicht den kleinsten Scheiß?«

»Ist das so seltsam?«

»Ja, eigentlich schon.«

»Und wo ist *dein* Vater?«

Er holte Luft.

»Das weißt du – der hat sich vor meiner Geburt verpisst, zieh den hier jetzt nicht rein.«

»Warum nicht?«

»Weil du dich dann wie meine Mutter anhörst.«

Marianne war baff.

»Vergleichst du mich mit deiner Mutter?«

Er legte die Arme unter den Kopf und sagte ruhig:

»Soll ich das wiederholen, damit wir eine Weile so weitermachen können?«

Sie ließ die Decke los, sah sie an und strich sie glatt, eine normale Decke, eingekauft mit dem Gedanken an ihn und sie, eine ziemlich teure Decke, also doch nicht so ganz normal, sie war sorgfältig ausgesucht worden, sie war ihrer beider Nest, er hatte sie sogar gelobt, hatte gesagt, die Decke sei leicht und schwer zugleich, und etwas anderes, was nicht soviel bedeutete, das ihr aber sagte, dass er die Decke schön fand. Und als sie das dachte, was sie übrigens für unsinnige Gedanken hielt, kroch sie wieder zu ihm, überrascht darüber, dass das überhaupt möglich war.

»Weißt du was«, murmelte er sich auf ein anderes Thema über. »Ich habe eigentlich Lust, wieder zu studieren. Jura oder so. Krankhaft, was?«

»Nein«, sagte Marianne. »Ich hab mir das auch schon überlegt.«

Er sah sie an.

»Ist das dein Ernst?«

»Ja, seit zehn Jahren denke ich an nichts anderes.«

»Wir könnten zusammen anfangen?«

»Ich bin acht Jahre älter als du, Lieber, und habe Ähnlichkeit mit deiner Mutter.«

Die Frau vor der Wäscherei kam nicht zurück, Marianne kochte, Mutter und Tochter aßen, sie las Greta über einen Markt in Marokko vor, wo man Stoffe in mehr Farben aussuchen kann, als selbst die Natur sie besitzt, Gottes eigener Markt, und Greta sagte, sie habe oben auf dem Klettergestell im Kindergarten gestanden und sich nicht festgehalten, nur die Knie auf die oberste Stange gestützt und balanciert – lange.

»Erzählst du mir das, um mir Angst zu machen?«

Das Kind lachte und drehte den Fernseher lauter. »Auf dich müsste man besser aufpassen«, sagte Marianne und merkte, dass sie sich im Laufe des Winters daran gewöhnt hatte, so zu leben, wie sie mit Trond und diesem wunderbaren Kind gelebt hatte, mit der Liebe, die sie stark machte und ihr schwindlig werden ließ, und die sie zu Tode ängstigte.

Aber jetzt war die Frage zu einer ganz anderen geworden, ob die Liebe sie auch durch das hindurchtragen könnte, was ihr inzwischen als Verrat erschien, als immer größer werdender Verrat, dass er ihr nichts von ihrem Vater erzählt hatte, um sie vor sich selbst zu beschützen?

9

Hans Larsen hatte die letzten Säcke von den Rosensträuchern entfernt und verbrannte an diesem quirligen Frühlingsabend trockenes Laub, als der Schrei seine trägen Ohren erreichte. Der Schrei konnte von weither stammen, aber er wusste, in welche Richtung er rennen musste, und er war außer Atem, als er ins Haus kam und sie auf dem Teppich vor dem Flügel fand. Arthur Almlie war aufgestanden, um ein Buch aus dem Regal zu nehmen, als der Tod ihn zum zweiten Mal getroffen hatte, jetzt endgültig. Seine Frau lag weinend auf den Knien neben der leblosen Gestalt und presste sich ein Gobelinkissen auf den Bauch.

»Ruf einen Krankenwagen«, sagte Larsen ruhig.

Sie reagierte nicht.

Er wollte sie in den Flur bringen, aber der Alte auf dem Teppich war doch nicht tot und rief ihn mit den Resten eines Blickes. Larsen sah das nicht zum ersten Mal, Sterbende, die unbedingt noch etwas sagen wollen. Er fiel neben ihm auf die Knie.

»Kümmer dich um sie«, hörte er.

Leise, zweimal. Larsen merkte, dass sie dabeistand und zuhörte, und er wollte ihn aufhalten.

»Sie kann sich um sich selbst kümmern«, sagte er.

Auch das hörte sie.

Der Mann blinzelte, dann war es vorüber.

Sie sahen den karierten Schlafrock, vom Hals nach unten

offen, die schmächtige Brust, die im künstlichen Licht blauweiß leuchtete. Larsen breitete eine Decke über den Mann, rief einen Krankenwagen, hielt den Telefonhörer in der Hand und überlegte sich, seit wann er sich schon fragte, was sie hier in diesem Haus eigentlich von ihm wollten. Es war eine ganze Jahreszeit her, und es war inzwischen nicht klarer geworden, egal, was er tat, denn er hatte aufgegeben, sich selbst und die Frau.

Der Krankenwagen kam und der Alte wurde hinausgetragen. Larsen half Agnes in den Mantel und sie fuhren in einem Taxi hinterher. Sie schwebte und zappelte und wollte alles auf einmal erledigen, vor den Ohren des Fahrers. Larsen musste versprechen, in den Keller einzuziehen, sie könne jetzt nicht allein sein, nicht jetzt …

Er sei doch schon in dem kalten Flügel, murmelte er und fand, sie säßen zu dicht beieinander, betrachtete befangen seine schmutzigen Hände, die er aus dem Garten mitgebracht hatte, und seine saloppe Gärtnerkluft, die er so gern trug. Den Geruch von Erde und verbranntem Laub.

Sie duldete keinen Widerspruch und wollte Garantien, deshalb ließ Larsen sich auf dem Sitz zurücksinken und garantierte alles Mögliche. Sie glitt näher und griff nach seiner Hand, und Larsen überließ sie ihm, die schmutzige Hand, während er sich fragte, wie fest er drücken sollte, ob überhaupt, als sie so stumm nebeneinander saßen und aus entgegengesetzten Fenstern hinausstarrten, während sie leise weinte und der Fahrer sich alle Mühe gab, sie im Spiegel nicht anzusehen.

Larsen blieb am nächsten Tag lange bei Salonen, bat um Überstunden und dehnte die Arbeit bis in den späten Abend aus, zusammen mit Frank, der froh war, ihn wiederzusehen, und der erzählte, er habe einen Anteil an einem Traber gekauft, er wollte Larsens, des Fachmannes, Ansichten über diese Investition hören.

»Wieviel hast du?«

»Ein Neunundfünfzigstel.«

»Und was hat der Gaul gekostet?«

Frank nannte die Summe und hörte selbst, dass Larsen nichts mehr zu sagen brauchte. Larsen war zum Nachdenken hier, ohne dass etwas dabei herausgekommen wäre. Er war unten in einem Fluss, der mit ihm davonströmte.

Er fuhr nach Hause in Salonens Wohnung, wo er seit einer Ewigkeit nicht mehr gewesen war, und fing an zu packen, unwillig, es kam ihm vor wie Sabotage. Er fand auch nicht sehr viel, was er mitnehmen könnte, und was er endlich in einen kleinen Koffer und eine Tasche stopfte, ließ sich so schwer auswählen, dass er erst nach Mitternacht damit fertig war. Dann entschied er, nun sei es zu spät, jetzt schlief sie.

Er legte sich hin, aber der Fluss strömte weiter und er musste wieder aufstehen. Er zog sich an, ging hinaus und ließ den Lieferwagen an, den er von Salonen geliehen hatte. Ihm war schon lange keine Entscheidung mehr so schwer gefallen. Sie kann sich um sich selbst kümmern, hatte er gesagt. Vielleicht kann sie es nicht, dachte er jetzt, aber wäre das dann seine Verantwortung?

Larsen war kein Mann mit Verantwortung, er war ein Mann mit einem Programm – seinen Zorn im Zaum zu halten. Jetzt gab er sich – gereizt – die Antwort, auf die er sein Vertrauen normalerweise setzte, wenn er zivilisiert sein wollte: Er tat wie ihm geheißen, setzte rückwärts aus dem Hinterhof und fuhr nach Westen. Aber die Stadt war in dieser Nacht einfach nicht sie selbst, bei heftigem Regenwetter, und der Ausflug kam ihm immer unbegreiflicher vor, je mehr er sich dem Ziel näherte.

Er hielt bei einer Würstchenbude und sagte dem Mann im Fenster, es sei ja ein Scheißwetter.

»Ja, verdammte Pest.«

Larsen verzehrte zwei Würstchen mit Senf und fuhr zurück nach Hause. Aber dort konnte er noch immer nicht bleiben. Er setzte sich abermals in den Lieferwagen und erreichte die Villa um halb drei Uhr nachts, schloss die Tür auf und blieb stehen und lauschte auf das Fehlen von Musik und Weinen, eine Stille, die er um diese Zeit hier noch nicht gehört hatte.

Er ging über die weichen Teppiche und klopfte vorsichtig an ihre Schlafzimmertür. Es kam keine Antwort.

Diese Tatsache überrumpelte ihn. Er hatte sich vorgestellt, dass sie auf ihn wartete und in die Diele kommen würde, sobald sie seine Geräusche hörte, Hans Larsens geliehenen Schlüssel im Schloss, dass sie über ihn herfallen würde, vielleicht mit heftigen Vorwürfen, die durchaus angebracht gewesen wären. Aber nun stand er hier fast wie angewachsen vor der Schlafzimmertür einer Witwe und fragte sich, ob er noch einmal anklopfen sollte, da sie auf das erste Klopfen nicht reagiert hatte.

Was an sich ja schon viel zu weit gegangen war, wie er absolut merkte, an dem Echo, das in seinen Ohren hallte, bis ihm dann alles aus dem Ruder lief, und statt sich kleinlaut in den kalten Flügel zurückzuziehen, drückte er gleich auf die Klinke und presste sie nach unten und schaute ins Zimmer.

Da war niemand.

Ein leeres Schlafzimmer. Mit einem gemachten breiten Einzelbett, das private Gemach einer Frau, warm, intim, fremd, heilig.

Das kam noch überraschender. Aber es gab ihm wenigstens etwas zu tun – zu suchen. Und erregt durch eine Art Pragmatismus fing er an, von Zimmer zu Zimmer zu gehen, zuerst durch den lebendigen Flügel, er rief ein wenig, leise, durchsuchte danach den toten Flügel, noch immer ohne sie zu finden, worauf er in den Keller ging, und dort fand er sie in sich zusammengesunken im Arbeitssessel ihres Mannes, mitten in einem Meer aus zerbrochenen Flaschen und zerstörten Schiffen.

Er brachte sie in den dunklen Garten, führte sie vor das Haus, zwang sie, seine Tasche zu tragen, und nahm selbst den Koffer, drückte sie auf einen Stuhl im Wohnzimmer und holte ein Glas Wasser, fragte, wo ihre Pillen lägen.

»Die will ich nicht.«

Er fragte wieder, sie gab keine Antwort, aber er wusste es ja, denn er war in ihrem Schlafzimmer gewesen. Jetzt ging er zurück und holte die Pillen und gab ihr drei. Als sie einschlief, trug er sie in den toten Flügel und in das Gästezimmer, das neben seinem Zimmer lag. Sie war seltsam schwer und warm und dicht bei Hans Larsen, und er breitete eine Decke über ihr aus und dachte, ohne sonderlich viel zu fühlen, dass es für ihn meistens mit jähem Tod und Unglück verbunden war, wenn er sich nützlich machen konnte, und wie richtig es ihm doch vorkam, und er dachte an ihre Wärme, die noch immer in seinem Bauch und seinen Händen saß, als er sich draußen auf dem Gang zwischen den beiden Türen wiederfand, er musste die warmen Hände ansehen und sie danach ins Licht hoch halten.

Etwas war an ihnen, das ihn nicht loslassen wollte.

Er ging in sein eigenes Zimmer und legte sich hin, die Türen angelehnt, und lag da und begriff nicht, warum sie die Schiffe zerstört hatte. Wenn ihr Mann noch am Leben gewesen wäre, hätte es einen Sinn haben können, es hätte ein Protest sein können, aber jetzt wurde es nur zu einem weiteren Symbol für alles, was hier in diesem Haus zu spät war, und Larsen lag da und ärgerte sich darüber unter der gewaltigen

Bettdecke, bis die ungewohnte Stille ihn wieder hoch und zurück in ihr eigentliches Schlafzimmer jagte. Dort fand er die Stereoanlage und drückte auf »on«.

Auf dem Rückweg schaute er bei ihr herein, überzeugte sich davon, dass sie schlief, und ging dann endgültig zu Bett, noch immer mit den seltsam warmen Händen, die er abermals ins Licht halten und genau betrachten musste, ehe er das Licht ausschalten konnte.

Hans Larsen erwachte zur üblichen Zeit, stand lange unter der Dusche und zog sich langsam an, ging zu ihr hinüber und sah, dass sie noch immer schlief, ging weiter in die Diele und rief Salonen an.

»Es ist etwas passiert.«

»Ach?«, sagte der Finne. Larsen merkte, dass er nicht imstande wäre, zu erzählen, was geschehen war.

»Ja, und du musst heute ohne den Wagen auskommen«, sagte er und legte auf.

Er kochte Kaffee, erledigte alten Abwasch und schaute hinaus in den Frühling, der einen noch heftigeren Tag anzuzünden schien. Aber dann merkte er, dass er sich eigentlich auf irgendetwas vorbereitete, den Grund für etwas legte, ohne wirklich erfassen zu können, was das sein mochte, aber etwas Wichtiges war es, und es stand unmittelbar bevor, das spürte er. Er spürte auch, dass es gut war. Und damit konnte Hans Larsen nicht weitermachen, ging ihm auf, hier in einer Küche sitzen, die nicht mehr fremd, sondern zu einem Zuhause geworden war, und eine Erwartung spüren, dass sich in ihm etwas Gutes aufbaute, das war lebensgefährlich.

Er stand auf, spülte die Kaffeetasse aus und ging in den Keller hinunter.

Sie hatte etwa zwei Dutzend Flaschen zerschlagen. Sand,

Glasscherben und Reste von Takelage und Rümpfen waren auf Boden und Arbeitstisch verstreut. Er machte sich ans Aufräumen, las die Teile auf, sortierte sie zu kleinen Haufen und stellte fest, dass sie schon im Augenblick der Tat geahnt haben musste, dass sie es bereuen würde – es war keine Reiner-Tisch-Handlung von der Sorte, mit der Hans Larsen vertraut war, sie war ein beherrschter Mensch, noch im Zusammenbruch.

Er suchte sich ein Messer und fing an, Leim von den Teilen zu kratzen, vielleicht, um sie in neuen Schiffen verwenden zu können, wer weiß, dachte er, und er tat das wohl ihr zuliebe, aber auch für sich selbst, da er es nicht ertrug, Schiffe in solcher Verfassung zu sehen.

Er machte weiter, bis er oben Schritte hörte, die Dusche im Badezimmer und Rauschen in den Rohren. Er hörte, wie sie Schranktüren öffnete und wieder zuschlug. Es ging langsam, Schritte in der Küche. Kurz darauf hörte er sie am Telefon, mit ruhiger Stimme. Dann neue Schritte und die Haustür, die ins Schloss fiel.

Larsen ging nach oben, stellte fest, dass das Haus leer war, setzte neuen Kaffee auf, ging damit nach unten und nahm seine Arbeit wieder auf.

Gegen Mittag hörte er abermals Geräusche aus der Küche. Bald darauf kam sie nach unten und stellte einen großen Teller mit belegten Broten zwischen die Schiffsreste auf dem Arbeitstisch. Sie aßen. Er sitzend, sie stehend. Er erhob sich, holte den Sessel, in dem er selbst sonst saß, und brachte sie dazu, sich zu setzen, während er dachte, hier sitze ich im Sessel ihres Ehemannes und sie in meinem, dem Gästesessel, aber er kam zu dem Schluss, dass es zu spät wäre, daran etwas zu ändern, da sie ja ohnehin schon saßen und es ihr zudem gutzutun schien. Sie aß fast nichts. Weshalb auch Larsen sich auf zwei halbe Schnitten beschränkte.

Sie sah ihm bei der Arbeit zu. Er wartete darauf, dass sie etwas sagte, und als sie endlich den Mund öffnete, ging es um Erbsachen und die bevorstehende Beerdigung, bei der Larsen seine Hilfe versprechen musste, wozu er stumm nickte.

»Ich habe ein wenig Kopfschmerzen«, sagte sie. Und als Larsen auch darauf keine Antwort fand, sagte sie: »Ich bin froh, dass du da bist.«

Wieder nickte er. »Du machst es schneller als Arthur.«

»Ich nehme sie auseinander«, sagte er. »Er hat sie zusammengesetzt.«

»Ich habe gemeint, dass du schneller arbeitest.«

Sie fing an zu weinen, und Larsen war erleichtert, weil er eine kleine Holzkiste in den Händen hielt und nicht Gefahr lief, etwas auf eigene Faust zu unternehmen. Aber er drosselte sein Tempo. Und sie wischte sich mit einem Taschentuch die Tränen ab und erzählte, sie habe mit einem Freund gesprochen, ohne dass Larsen begriff, wer dieser Freund war oder wovon das Gespräch gehandelt habe, denn sie brach nur wieder in Tränen aus, sprang auf und lief im Zimmer hin und her.

»Ich weiß nicht, ob ich das schaffe«, rief sie.

»Nein«, sagte Larsen.

»Das ist so schrecklich.«

»Ja«, murmelte er in die Wrackreste. »Man glaubt nicht, dass man es schafft.«

Sie führte ein längeres Ritual mit dem Taschentuch aus.

»Geht es nie vorbei?«, fragte sie.

Larsen konnte sich nicht beherrschen.

»Es ist erst zwei Tage her«, sagte er.

»Das schon«, sagte sie.

»Es muss so sein«, sagte Larsen und war sich nicht sicher, was seinen vorwurfsvollen Tonfall anging. Aber sie trat hinter ihn und legte ihm die Hände auf die Schultern. Er erstarrte und seine eigenen Hände legten sich zur Ruhe.

»Du bist hart«, sagte sie.

Er gab keine Antwort. »War ich gestern schlimm?«, fragte sie und er hatte das Gefühl, dass jetzt eine Lüge angebracht sei, deshalb sagte er Ja, denn er hatte sie nie schöner gesehen, die Wärme, die sie in ihm hinterlassen hatte, als er sie ins Gästezimmer trug, und jetzt diese schmalen Hände auf seinen Schultern, ihr Parfüm und die singenden Schmuckstücke.

»Ich habe eine Dummheit begangen«, sagte sie mit neuem Tonfall. »Ich habe deine Tochter gesehen.«

Das war das Letzte, was er erwartet hätte. Es war ein Keulenschlag. Hans Larsen merkte, dass er aufgesprungen war, er musste weg. Das schaffte er auch, ohne mit den Türen zu schlagen, er ging mit langen Schritten durch den Garten, um zwei Bäume herum, und ging dort in die Hocke, wo er vom Haus aus nicht gesehen werden konnte, und ballte und öffnete die Fäuste und begriff, dass er das nicht aufhalten könnte, dass es jedoch aufgehalten werden *musste*, und zwar jetzt sofort.

Er erhob sich und ging zum Haus hoch, sah sie für einen Moment im Kellerfenster, wo sie stand und fragend zu ihm herausschaute. Larsen winkte, munter, hoffte er, ging weiter um den toten Flügel herum und in den Holzschuppen, über den er die Herrschaft hatte, seit er gekommen war – die kühle Dunkelheit und der Sonnenschein, der in schmalen Bächen durch die Spalten in den undichten Wänden sickerte, die Holzstapel mit dem beruhigenden Geruch trockener Birke, Schubkarre und Gartenschlauch und Rechen, an den Wänden das Werkzeug eines Mannes, der keine Ahnung von Handwerk hatte, der zum Ausgleich jedoch tot war, während seine Witwe in diesem Moment im Haus stand und sich vermutlich überlegte, was sie wohl gesagt hatte, das Larsen dazu brachte, sie auf diese Weise zu verlassen, das alles musste ein Ende nehmen. Er riss einen Hammer von der Wand, legte den linken Daumen auf den Hauklotz und schlug zu.

Der Schmerz war unerträglich.

Hans Larsen hatte geglaubt, sich mit Schmerzen auszukennen. Es brannte in Rücken und Lunge, die Knie gaben unter ihm nach, aber er konnte seine Schreie unterdrücken, wozu immer das wohl gut sein mochte, dachte er verwirrt, als er dort zwischen den Sägespänen kniete, mit der zerschmetterten linken Hand wie einer krepierten Ratte in der rechten – wie schwer ist es, einen Finger zu zerquetschen. Er hatte in der Mitte treffen wollen, hatte ihn aber im vorletzten Moment zurückgerissen und dann verzweifelt wieder vorgeschoben, mit der Folge, dass der Schlag den Knöchel getroffen hatte.

Er kam auf die Beine und konnte den Hammer zurückhängen, registrierte, dass der Hauklotz keine Blutflecken aufwies und taumelte hinaus, versuchte zu laufen, aber die Schmerzen steigerten sich, und es machte ihm kein Problem, auszusehen, als sei er in Panik geraten, als er um die Ecke bog. Sie stand bei der Rollstuhlrampe und hielt nach ihm Ausschau.

»Ich habe mir die Hand verletzt«, schrie er.

»Du meine Güte. Was ist passiert?«

Er zeigte ihr die Hand, die blau und rot war, rot und glühend heiß, mit einem blutlosen Riss vom Knöchel bis zum Gelenk.

»Ich bin gefallen«, stöhnte er und schlug die Zähne in die rechte Hand, in der Hoffnung, dass sich bald eine bessere Erklärung auftreiben lassen würde, eine glaubwürdigere Ursache dafür, dass er hier mit einer zerschmetterten Hand stand, die jetzt zum Glück so weit abgestorben war, dass er sie fragen konnte, ob sie ihn ins Krankenhaus fahren würde.

»Natürlich«, sagte sie und holte die Autoschlüssel und ein

Küchenhandtuch, das sie um seine Hand wickeln wollte, vor allem, um sie zu verbergen, begriff Larsen, deshalb machte er es selbst. Aber sie fuhr nicht los, als sie im Auto saßen.

»Ich habe dir gesagt, dass ich deine Tochter gesehen habe, und du …«

»Ja, das hast du gesagt«, sagte Larsen verbissen. »Wie geht es ihr?«

Sie sah ihn forschend an.

»Mit ihr gesprochen habe ich nicht.«

»Ach?«

»Ich habe sie nur gesehen, aus der Entfernung.«

»Gut«, sagte Larsen. »Sie will nichts mit mir zu tun haben.«

Sie ließ den Motor an und setzte rückwärts aus der Auffahrt.

»Warum?«

Larsen rang sich ein Lächeln ab.

»Das ist kompliziert.«

Es überraschte ihn, wie leicht er das alles sagen konnte, und er spürte an ihrem Blick, dass sie eine Art Hügel hinter sich gebracht hatten, als ihm aufging, dass nicht nur seine Tochter in ihm die Explosion ausgelöst hatte, sondern auch die Vorstellung, dass sie, Agnes Almlie, wie die wenigen Frauen, die Larsen gekannt hatte, absolut in dem Einzigen bohren musste, in dem sie nicht bohren durfte, und die unheilverheißende Friedlichkeit am Frühstückstisch heute Morgen, als er den Grund zu etwas Gutem bereitet hatte, während der Frühling mit seinem wunderbarsten Betrug vor dem Haus aufmarschierte.

»Ja, ich weiß, es war dumm«, sagte sie.

Larsen gab keine Antwort. Agnes Almlie fuhr ruhig weiter, während sie erzählte, dass seine Tochter in einer Wäscherei arbeite, so wie es aussieht, fügte sie hinzu, »und sie hat ein Kind oder zwei …«

Larsen schaffte ein Lächeln.

»Ein Kind oder zwei?«

»Ja, sie hat die ganze Zeit zwei Mädchen bei sich, ich weiß nicht, ob beide von ihr sind, sechs, sieben Jahre, stelle ich mir vor, sie sind sich überaus ähnlich.«

»Zwillinge?«

»Ich weiß nicht.«

Sie fuhr.

»Tut es weh?«

»Ja«, sagte Larsen.

Der Arzt sprach von Bruchverletzungen in medialer Phalanx und Metacarpale, und Larsen machte einen halbherzigen Versuch, das zu verstehen, damit er Agnes wenigstens etwas erzählen könnte, wenn er wieder herauskäme. Aber er hatte etwas Schmerzstillendes bekommen und es lenkte ihn ab – verdammt nochmal, dass es noch immer so total unmöglich sein sollte, eine plausible Erklärung für den zerschlagenen Daumen zu finden. Dem Arzt sagte er, ihm sei ein Schraubstock auf die Hand gefallen, und der Mann murmelte, das müsse ja ein großer Schraubstock gewesen sein, als sei er es gewöhnt, eine gute Portion Skepsis auf die Geschichten anzuwenden, die hier serviert wurden. Es sehe eher aus wie ein Hammerschlag, meinte er. Und Larsen musste sich mit dieser mittelmäßigen Lüge abfinden: Es gab außerdem in der Werkstatt des jüngst verschiedenen Arthur Almlie wirklich einen großen Schraubstock, aber der war an der Werkbank festgeschraubt, so dass Larsen beschloss, ihn loszuschrauben, sobald er nach Hause kam. Und während der Arzt den Riss am Daumen nähte und über eine mögliche Amputation des obersten Gelenks sprach, sah Larsen wieder Arthur Almlie auf dem Perserteppich neben dem Flügel vor sich – die blaue Haut über der mageren, schmächtigen Brust, die weißen trockenen Haare um die eingesunkenen Brustwarzen, die jedenfalls bei einem Mann nichts zu suchen haben, sein Atem, der bereits nach Tod roch, das Hässliche und Lächerliche, die zusammen den Tod so brutal und widerlich machen, dass der Verlust zu ertragen ist, möglicherweise, weil er mit Erleichterung einhergeht, darüber, dass es endlich vorbei ist, denn eine Art Sinn muss es doch haben?, überlegte er. »Kümmere dich um sie«, hatte der Alte gesagt, das war das Letzte, was ihm entschwebt war, wie ein Astralleib, ein Testament für Hans Larsen.

Und Larsen hatte akzeptiert.

Das stand fest.

Er hatte gesagt, sie könne sich um sich selbst kümmern, aber das war ein purer Reflex gewesen, sein »Nein«, war ein unzweideutiges »Ja«, auch in dem Augenblick, in dem es ihm herausrutschte, und der Sterbende hatte es gesehen, das war es, was dieses seltsame Blinzeln hatte bedeuten sollen, dass sie einen Pakt besiegelt hatten, zu dem gehörte, dass Larsen jetzt hier im Krankenhaus lag und sich einen Daumen zusammenflicken ließ, der nie wieder nützlich sein würde, und der idiotische Schraubstock, weil er das ganz Offenkundige nicht vorausgesehen hatte, dass, wenn Agnes Almlie sich aller Wahrscheinlichkeit zum Trotz für ein Schwein wie ihn interessieren könnte, dann würde sie sich natürlich auch dafür interessieren, was er vielleicht an Familie hatte, eine Familie, mit der Larsen hatte brechen müssen, ganz und gar und für immer, aus Rücksicht auf sämtliche Beteiligten. Ja, dachte er und spürte, wie das Morphium sein Gemüt mürbe machte und die Idee mit dem Schraubstock ein bisschen weniger idiotisch wurde, dabei müsse er ganz einfach bleiben, es ließ sich ja verdammt noch mal nichts anderes erfinden.

Durch den Garten verlief eine niedrige Steinmauer, als seien es irgendwann einmal zwei Grundstücke gewesen, und das war auch der Fall gewesen, ehe Arthur Almlie ein halbes Menschenalter zuvor auch das andere gekauft und sich alle Mühe gegeben hatte, die ehemalige Grenze zu verbergen. Hans Larsen stand auf der einen Seite der Mauer und trank ein Glas Wasser und schaute hoch zum Haus, stellte sein Glas auf den obersten Stein und kniff die Augen zusammen. Der Frühling war an diesem Tag nicht so brutal. Ein leichter Nieselregen strich über sein Gesicht, und er dachte über den Vorabend nach.

»Wie hast du sie gefunden?«, hatte er fragen können, als er wieder neben Agnes im Auto saß und seine verbundene Hand auf der Lehne zwischen ihnen ruhte.

»Telefonbuch.«

»Du weißt also, wie sie heißt?«

»Das hast du mir selbst gesagt, im Krankenhaus.«

Das hatte Larsen also getan. Er hatte über seine Tochter gesprochen, als er im Morphiumrausch herumgelallt hatte, und bei Agnes Almlie klang es wie eine schlichte Auskunft, wie etwas, das vielleicht aufmunternd sein könnte?

»Du hast gut über sie gesprochen«, sagte sie jetzt. »Wie ein stolzer Vater.«

Für diese Auskunft brauchte Larsen mehr Zeit. Aber dann konnte er fragen:

»Wie sieht sie aus?«

»Tja … hübsch … sehr schön, eigentlich. Und …«

»Ja?«

Agnes zögerte.

»Aber ich glaube nicht, dass sie besonders gut bei Kasse ist.«

»Ach?«

»Nein.«

Die Pause näherte sich einer Art Zerreißpunkt.

»Woher weißt du das?«, fragte Larsen, und etwas sagte ihm, es könne sich jetzt lohnen, sie anzusehen. Und richtig, sie nagte vorsichtig an der Innenseite ihrer rechten Wange, und er wusste, das bedeutete, dass sie keinen festen Boden unter den Füßen hatte. Agnes Almlie, die geheimnisvolle und unbegreifliche Frau, aber eine durchtriebene Lügnerin war sie nicht.

»Nur so ein Eindruck«, murmelte sie.

Larsen begnügt sich damit, den Blick weiter auf ihr ruhen zu lassen, bis sie beschloss, einen besseren Versuch zu machen. »Es ist zu sehen«, sagte sie und hörte wohl selbst, dass auch das kein gangbarer Weg war, oder dass es größere Kenntnisse der Angelegenheit verriet, als sie im Moment Larsen mitzuteilen gedachte, aber Larsen sah keinen Grund, ihr weiterzuhelfen, seine Hand tat weh, und seine Tochter war nicht gut bei Kasse. »So, wie es aussah.« In Agnes Almlies Augen sahen wohl alle aus, als ob sie nicht gut bei Kasse seien? Aber dann merkte er, dass die Finanzlage seiner Tochter ihm nicht sonderlich zu schaffen machte, als wäre er nicht mehr ihr Vater. Und zum zweiten Mal dachte er das so klar und kurzgefasst, dass er nach all diesen Jahren kein Vater mehr war, kein Vater einer Tochter, als sei sie in einer so besonderen Bedeutung des Wortes so erwachsen geworden, dass sie ganz einfach verschwunden war. Und genau das Prinzipielle an diesem Sachverhalt regte ihn ein wenig mehr auf, dass es möglich sein könnte, aufzuhören, Vater zu sein, wenn man es doch war, während das eher Persönliche, dass gerade Hans Larsen fähig sein sollte, das Bewusstsein seiner eigenen Nachkommenschaft dermaßen zu tilgen, immerhin eine schwachsinnige Logik besaß – vielleicht war es ihr Brief, der ihm in ein neues Leben hinübergeholfen hatte, der Brief, den er im Laufe des Winters mehrmals gelesen hatte, jedes Mal, wenn er den unwiderstehlichen Drang verspürt hatte, sie aufzusuchen.

Sie kamen nach Hause, er stieg aus und öffnete die Garagentür mit einer Hand. Und während Agnes hineinfuhr, ging er in den Holzschuppen und schraubte den Schraubstock los und ließ ihn vom Tisch fallen, er schlug eine tiefe Kerbe in den mit Sägespänen bedeckten Erdboden. Kurz darauf hörte er ihre Schritte. Sie standen nebeneinander und musterten das brutale Werkzeug. Larsen kam ein Verdacht.

»Hast du vielleicht auch dagegen etwas unternommen?«, fragte er.

»Wogegen denn?«

»Dagegen, dass sie schlecht bei Kasse ist?«

»Ja«, kam es wie aus der Pistole geschossen. »Ich habe ihr Geld gegeben.«

Larsen stellte fest, dass er ihr das schon im Auto am Gesicht angesehen hatte. »Wie viel?«, hörte er sich fragen.

Sie zögerte, erwähnte schließlich aber eine Summe, und er stutzte.

»Wie bist du auf gerade diese Summe gekommen?«, fragte er im Licht der hoffnungslosen Aufgabe, die es für ihn gewesen war, einen akzeptablen Mietpreis für sein Zimmer in der Villa zu finden.

»So viel kostet eine Reise nach Kreta«, sagte sie trocken. »Für eine Erwachsene und ein Kind.«

Wieder war Larsen total überrascht. Aber die Schmerzen in seinen Händen wurden jetzt schlimmer, die Vorstellung war also zu ertragen, im Grunde war alles zu ertragen, draußen in der abendlichen Dunkelheit sang eine Amsel.

»Ich dachte, du hast gesagt, sie hat zwei«, sagte er verärgert.

»Tut mir leid«, sagte sie und ging.

Er fand sie in der Küche, vor ihr auf dem Tisch eine ungeöffnete Weinflasche und ein Korkenzieher, der zwischen den beiden Gläsern auf Larsen wartete.

»Nein, was mach ich denn nur«, sagte sie kichernd, als er die verletzte Hand hob. Sie wollte die Flasche selbst öffnen. Aber das ging nicht. Sie taten es gemeinsam – sie hielt fest und er drehte mit der rechten Hand den Korkenzieher hinein und hätte sie fast umgeworfen. Sie lächelten einander an, auch wenn Larsen sich nicht von dem Verdacht befreien konnte, dass sie noch andere Dinge auf Lager hatte, die sie verschwiegen hatte.

Sie füllte die Gläser höher als sonst und sagte, sie sei das Lügen nicht gewöhnt, habe seinem Schweigen aber entnommen, dass es Larsen nicht gefiel, was sie getan hatte, und sie wollte sie doch so gern sehen, seine Tochter.

Larsen wollte fragen, warum, ließ es aber sein.

Sie erzählte unaufgefordert, dass sie das mit dem Geld über eine Freundin der Tochter geregelt habe, die in einem Reisebüro arbeite, und zugleich habe sie dafür gesorgt, dass sie – die Freundin – nichts verraten würde, denn sie hatte auch für sie eine Reise bezahlt, die pure Bestechung also, ha ha.

»Es kostet also das Doppelte?«

Ja, Agnes Almlie hatte sich noch nie so lebendig gefühlt, und Larsen brauchte sich nicht zu ängstigen, denn sie hatte sich als entfernte Verwandte vorgestellt, mit falschem Namen, das sei das mindeste, was sie für ihn tun könne.

Für mich?, überlegte Larsen und dachte sich, dass hier noch mehr nicht stimmte. Aber er wollte lieber gar keine Klarheit hineinbringen, deshalb sagte er, sie müsse versprechen, nicht zu versuchen, eine Versöhnung zwischen ihm und seiner Tochter in die Wege zu leiten, denn das sei nicht ihre

Aufgabe, Hans Larsen sei niemandes Aufgabe, wie auch seine Tochter nicht, so weit er das begreifen könne, auch sie sei ihre eigene.

Letzteres sagte er nicht, meinte es aber, und Agnes schien das zu verstehen, was ihn dermaßen beruhigte, dass er die heile Hand über den Tisch ausstreckte und ihre Hand nahm und sie festhielt, bis sie beide ungefähr gleichzeitig beschlossen, dass sie jetzt verlegen wurden, aber da war schon mehr als eine Minute vergangen.

Im Beet vor der Mauer, wo Larsen sein halbvolles Wasserglas abgestellt hatte, konnte er die ersten grünen Krallen einer Pflanze sehen, die sie ihn als Krokus zu identifizieren gelehrt hatte. Ein Stück weiter leuchtete etwas Blassgrünes, von dem er wusste, dass daraus Tulpen werden würden. Sie hatten beim Frühstück an diesem Morgen nicht über seine Tochter gesprochen, Agnes war wieder trauernde Witwe gewesen, mit Kopfschmerzen. Aber sie hatte sich wieder geschminkt, und das gefiel ihm, während sie von Dingen erzählte, über die Ehepartner aus unterschiedlichen Gründen nicht miteinander sprechen, die aber dennoch gesagt werden müssen, wenn der eine zugrunde geht, das Leben, das nicht gelebt worden ist, und das aus diesem Grund auch das zu ruinieren droht, was dennoch möglich gewesen ist.

Sie hätte ihn mit einer Menge Unsinn verschonen sollen, meinte sie, unter anderem dieser Farbe des Hauses, bei der sie sich durchgesetzt hatte. Sie hatte auch nicht gewusst, wie sie mit seiner Krankheit umgehen sollte. Und dann gab es ein geheimes Bankkonto, auf das sie einen Betrag eingezahlt hatte, wann immer sie dachte, jetzt halte ich es nicht mehr aus, eine Art Reisekasse oder ein Fundament für ein anderes Leben, inzwischen war es eine ansehnliche Summe geworden. Von diesem Konto hatte sie das Geld an Larsens Tochter überwiesen, wie es übrigens seiner Hand gehe?

»Doch, es geht.«

Sie war plötzlich wie zerschlagen wegen dieses Bankkontos, aber Larsen stellte nur Suggestivfragen, wenn er den Eindruck hatte, dass sie einer Sache auswich, der sie nicht ausweichen durfte, so wie er das ein wenig unklar sah; es war nun einmal zu seiner Aufgabe geworden, dafür zu sorgen, dass Agnes Almlie nicht vollständig zusammenbrach.

Sie aß nicht sonderlich viel. Und Larsen machte keinen Versuch, sie zu nötigen. Das enttäuschte sie vielleicht, also nötigte er sie doch.

»Iss doch ein wenig«, sagte er.

Nach dem Frühstück legte sie sich wieder hin, auch jetzt in Larsens Nachbarzimmer, während er den Tisch abräumte, Salonen anrief, um abermals abzusagen, und seine Arbeitskleidung anzog, in den Garten ging, mit der rechten Hand ein wenig herumpusselte und stehend bei der Mauer ein Glas Wasser trank, gegen zwei Uhr nachmittags, als ihm plötzlich aufging, dass er am Morgen etwas übersehen hatte. Er ging, lief dann los und fand sie mit offenen Augen im Bett liegen.

»Hattest du Angst um mich?«, fragte sie.

Larsen brauchte nicht zu antworten, das entnahm er dem matten Lächeln. Er zog die schweren Vorhänge auf und sah das Pillenglas auf ihrem Nachttisch, unangerührt, sie folgte seinem Blick. »Ganz ruhig bleiben«, sagte sie. »Setz dich.«

Larsen setzte sich.

»Herrgott, wie ich das bereue«, sagte sie.

»Was denn?«

»Alles.«

Larsen wusste, dass Reue die Triebkraft jeder Trauer ist, und er überlegte, ob er ihr den Begriff »Nachsitzen« erklären sollte, wenn man weiterhin sühnen muss, auch wenn man schon nicht mehr bereut, dann wirkt es gegen die Absicht, aber in der Eile konnte er nicht feststellen, was diese Argumentation hier zu suchen hätte.

»Wir machen einen Spaziergang«, sagte er.

»Ich will keinen Spaziergang machen.«

»Doch«, sagte er streng. »Es ist Frühling.«

Sie machten einen Spaziergang.

»Wir haben niemals etwas riskiert«, sagte sie. »Ihm wurde eine Stelle in New York angeboten, aber wir haben abgelehnt, kannst du dir das vorstellen? Ich war das übrigens, die abgelehnt hat.«

Ein halber Meter trennte sie, sie gingen langsam, Larsen mit den Händen in der Jackentasche. Sie hatte ihren Mann die ganze Zeit mit grundlosen Verdächtigungen gequält, mit Eifersucht, auf *ihn*, der so treu war, während sie selbst eine Beziehung nebenbei gehabt hatte.

»Schockiere ich Sie?«

Larsen räusperte sich. »Glaubst du, es wäre einfacher, wenn ich es früher erlebt hätte?«, fragte sie. »Wenn ich schon einmal jemanden verloren hätte, ein Kind zum Beispiel?«

Larsen sagte Nein, fügte aber hinzu:

»Ich weiß nicht.«

Es hatte sich aufgeklärt, es roch nach faulem Laub und verbranntem altem Gras, die Wege waren nass und die Wacholderdrossel lärmte in den nackten Bäumen. Menschen kamen von der Arbeit, in den Gärten wurde Ordnung geschaffen, und an einem Tor entdeckte eine ältere Frau sie, streifte einen gelben Gummihandschuh ab, kam zu ihnen, nahm Agnes Almlies Hand und sprach ihr Beileid aus. Sie wechselten einige Gemeinplätze.

»Das ist Hans Larsen«, sagte Agnes Almlie. »Ein Freund.«

Hans Larsen stand im Frühling und war ein Freund. Zum Glück hatte er die Windjacke über sein Flanellhemd gestreift, an seinen Schuhen konnte er nichts ändern, aber die waren schon in Ordnung, stellte er fest, neben den verdreckten Stiefeln der Fremden, und während Agnes noch etwas über den Todesfall sagte, beugte er sich über einen Zaun und kraulte einen Hund hinter den Ohren, als wäre er ein Hundemann. Wie einfach hätte das sein können, sogar bei allem Hin und Her und seiner Hand, die noch immer so befreiend wehtat, weil er morgens seine Pillen nicht genommen hatte; sie waren doch nichts Besonderes, diese Schmerzen, aber der Verdacht vom Garten kürzlich, als gebe es etwas, das er am letzten Tag nicht registriert habe, der war noch immer da.

Sie setzten ihren Mann bei, Verwandte und Freunde versammelten sich. Es gab Schnittchen, Kaffee und zwei Marzipantorten, die Hans Larsen in der Bäckerei im Viertel holte und zu Fuß nach Hause trug. Er schenkte Kaffee ein und blieb im Hintergrund, war Kellner, und jetzt wurde er nicht als Freund präsentiert, keinem von den Gästen.

Aber hier sah er Agnes Almlie in ungewohnter Umgebung, in ihrer eigenen, sah, wie sehr sie dort zu Hause war, auch der fremde Mann, neben dem sie damals im Auto gesessen hatte. Er sah aus wie ein verfeinertes Möbelstück, wie ein Bischof, und erwies sich als alter Freund des Verstorbenen, und wirklich als Arzt, deshalb beobachtete Larsen ihn und stellte fest, dass er mit einer viel jüngeren Frau zusammen war, einer Schönheit mit hoher und stark gebleichter Frisur, einer Frau von der Sorte, die sich zu grell schminkt und der das steht. Sie lachte außerdem zu laut und hatte zu viel zu erzählen, bei einer Beerdigung. Larsen trat näher, um zuzuhören – aber in diesem Moment fiel Agnes eine Tasse zu Boden und sie musste sich bücken. Larsen drehte sich um und sah, dass sie durch den schwarzen Schleier zu ihm aufblickte. Und vielleicht stellte sie sich just in diesem Augenblick die entscheidende Frage – es gibt eine Zeit für Beichtväter, aber auch eine Zeit, um sich ihrer zu entledigen; sie musste nach dem Verlust wieder auf die Beine kommen, und dann würde der Gedanke an alles, was sie Larsen erzählt hatte, sie nur verlegen und unwohl machen, erkannte Larsen düster, und gab den Versuch auf, mehr über diesen fremden Mann und die belustigte Schönheit mit der gelungenen Schminke herauszufinden, auch wenn das eine mit dem anderen vielleicht nichts zu tun hatte.

Eine Woche verging, und für Hans Larsen gab es immer weniger Sinn, so wie er das sah, selbst beim besten Willen, er ging an einigen Tagen wieder in den Hafen und leitete die Löscharbeiten bei einem kleinen Frachter. Wieder gab es Überstunden, und er beschloss, in Salonens Wohnung zu übernachten, zumindest einen Versuch zu machen, aus der Villa fernzubleiben.

Er saß abends in der Wohnung, mit einer Yuccapalme und einem Fernseher, den einzuschalten er noch immer nicht den geringsten Drang verspürte. Und das Telefon klingelte nicht, das hatte es noch nie getan. Und als er zwei Tage darauf zur Villa zurückkehrte, stand sie im Garten, mit einem karierten Tuch um den Kopf, das er noch nicht gesehen hatte, mit einer Harke in der Hand, und sie war sichtlich gereizt, zeigte aber kaum, dass sie ihn vermisst hatte, wollte nur wissen, wo zum Henker Larsen sich herumgetrieben habe, sie hätten doch eine Abmachung?

Er leierte eine schwache Geschichte herunter. Aber ihr war es sogar egal, dass die Geschichte schwach war, sie reichte ihm einfach die Harke und ging ins Haus, um Kaffee zu kochen, während Larsen den letzten Rest des trockenen Laubes zusammenharkte, das sich über winzigen Grashalmen zerstreut hatte, die so grün geworden waren, dass er an das Meer denken musste.

Er saß einige Tage lang im Keller und reparierte Boote, hörte oben Schritte, Türen, die ins Schloss fielen. Besuch kam, Verwandtschaft und Freunde, und es kam vor, dass sie ihn zum Essen einlud, ganz förmlich, oder zu einem Spaziergang durch den Park am anderen Ende der langen Straße. Eines Nachmittags sagte er ganz offen, das hier geht nicht mehr, und ging auf sein Zimmer, um zu packen. Aber da kam sie hinterher und wollte plötzlich wissen, warum er die Wohnung nicht aufgegeben habe.

Larsen gab keine Antwort.

»Es geht mich natürlich nichts an«, sagte sie. Aber, ja, nein, er solle doch machen, was er wolle.

Sie ließ ihn packen. Aber als er das Haus verlassen wollte, kam sie und wollte ihn plötzlich nicht gehen lassen, unter keinen Umständen, rief sie mit brechender Stimme, ohne ihn jedoch anzufassen. Und Larsen sah vielleicht ein wenig Intimität in den blanken Augen. Neben etwas anderem – sie wollte durchaus, dass er blieb, ja, aber er musste es selbst wollen, damit sie ihn nicht anzuflehen brauchte, oder schlimmer noch, ihm etwas versprechen, und so ging er mit seinem Gepäck zurück auf sein Zimmer und blieb noch zwei Tage. Ohne dass sich etwas änderte.

»Ich kann hier wirklich nicht wohnen.«

»Warum nicht?«

»Das ist dein Haus.«

Er hätte auch etwas über Würde sagen können, ein nicht oft benutztes Wort in Larsens Vokabular, darüber, was sich für einen alten Mann gehört, aber viele Jahre zuvor war er eine Zeit lang gezwungen gewesen, Gespräche mit einem Psychiater zu führen, und hatte gelernt, auf innere Stimmungen zu hören, Dinge in Worte zu kleiden, wie man sagte – es sei wichtig, Dinge in Worte zu kleiden, zum Teufel, wie Larsen diese Sitzungen beendete, wenn sie doch nichts einbrachten.

»Wir können einen Vertrag machen«, sagte sie. »Sie bezahlen Miete und können mit gutem Gewissen hier wohnen.«

Langsam dämmerte es Larsen, dass etwas Ernstes geschah, nicht nur um ihn herum, sondern auch in ihm. Genauer gesagt hatte es bereits im Winter angefangen, danach aber einige Monate geschlummert, wie ein lindernder Umschlag, ehe es bei der Beerdigung wieder aufgetaucht war, als ihr eine Tasse zu Boden gefallen war, und sie sich gebückt und durch den Schleier auf eine Weise zu ihm aufgeschaut hatte, dass Larsen sich selbst gesehen hatte, oder sie beide, von außen, das unmögliche Paar, das sie bildeten.

An den nächsten Tagen wohnte er dort und auch wieder nicht, so gut das möglich war, als sich plötzlich eine offenkundige Lösung auftat – der riesige Garten.

Früher hatten sie einen Gärtner gehabt, und jetzt machte Larsen sich schon so lange daran zu schaffen, dass der Garten zum Musterbetrieb zu werden drohte.

»Ich kann mich darum kümmern«, sagte er rasch, aus Angst, dieses Angebot könne wieder verschwinden.

»Dann müssen Sie auch zulassen, dass ich Sie bezahle.«

Er lachte.

»Nein.«

»Ich werde schon eine Lösung finden.«

»Tu das nicht«, sagte er, plötzlich wütend, weil sie nicht den kleinsten Kleinkram liegenlassen konnte – er konnte das nicht vertragen, wie so vieles andere, das sich angehäuft hatte, ja, es war sowieso mehrere Wochen her, dass Hans Larsen irgendetwas hier gefallen hatte, das redete er sich plötzlich ein – verdammt, ihm gefiel rein gar nichts mehr! Das Letzte, was ihm gefallen hatte – so sehr, dass es in seinen Fugen geächzt hatte – waren die seltsamen Tage nach dem Todesfall gewesen, als er eines Morgens etwas so lebensgefährlich Gutes ausgebrütet hatte, dass er sich eine Hand hatte zerschlagen und damit durch die Straßen gehen und mit Agnes Almlie plaudern müssen, und sie trafen auf eine Nachbarin mit gelben Gummihandschuhen, und die erfuhr, dass er ein Freund sei, ein guter Freund. Das Letzte hatte Agnes nicht gesagt, aber so hatte es geklungen, in den Ohren der Fremden und in Larsens, es war ihnen allen dreien anzusehen, ja, so leuchteten diese Tage, die jetzt so fern waren wie seine Kindheit … und abermals dies Rauschen in den Ohren.

Hans Larsen stand mit einem Gartenschlauch in der Hand an der Mauer. Vor ihm ein vibrierender Regenbogen zwischen Johannisbeersträuchern und den hellgrünen Birken. Das Gras war nass. Er stand allein auf der großen Rasenfläche, unter einem funkelnden kobaltblauen Himmel. Daraus fiel ein weißes, brennendes Licht auf seinen nackten Schädel, Hans Larsen war ein alter Mann auf einem Flecken feuchter Erde.

Er schaute sich um und wusste, dass er diesen Ort niemals würde verlassen können. Ein kaltes Fieber stieg wie Quecksilber durch seine wackligen Beine hoch. Er schwankte. Das sickernde Wasser und die feinen Tropfen, er fror wie ein Hund, schaffte es aber, sich auf die Bank zu setzen.

Sie hatte ihn durch das Fenster gesehen, jetzt klopfte sie an die Glasscheibe, aber er stellte sich taub, und sie öffnete und rief:

»Larsen?«

Er gab keine Antwort. Sie kam mit den Händen in der Schürzentasche heraus und blieb stehen und musterte ihn, dann setzte sie sich, ein wenig zu weit weg, fand er, aber er konnte nichts daran ändern.

»Ist alles in Ordnung?«, fragte sie, und es sah fast aus, als werde sie ihn anfassen.

Ja, nickte er.

Aber nichts war ja in Ordnung. Hans Larsen war am Ende seines Weges. Das begriff sie auch. Sie sah ihre Fingernägel an und sagte, sie habe vor, mit einer Freundin zu verreisen. Ob er derweil das Haus hüten wolle?

Er murmelte, das könne er.

»Dann ist ja alles so, wie es sein soll.«

Wieder nickte er.

»Und es gibt noch etwas, worüber ich mit Ihnen sprechen muss«, sagte sie jetzt und strich sich einige Haare aus der Stirn, und Larsen ging auf, dass sie nicht die geringste Ahnung davon hatte, wie es um ihn stand.

»Benutzen Sie das Haus nach Belieben«, sagte sie. »Ich möchte, dass Sie sich hier zu Hause fühlen.«

Es schien ihm schwerzufallen, die Zunge zu bewegen, und jetzt sah sie es wohl?

»Was ist los?«, fragte sie. »Bist du krank?«

Er hob die linke Hand und zeigte auf einen vom Frost beschädigten Rosenstrauch, wollte sie auf das sterbende Geschöpf aufmerksam machen, und sie fragte vorwurfsvoll, ob er im vergangenen Herbst vergessen habe, den Strauch abzudecken.

»Verzeihung«, korrigierte sie sich dann. »Das war doch Arthur …«

Larsen war niemals nachdrücklicher gewesen, er konnte es

nur nicht sagen. »Mir wird schon etwas einfallen«, sagte sie und erhob sich. »Abendessen in einer halben Stunde?

Tu das nicht, dachte Larsen. Geh nicht.

Agnes Almlie verreiste. Die Freundin, die sie abholte, trat mit klirrenden Autoschlüsseln von einem Fuß auf den anderen und wollte los. Sie kamen nicht los. Agnes Almlie musste dem Gärtner noch wichtige Instruktionen erteilen, es war der ausführlichste Abschied, den Larsen je erlebt hatte: noch einmal der Schlüssel, die Post, die Zeitung. Es sah aus, als wolle sie gar nicht verreisen, jetzt, wo alles zwischen ihnen nur geschäftlich war. Eine Unmenge Koffer, die Larsen einen nach dem anderen aus dem Haus trug, mit der linken Hand, die fast wieder heil war. Etwas fehlte und musste geholt werden, und als sie endlich zum Abschied seine Hand nahm, musste das offenbar schnell vor sich gehen, oder irrte er sich?

Wie üblich irrte er sich.

Aber was sollte ihm das alles nützen? Das Einzige, was er mit Sicherheit feststellen konnte, war, dass sie ihm schon fehlte, als sie im Rückwärtsgang durch das Tor setzten und sie ihm zuwinkte, zuerst durch die Windschutzscheibe und dann durch das heruntergelassene Seitenfenster. Er humpelte hinaus auf die Straße – er humpelte neuerdings ein wenig, vor allem zum Spaß – und blieb stehen und schaute dem Auto hinterher, bis es dort, wo der Park begann, hinter blühendem Flieder verschwand, und hob den Blick zum Himmel, um sich davon zu überzeugen, dass der kleine Ranzen noch immer an der Telefonleitung über seinem Kopf hing.

Er stapfte zurück zum Haus, ging hinein, setzte sich in den Ledersessel des alten Almlie und blieb dort sitzen – mit einem unberührten Glas Cognac, und die Tränen liefen ihm über die Wangen, eine Stunde lang, bis ihm das Gefühl, ein Idiot zu sein, zur Rettung kam, diese neue und zugleich alte Kraft, aber auch die nutzte wohl nicht sonderlich viel.

Er erhob sich und überlegte, ob er etwas zerschlagen sollte, fand aber nicht die geringste Inspiration, schlurfte von Haustür zu Haustür und schloss ab, damit keine Unbefugten eindringen könnten. Er ging durch ihr Schlafzimmer, um ihren Duft einzusaugen, schaltete die Musikanlage ein und blieb eine Weile stehen und sah das grüne Auge des Verstärkers an, ehe er sich mit angelehnten Türen im toten Flügel zu Bett legte.

Er konnte nicht schlafen.

Es war eine seltsame Art, wach zu sein. Hinter geschlossenen Augen. Er lauschte der fernen Musik, stand wieder auf und wanderte umher in einem Schlafrock, den er kürzlich gekauft hatte, in einem Anfall von Übermut, wie damals bei dem Hut; er gehörte so wenig in einen Schlafrock wie unter einen Hut. Er sah sich einige Aquarelle an, die ihm nicht viel sagten, die zu mögen er sich jedoch angewöhnt hatte, und dann legte er sich wieder hin und lauschte der Musik, bis er auf dem Rücken einschlief, mit offenem Mund; das merkte er am nächsten Morgen, an den trockenen Schnarchschmerzen im Hals und um das Zäpfchen.

10

Marianne zeigte ihren Pass mit dem alten Bild vor, auf dem sie nicht wiederzuerkennen war, und wurde ohne einen Mucks durch die Kontrolle gelassen.

»Ich hasse fliegen«, sagte sie, mit ihrer Tochter an der einen und Anne-Berit an der anderen Hand. Anne-Berit füllte zwei Pappbecher mit Wein, und Marianne trank alles in einem Schluck, bekam noch mehr, während sie aufstiegen und die Flughöhe erreichten. Die Luft wich aus ihr wie blutiger Nebel und ihr letzter Gedanke, den sie in Richtung Vaterland schickte, galt Trond, dem Vater, der Wäscherei …

»Ist ja toll, dass du jetzt wirklich mitkommst«, sagte Anne-Berit.

»Was ist das für ein Gerüttel?«, fragte Marianne.

»Turbulenzen.«

»Das heißt also nicht, dass wir abstürzen?«

»Es bedeutet, dass wir uns oben halten. Lehn dich zurück und lass endlich Greta los.«

Sie flogen in weitere Turbulenzen, die Passagiere schnappten nach Luft, und der Kapitän gab über die Anlage durch, dass es angebracht sei, sich jetzt anzuschnallen. Marianne konzentrierte sich auf Anne-Berits neues Parfüm, Karl Lagerfeld, gekauft im Taxfree-Laden zusammen mit Whisky, Zigaretten und einer Ladung Gummibären. Die Luft war trocken, ihre Lippen feucht, die Zunge steif. Es ging zu schnell. Und alles stand ganz still. Greta und Nina spielten Karten. Marianne hielt den Blick starr auf eine Broschüre gesenkt, auf das Bild einer schönen Frau, die – an einen Baumstamm gelehnt – in einer Sprechblase verkündete, wie herrlich es im Paradies sei: Der Baum war eine Palme, der Sand war weiß wie Schnee und darüber war der Himmel unerträglich blau. »Wenn Sie die minoische Kultur nicht kennen, wissen Sie nichts über sich selbst.« Marianne sagte:

»Wo ist das Klo?«

»Geht's denn?«

»Watch me.«

Sie stand auf und schwankte durch den Mittelgang nach hinten, ihre Hände tasteten sich von Sitzlehne zu Sitzlehne, vorbei an aufgeregten Landsleuten, die, über Batterien von Bierdosen und kleinen Flaschen gebeugt, kurz davor waren, sich selbst kennenzulernen, hinein in den kleinen Verschlag, wo sie feststellte, dass sie sich doch nicht übergeben musste, aber vielleicht ein wenig pinkeln. Sie setzte sich, umklammerte die Knie mit den Händen und wiederholte, dass das hier zuallererst eine Denkpause in einem Verhältnis sei, über das sie mehr oder weniger den Überblick verloren hatte. Ein Urlaub mit ihrer Freundin. Was Trond als pure Beleidigung aufgefasst hatte. Aber jetzt saß sie hier mit 36 000 Fuß unter den Schuhsohlen, das waren etwa zwölftausend Meter, und wusste, dass das Ganze mit dem zusammenhing, was er über ihren Vater gesagt hatte – dass sie ihm völlig egal sei. Erst Erleichterung, dann eine absurde Enttäuschung und schließlich ein schleichender Verdacht, der bloß immer kälter und kälter wurde, weil es dem innersten Wesen ihres Vaters schlichtweg widersprach, sie Monat um Monat in Frieden zu lassen, ein Mann bar jeder Geduld, jeder Grenze, jeder Bremse … ein Mann, der sein ganzes Leben lang im Krieg mit der Welt gelegen hatte.

Aber wieso hatte sie Trond nicht gebeten, mehr über ihn herauszufinden?

Weil sie auch *ihm* nicht traute, weder ihm noch ihrem Vater – also sitze ich jetzt hier in einem fliegenden Schrank zwölftausend Meter über der Erde, unterwegs zu einem Traum, den er ihr eingepflanzt hatte, als sie noch klein gewesen war, mit all seinen Geschichten über Meere, Länder, Menschen … als gäbe es irgendwo ein anderes Leben, von dem sie sich aufsaugen lassen und in dem sie verschwinden könnte, einen Ort, an dem *er* nicht existierte.

Ihr fiel etwas ein, das ihre Mutter einmal gesagt hatte – er ist nicht ein Mensch, sondern viele, und ich bin mit der ganzen Meute verheiratet, leider.

Marianne stand auf und wusch sich die Hände, ging zurück und setzte sich.

»Danke«, sagte sie zu ihrer Freundin. »Danke, dass du mich mitgenommen hast.«

»Trink noch 'nen Schluck Wein«, sagte Anne-Berit.

»Hoffentlich mach ich jetzt bloß nicht wieder etwas, was ich hinterher bereue«, sagte Marianne, lehnte den Kopf an die Nackenstütze, schloss die Augen und wartete auf das, was verschwinden sollte.

Sie landeten in drückender griechischer Hitze. Marianne manövrierte die Mädchen hinaus auf das dampfende Flugfeld, wo die Sonne einem Krater am Himmel glich und die Kleider am Körper kleben blieben, trieb sie an einer Gruppe gleichgültiger Zollbeamten vorbei in den Bus, der sie ins Hotel an einer blauen Bucht ein Stückchen außerhalb der Stadt verfrachten sollte.

Ein junger lächelnder Busfahrer mit Schweißflecken unter den Armen sprach sie auf Englisch an. Sie verstand nicht, was er sagte, und zeigte auf Anne-Berit, die ihn ›Sunshine‹ nannte, vier Gutscheine vorzeigte und ihm ein Lächeln schenkte, das er sicher nicht zum ersten Mal sah.

Ein Fahrgast nach dem anderen stieg aus, der Bus rollte weiter bis zu einem flachen, weißen Gebäude im byzantinischen Stil, das in einem üppigen Garten aus hängender Blumenpracht und gepflegten Büschen so gut wie versteckt lag, ein friedlicher Tempel in der bleischweren Hitze. Marianne kümmerte sich um die Kinder, während Anne-Berit und Sunshine die Koffer auf einen goldenen Wagen packten und in die kühle Lobby rollten, wo sie von einem perlweißen Welcome und einem weißgekleideten Portier empfangen wurden. Er führte sie hinauf zu ihrem Zimmer und öffnete die Tür zum Laubengang, damit die Aussicht sie wie ein kühles Seufzen begrüßen könnte – das Meer, die Felsen, das Dorf, die uralten Olivenbäume. Es war still.

Marianne war nicht sicher, ob sie wirklich sah, was sie sah, ob ihre Füße hinauf- oder hinunterliefen, es war früher Abend, es gab da unten einen weißen Strand und keine Menschenseele, Palmen, einen Rosengarten mit azurblauem Becken, auch hier kein Mensch. Eine sanfte Brise trieb vom Meer herein und fuhr durchs Zimmer, es war eine ganze Wohnung, mit einem breiten Bett im größeren Zimmer und einem kleinen im anderen, samt einem großen Bad, das gleichermaßen alt und modern war, Mosaiken an den Wänden und auf dem Boden, Jacuzzi, Dampfdusche, zwei Waschbecken und Spiegel und Bidet und Malachit und Mahagoni.

»Gefällt's dir?«, hörte sie Anne-Berit fragen und musste sich ganz verloren auf den Rand der Badewanne setzen.

»Wie, um alles in der Welt, hast du das hingekriegt?«

»So ist eben die Reisebranche. Hilfst du mir mit dem Bett für Nina?«

»Was?«

»Ja, die Mädchen schlafen bei dir. Ich möchte etwas, äh … Freiraum, wenn du verstehst, was ich meine.«

Marianne stand auf und ließ die Hände über die grüne Bank gleiten, die Leisten, den Türrahmen, den Türknauf aus blankpoliertem Messing.

»Ich hab da unten einen Pool gesehen«, murmelte sie.

»Ja, viel Vergnügen. Ich packe inzwischen aus.«

Die Mädchen hatten eine Etage tiefer ein Spielzimmer entdeckt. Marianne zog einen Bikini an, den sie in einer hippen Modeboutique gekauft hatte – von einer naseweisen jungen Verkäuferin, die sie darauf aufmerksam machte, dass eine ihrer Brüste leicht herunterhing – trat in den Laubengang, lief eine breite Treppe hinunter, auf warmen Marmorsteinen durch den schattigen Garten, und ließ sich in das blaue Oval sinken.

Das war auf alle Fälle traumhaft.

Der Portier, der ihnen das Zimmer gezeigt hatte, räumte Gläser und Teller von einem Tisch, sie bestellte einen Martini und hörte Anne-Berit durch das offene Fenster oben in der Fassade singen. Ein schwüler Luftzug fuhr durch die Rhododendronbüsche. Sie ließ sich vom Wasser aufsaugen und wand sich wie ein weißer Fisch in einer Temperatur, die einem Strom aus Liebkosungen ähnelte, setzte sich und schlug das Haar wie eine Peitsche auf den Rücken, während der Himmel immer tiefer wurde, die Lichter in den Bäumen angezündet wurden und die Geräusche aus dem weißen Schlummer des Tageslichts erwachten – Stimmen aus der Küche, Töpfe, Gläser, Zikaden, ein Auto, das hinter der mit Rosen bewachsenen Mauer gestartet wurde. Durch das schmiedeeiserne Geländer des Laubengangs sah sie Anne-Berit vor dem Spiegel, als eine bebende Kälte in ihren Füßen einsetzte und durch den ganzen Körper fuhr – sie fühlte sich beobachtet.

Wie zu Hause.

Sie stand auf und legte sich einen Bademantel um, spürte, wie ihr Körper erstarrte und lief durch die fremdartigen Düfte, während die Nacht wie ein Vorhang durch all das Weiße hindurchfiel.

»Nein, ich schminke mich nicht«, sagte sie beim Eintreten.

»Aber ja doch. Setzt dich hier hin, dann mache ich es.«

Sie ließ sich auf einen Stuhl fallen und schnitt im tropfenförmigen Spiegel Grimassen.

»Gott, wie ich aussehe.«

»Du bist sehr appetitlich, mein Schatz, zum Anknabbern.«

»Das glaubst aber auch nur du.«

»Bist du schon betrunken?«

Anne-Berit schlug mit der Haarbürste auf ihre Handfläche. Ihre Augen trafen sich im Spiegel.

»Sunshine?«, sagte Marianne. »Du hast ihn Sunshine genannt?«

»Ja, aber ich hab ihm auch gesagt, dass er mal 'ne Dusche brauchte.«

Marianne wusste nicht, ob sie lachen sollte.

»Ist nicht dein Ernst?«

»Doch. Take a shower, sunshine, or you ain't got no chance in hell. Außerdem hab ich ihm fünf Dollar Trinkgeld gegeben.«

Marianne war nicht nach Lachen zumute. Sie beugte sich vor.

»Du hast da was an der Wange.«

»Wo?«

»Da.«

Sie rammte ihr die Zähne in die Haut unter dem linken

Auge und biss zu, bis sie warme, salzige Flüssigkeit auf den Lippen spürte. Anne-Berit schrie und schlug mit der Bürste um sich, fiel, von Tränen geblendet, nach hinten, beugte sich wieder vor und starrte in den Spiegel, auf einen gezackten Bluterguss, der sich unter ängstlichen Fingerspitzen blau und weiß abzuzeichnen begann.

Marianne kam hoch, bohrte die Nägel in die Kopfhaut und riss sie wieder heraus, begann auf einem Nagel herumzukauen, trat hinaus auf den Laubengang und rief nach den Kindern, die jetzt im Garten nahe der Bar spielten.

Sie winkten zurück.

Der Barkeeper stellte zwei Gläser auf die Theke, jubelnd kletterten sie auf ihre Barhocker, er sah herauf zu Marianne und rief etwas – on the house, rief er – only soda water. Sie winkte mit der linken Hand zurück, während sie auf der rechten herumkaute, ging hinein zu Anne-Berit, die wie versteinert auf dem gemachten Bett saß – das Blut sank, das Zimmer war weiß und übelerregend, sie lief ins Bad, nahm eine Zigarette aus der Handtasche, schaffte es nicht sie anzuzünden, goss Martini in ein Zahnputzglas und starrte in die urinfarbene Flüssigkeit, während das Unbegreifliche, das sich in ihr abspielte, langsam aber sicher verschwand.

»Mama, was ist denn?«, hörte sie plötzlich.

»Was wollt ihr denn hier?«, sagte sie und drehte sich um.

»Wir haben Hunger.«

Sie drückte Greta an sich.

»Aua, das tut weh.«

»Entschuldige. Ist der Mann nett zu euch?«

»Ja, wir haben Limo bekommen.«

»Er hat bestimmt auch Pizza. Schau, hier ist Geld, du kannst Pizza sagen, genau wie zu Hause.«

Anne-Berits Hände hatten sich zwischen sie geschoben.

»Mama ist müde. Kommt, wir gehen.«

Marianne sah sie verschwinden. Der weißgekleidete Portier war hereingekommen, um Anne-Berit mit Gretas Bett zu helfen, sie sah, wie sie ihm einen Geldschein zusteckte, er sich bedankte und die Tür hinter sich zumachte.

»Die Mädchen schlafen heute Nacht bei mir«, sagte sie und setzte sich neben sie.

»Das wirst du mir bestimmt nie vergeben«, schluchzte Marianne.

»Vielleicht in einem Jahr. Was hast du dir bloß dabei gedacht?«

»Ich weiß nicht. Irgendwas stimmt hier nicht. Und …«

Anne-Berit strich ihr übers Haar.

»Wovon redest du?«

»Es ist zu teuer. Es ist zu elegant. Es ist eine Falle!«

»Was für ein Blödsinn. Ich brauche dich hier.«

»Was meinst du damit?«

»Ich kann hier nicht allein sein, also habe ich immer jemanden bei mir. Letztes Jahr war es meine Schwester, und im Jahr davor Sissel.«

Sie stand auf und blickte in den Spiegel.

»Gott, wie ich aussehe.«

Sie öffnete den Barschrank, nahm eine Weinflasche, schraubte den Korkenzieher in den Korken und zog ihn mit einem feuchten Seufzer heraus, während Marianne sich mit der alles zerstörenden Frage abmühte: Woher kommt das?

»Ich weiß, was du denkst«, sagte Anne-Berit.

»Ach was.«

»Aber sei ganz beruhigt, niemand weiß, dass wir hier sind.«

»Und was soll das heißen?«

Anne-Berit ging ins Bad und wiederholte:

»Gott, wie ich aussehe.«

Marianne:

»Was das heißen soll, hab ich gefragt.«

»Das ist mein Bonus, du Dummchen, seit vielen Jahren zusammengespart.«

Marianne stand auf und trat auf den Balkon, sah die Mädchen unten im Garten über ihrer Pizza hocken. An den anderen Tischen ältere und jüngere Paare, Kinderfamilien, eine alleinstehende junge Frau, alle in Weiß, als hätte jeder in seiner fernen Heimat beschlossen, so müssen wir hier aussehen, in weißen Uniformen, wie Mitglieder desselben Clubs.

Ihr Blick glitt von Tisch zu Tisch, ohne auf einem einzigen Gesicht haften zu bleiben, alles sah aus, wie es aussehen sollte, wie es ihr Vater erzählt haben könnte, etwas, von dem man sich aufsaugen lassen und in dem man verschwinden könnte, etwas Gutes – und drinnen im Zimmer hörte sie, wie Anne-Berit das Telefon nahm und Abendessen aufs Zimmer bestellte.

11

Hans Larsen bemerkte kaum, dass er sich in seinem schönsten Sommer befand, in einem Paradies, zu dem er selbst beigetragen hatte: Zwei Gärten zu einem verschmolzen. Doch ohne Agnes Almlie.

Agnes Almlie war mit einer Freundin verreist, an die sich Larsen nur wegen ihrer hohen Absätze sowie der Autoschlüssel, mit denen sie vor der Abreise so ohrenbetäubend herumgeklimpert hatte, erinnern konnte.

Hans Larsen hatte am Kai so gut wie gekündigt, er hatte auch Salonens Wohnung so gut wie gekündigt, und investierte nun alle verfügbaren Kräfte in Rasenmähen, Bewässerung und Bewachung. An seiner Bewachung war nichts auszusetzen. In Agnes Almlies Namen hatte er eine Alarmanlage einbauen lassen, sowohl im lebenden Flügel, wo niemand wohnte, als auch im toten, wo er sich aufhielt, denn aus einem Dasein im Keller war nichts geworden, dort lebten das Gespenst von Arthur Almlie und die restaurierten Schiffe.

Hans Larsen lebte einsam in seinem Paradies. Eines Abends verbrachte er mehrere Stunden mit der Überlegung, ob er vielleicht anfangen sollte, an Gott zu glauben, etwas, das er schon öfter im Leben probiert hatte, doch ohne Erfolg. Auch dieses Mal verwarf er den Gedanken und fragte sich stattdessen, ob er vielleicht onanieren sollte, kam aber auch bei dieser Frage zu keinem Ergebnis. Er probierte es, doch viel Leben war nicht in ihm, obwohl sich seine Fantasien um Agnes

Almlie und ihre Wärme drehten, die sie einmal in seinen Händen hinterlassen hatte, als er sie ins Gästezimmer getragen und eine Bettdecke über sie gebreitet hatte, die genauso riesig war wie seine eigene, eine Winterbettdecke.

Er spürte ihr Parfüm und ihre Atemzüge und hörte das Klirren ihres Schmucks, das ganze Haus verströmte ihren Geist. Er hatte gelesen, dass es eine kleine blaue Pille auf dem Markt gab, die selbst einen toten Mann lebendig machen konnte, war aber zu derselben Schlussfolgerung wie beim Thema Gott gelangt. Er mochte irgendwie nicht, es war, als hätte er schon das meiste probiert und wollte nun nicht das Risiko eines erneuten Fiaskos eingehen, sondern lieber die Kräfte aufsparen. Wozu allerdings, wusste er selbst nicht genau. Doch ihm gefiel die Idee, dass er seine Kräfte sparte, indem er ganz einfach ruhig dalag, während er seine Gedanken frei umherschweifen ließ.

Jeden Morgen wachte er um sechs Uhr auf und verspürte den unmittelbaren Drang aufzustehen. Er ging ins Bad und duschte. Es war Mitte Juli, die Welt in ihrer Vollkommenheit hielt den Atem an, und Larsen war in diesen Morgenstunden zum Bersten voll von Energie. Jetzt konnte er Kaffee kochen und in einem eleganten Zuhause, das nicht sein eigenes war, umherlaufen und sich davon überzeugen, dass im Laufe der Nacht niemand eingebrochen war. Er konnte die Tür zum Garten öffnen und mit seiner Kaffeetasse durch das taufrische Gras zur Bank an der Mauer laufen, sich dort mit einer Zeitung ins Sonnenlicht setzen, um eine Art Plan für die nächsten Stunden zu schmieden oder sich über irgendeine bedeutungslose Kleinigkeit zu ärgern. Es hätte sich um ein vollkommenes Dasein handeln können, wenn er nur nicht inmitten all der Perfektion dermaßen sich selbst überlassen geblieben wäre, dass, nachdem der Kaffee ausgetrunken war und das Sonnenlicht seine Klarheit eingebüßt hatte, nur der Rest des Tages vor ihm lag, in den Abend mündete und dort unten in einem allzu warmen Bett zu denselben fruchtlosen Gedanken führte.

Dann kam ein Brief, der seltsamerweise an ihn adressiert war, c/o Agnes Almlie stand darauf, und Larsen dachte, er müsse von ihr kommen. Doch auf dem Umschlag stand Verwaltungsbehörde, und Salonen hatte die Nachsendung veranlasst, wie er an der altmodischen Handschrift des Finnen erkennen konnte. Es war viele Jahre her, dass Hans Larsen einen Brief bekommen hatte, er war von seiner Tochter und diente ihm als eine Art Richtschnur, und so öffnete er auch diesen mit einem gewissen Gefühl der Spannung.

Es waren drei Briefe in einem, von der Strafvollzugsbehörde, von der Sozialversicherung und von dieser Verwaltungsbehörde. Dort stand, dass er Rentner sei, und das schon seit einigen Jahren, unter der angegebenen Adresse jedoch nicht erreichbar, und nun wollten sie wissen, ob er überhaupt noch lebte.

Was ist das denn für ein Sozialstaat, dachte Larsen wütend, erst im letzten Jahr hatte er als Patient in einem Krankenhaus gelegen, unter seinem eigenen Namen, soweit er sich erinnern konnte, und sollte demnach doch als lebend registriert sein? Aber noch immer konnte er die Enttäuschung nicht verwinden, dass der Brief nicht von Agnes Almlie stammte, immerhin eine Karte hätte ein toter Mann doch wohl erwarten dürfen?

Er wollte den Brief in Stücke reißen, behielt ihn jedoch in der Tasche und dachte den ganzen Tag und Abend darüber nach, diese plötzliche Anonymität, die ihm zuteil geworden war, Hans Larsen, auf den die Gesellschaft immer wie ein Luchs aufgepasst, den sie jetzt jedoch aus dem Blickfeld verloren hatte, welche Möglichkeiten hätte ihm das nicht vor dreißig Jahren gegeben, aber jetzt hätte er mehr als genug mit einem ganz anderen Brief gehabt.

Und sollte er überhaupt antworten? Seine Existenz verraten und seine Ansprüche geltend machen, seine *rechtmäßigen* Ansprüche, wie er den juristischen Formulierungen entnahm? Etwas mehr als sechs Jahre Mindestrente, das war eine beträchtliche Summe, die jetzt auf dem Konto der Verwaltungsbehörde lag, aber eigentlich ihm gehörte, Hans Larsen, der wie üblich auf seiner grünen Bank in Agnes Almlies Garten saß und zusah, wie das Abendlicht gleich warmem Honig durch die dichten Ahornäste glitt und sich im Gras zur Ruhe bettete, um dort bis zum nächsten Tag zu liegen und auszuruhen, dachte er mit einem kleinen Lachen.

Somit wurde der Abend dann doch nicht wie alle anderen Sommerabende. Er trank ein paar Gläser Cognac und hörte klassische Musik auf Agnes Almlies Grammophon, während er eine Entscheidung traf, ihre Musik, Arthurs Cognac.

Am nächsten Morgen stand er zur üblichen Zeit auf, zog frisch gewaschene Arbeitskleidung an, nahm die Straßenbahn ins Zentrum und erreichte den Kai, kurz nachdem Salonen in seinem kleinen grünen Käfig Kaffee aufgesetzt und die erste Zigarette des Tages angezündet hatte.

»Na, so was«, sagte der Finne. »Der Typ schon wieder.«

Larsen forderte ihn auf, den Quatsch sein zu lassen, und bat um eine Erläuterung des Briefes, den er in der Hand hielt.

»Du bist reich«, sagte Salonen.

»Aber wie haben die mich denn aufspüren können?«

»Bestimmt hast du irgendwo meinen Namen angegeben. Und immerhin hast du selbst irgendwann mal diese Rente beantragt.«

Larsen dachte nach, bis ihm schließlich einfiel, dass er bei seiner Entlassung irgendwelche Papiere unterzeichnet hatte. Er nahm an, dass er zum Nachweis eines festen Wohnsitzes wohl auch Salonens Namen verwendet haben könnte, und jetzt dämmerte ihm auch, dass er von dieser Rente möglicherweise schon während der Haftzeit gehört hatte. Aber trotzdem passte es nicht zusammen.

»Wieso kommt das denn erst jetzt?«, fragte er.

»Weil du schwarz arbeitest, die haben wohl geglaubt, du bist abgehauen.«

»Aber …«

Larsen fand keine Worte. Doch schließlich sagte er: »Aber wie haben die mich *jetzt* gefunden?«

Salonen wirkte erschöpft.

»Wo liegt das Problem, die woll'n dir doch bloß 'n Haufen Geld geben? Hier – trink jetzt deinen Kaffee.«

Er stand auf und füllte die henkellosen Tassen. Doch Larsen wollte keinen Kaffee. Ein gewaltiger Zorn hatte sich in ihm aufgetürmt, einer von der alten Sorte. Salonen sank wieder auf seinen Stuhl, rauchte und sagte:

»Hans, du bist ja nicht mehr du selbst, nach diesem leichten Hirnschlag.«

»Leichter Hirnschlag?«

»Ja, du hinkst und redest unzusammenhängendes Zeug.«

»Ich geb' dir gleich unzusammenhängendes Zeug, du finnische Kröte. Steht da vielleicht nicht schwarz auf weiß, dass ich hier arbeite?«

»Nein, steht es nicht. Da steht, dass du in der Wohnung *wohnst*, die ich dir vermietet habe. Aber das tust du nicht.«

Larsen wollte die Kaffeetasse nehmen und irgendeinen ernsthaften Schaden anrichten, kam jedoch rechtzeitig auf die Idee, dass vielleicht Agnes Almlie dahintersteckte, mit einer ihrer helfenden Hände, und obwohl die Erklärung gleichermaßen unwahrscheinlich wie total überflüssig war, beruhigte er sich etwas, setzte sich und tat so, als hätte er die Kaffeetasse in die Hand genommen, um daraus zu trinken, trank auch einen großen Schluck, und wieder einmal fiel ihm auf, wie gut dieser Kaffee war, den Salonen jeden Morgen kochte, viel besser als der, den er selbst der teuren Kaffeemaschine im Hause Almlie entlockte.

»Guter Kaffee«, sagte er und trank noch einen Schluck. »Den werde ich wirklich vermissen, wenn ich hier kündige.«

»Du kündigst also?«

»Ja, ich kündige.«

»Ok, wie du willst.«

»Was soll das heißen?«

»Dass du immer zurückkommen kannst.«

»Ich will doch gar nicht zurück.«

»Du meine Güte«, sagte Salonen und zündete sich eine neue Zigarette an. Larsen ging plötzlich auf, dass er im Laufe der letzten Wochen lediglich mit der wortkargen Verkäuferin an der Fleischtheke gesprochen hatte, dort wo er immer einkaufte – mit der Kleinen an der Kasse wollte er nichts zu tun haben, obwohl sie lächelte und gern etwas Freundliches zu ihm sagte – und dass er vielleicht ganz einfach keine sozialen Kontakte mehr gewohnt war.

»Ja«, sagte er kleinlaut, »ich rede ja kaum noch mit jemandem.«

Salonen blickte ihn schräg an. Larsen kam ein Verdacht. »Was?«, sagte er.

»Du bist doch am Montag hier gewesen«, sagte der Finne ruhig. »Aber wir müssen da jetzt keine große Nummer draus machen.«

»Nummer draus machen …?«

Larsen blickte verwirrt umher, stand auf und trat auf den sonnenbeschienenen Kai. Er betrachtete die Schiffe, die Englandfähre, die irgendwann vor Jahren auf der anderen Seite gelegen hatte und in etwa vier Stunden ihr berühmtes Wendemanöver ausführen würde, wie er durch einen raschen Blick auf die Uhr feststellte, eine Armbanduhr, die Arthur Almlie gehört hatte und die er nicht mochte, doch ihretwegen trug, aber komischerweise immer nur dann, wenn sie es nicht sah – sie war das Einzige, was er von Arthur Almlie »geerbt« hatte, der sie selbst niemals getragen und in einem kostbaren Lederetui aufbewahrt hatte.

Salonen stand neben ihm und rauchte.

»Und, was jetzt?«, fragte er und deutete mit dem Kopf auf den Brief, den Larsen noch immer in der Hand zusammendrückte.

»Ich weiß nicht.«

»Wenn du ein Konto eröffnest, könnte ich mitkommen. Dann schreibst du die Nummer und die alte Adresse auf das Formular, das reicht vielleicht.«

»Kaum«, sagte Larsen.

»Und dann brauchst du noch 'ne Steuerkarte.«

»Das glaubst aber auch nur du.«

Salonen zuckte mit den Schultern.

»Das kommt alles nur daher, weil du deine Post nie abholst.«

»Jaja«, sagte Larsen. Und dann: »Übrigens kann ich das alles selbst machen.«

Er reichte seinem alten Freund die Hand, um den Abschied an diesem Tag besonders formell zu gestalten, und entfernte sich über den Kai.

Im Finanzamt lief alles so, wie es sollte. Hans Larsen hatte einen Namen, eine Steuernummer und eine Adresse, zwar keine so feste wie eigentlich erforderlich, aber er sah keinen Grund, die Sache zu vertiefen. Er sollte sich ausweisen, und auch das konnte er, durch eine zerknitterte Geburtsurkunde.

»Und welchen Betrag möchten Sie einzahlen?«, fragte der junge Mann hinter dem Tresen, nachdem er endlich auch eine Bank aufgesucht hatte.

Larsen hatte etwas mehr als zweitausend Kronen im Portemonnaie.

»Fünfzehnhundert«, sagte er und schob die Scheine über den Tresen. »Fürs Erste. Meine Rente soll auf das Konto kommen.«

Der Mann bekam etwas bessere Laune.

»Dann sollten Sie sich auch einen Ausweis mit Bild anschaffen, und vielleicht eine Bankkarte?«

»Wozu?«

»Damit Sie nicht jedes Mal in die Bank kommen müssen, wenn Sie etwas abheben möchten.«

»Ich will ja nichts abheben,«

»Gut, dann nicht. Aber überlegen Sie's sich. Hier, nehmen Sie unsere Broschüre mit.«

»Ist nicht nötig.«

»Sie wollen doch auch Rechnungen bezahlen?«

Larsen überlegte, sagte, dass er natürlich recht habe, steckte die Broschüre in die Tasche und trat an einen der hohen Tische. Er füllte das Formblatt aus, das mit der Post gekommen war, legte die Steuerkarte für die letzten Jahre dazu und spazierte auf der Jagd nach einem Briefkasten durch die Stadt. Er war zufrieden, dass trotz der Umstände alles ganz gut geklappt hatte, und dachte, dass es natürlich überhaupt keine Rolle spielte, wenn sie jetzt erfuhren, dass er in Salonens Wohnung wohnte; das tat er ja schließlich nicht.

Leichter Hirnschlag, hatte der Finne gesagt. Zwar war Larsen in letzter Zeit etwas beeinträchtigt, er hatte nicht mehr dieselbe Kraft wie früher und redete unzusammenhängendes Zeug, aber so war es nun einmal, und Larsen hatte noch nie Probleme damit gehabt, der Wahrheit ins Auge zu sehen.

Dann fand er einen Briefkasten, setzte sich danach auf eine Parkbank und hatte zu allem Überfluss noch diese Broschüre in der Tasche, für eine Bankkarte. Er blätterte durch die vier Seiten, es war lächerlich einfach, und da vorne lag der Bahnhof. Er stand auf, betrat die Eingangshalle und fand einen Fotoautomaten, kein Mensch in der Nähe. Er glitt auf einen runden Sitz hinter einem stahlblauen Vorhang und stellte im schwarzen Glas fest, dass sein Gesicht halbiert war. Er ging wieder hinaus, blickte sich um, beugte sich hinein und drehte den Sitz etwas höher, setzte sich wieder und las die Bedienungsanleitung an der Wand. Doch als er sein ganzes Gesicht in dem schwarzen Glas zu sehen bekam, erschien es ihm ziemlich tollkühn, dort sitzen zu bleiben.

Er verließ die Kabine, doch das hier musste schnell gehen, wusste er, ansonsten würde er die ganze Operation nicht durchstehen können, und in einer Art aufkeimender Panik stieg er noch einmal in den Kasten hinein, warf die Münzen in den Schlitz, ließ vier kurze Blitze über sich ergehen und war völlig erschöpft, als er den Vorhang endlich zur Seite ziehen und in die lärmende Abfahrtshalle steigen konnte, wo eine beruhigende metallische Männerstimme aus einer Reihe von Lautsprechern – die nicht ganz synchron geschaltet waren – verkündete, dass der Zug nach Moss um fünf nach halb zwölf heute von Gleis fünf und nicht von Gleis sechs abging.

Larsen dachte, dass er sich Gott sei Dank zusammengerissen hatte, denn sonst wäre er ohne die Bilder fortgelaufen. Stattdessen wartete er jetzt schon über eine halbe Minute. Vier kaum unterscheidbare Schwarz-Weiß-Bilder, die auf der Außenseite der Maschine in eine kleine Metalltasche fielen. Er sah auf den Bildern gleichermaßen schief wie erstaunt aus. Und es sollten Farbfotos sein, wie er in der Broschüre gelesen hatte. Aber es war sein eigener Anblick, der die Sache entschied. Jetzt konnte er sie nur noch in Stücke reißen und einen Mülleimer suchen, besann sich jedoch, um keine Spuren zu hinterlassen, stopfte die Fetzen in die Tasche und eilte hinaus ins Sonnenlicht, ging zur nächsten Straßenbahnhaltestelle und war schon um halb eins wieder zurück im Garten. Gleich darauf machte er sich ein Mittagessen, das er, mit dem wiederkehrenden Gefühl, dass heute, trotz der Blamage am Fotoautomaten eigentlich alles ganz gut gelaufen sei, auf der Terrasse einnahm. Morgen würde er zurückgehen und Farbfotos machen.

Am nächsten Vormittag war Larsen wieder in der Bank, diesmal mit vier Farbfotos. Der Weg vom Blitzlicht im Fotoautomaten bis hierher war ohne Hindernisse verlaufen. Doch dann spürte er wieder diese störende Bremse in allen Gliedern. Außerdem gab es eine Warteschlange, und er musste eine Nummer ziehen, auf der »p 81« stand. Zusammen mit ihm warteten eine Frau mittleren Alters, zwei dunkelhäutige Jungen sowie ein junger Mann, der ihn seltsam anstarrte, und Larsen hatte nicht die Absicht, dieses seltsame Starren zu erwidern.

Er war fasziniert davon, dass auch noch sechs andere ältere Männer da waren, in einer Bank, die gestern völlig leer gewesen war, und Larsen hatte die Vorstellung, dass sie ihm ähnelten, so sehr, dass sie alle Mitglieder desselben Vereins sein könnten, und er war sogar kurz davor, einem von ihnen ein vertrauliches Lächeln zu schenken, begriff aber rechtzeitig, dass das wohl kaum auf Gegenliebe stoßen würde, worauf ihm folgender Gedanke kam: »Wir leben dasselbe Leben, ob wir uns nun begegnen oder nicht.«

Wie ein Feuer flammte er in ihm auf.

Ein so simpler Gedanke. Es war seine Tochter, an die er dachte. Auch jetzt wieder. Wozu sollte es gut sein, sie wiederzutreffen? Zu gar nichts. Und dieser alte Gedanke, denn er war selbstverständlich nicht neu, wie er einräumen musste, sondern nur eine Zeit lang nicht dagewesen, machte ihn plötzlich äußerst niedergeschlagen.

Da es drei Tresen in der Bank gab, riskierte er außerdem – mit seiner Wartenummer »p 81« – von einer der jungen Frauen bedient zu werden und demnach die ganze Unterhaltung von gestern wiederholen zu müssen. Er fing an zu rechnen – es gab neun Kunden vor ihm, also eine ungerade Zahl, die ihm eine gewisse Chance einräumte, bei demselben jungen Mann zu landen, doch das setzte voraus, dass alle gleich schnell abgefertigt würden, und das war, wie er feststellen konnte, nicht der Fall, insbesondere war die Kleine an Tresen Nummer 1 ziemlich langsam, und als der nächste ältere Herr auf Tresen Nummer 2 zustapfte, sprang Larsen vor und sagte zu dem jungen Mann, dass es sich nur um diese Karte handelte, von der wir gestern gesprochen haben?

»Setzen Sie sich und warten Sie bitte einen Moment, Herr Larsen«, erwiderte der junge Mann mit einem Lächeln und machte sich an die Abfertigung des Alten, der mittlerweile bis an den Tresen vorgerückt war.

Verwirrt setzte sich Larsen. Der junge Mann erinnerte sich an seinen Namen. Hans Larsen war ein einziges Mal in dieser Bank gewesen, und der junge Mann hatte sich seinen Namen gemerkt. Wahrscheinlich deswegen, weil Larsen so deutlich zu erkennen gab, dass er ein ungeübter Bankkunde war. Als der ältere Herr dann routiniert seinen Stock in eine am Tresen montierte Halterung presste, eine Aluminiumkralle mit einer Klemmfeder, die eben genau den Zweck erfüllen sollte, einen Stock aufrecht festzuhalten, überkam Larsen erneute Panik, er stand auf und wollte die Bank verlassen, wurde jedoch von dem jungen Mann zurückgehalten.

»Nur eine Minute.«

Nach ungefähr nur dieser einen Minute ließ der junge Mann Larsen vor allen anderen an den Tresen kommen, so, als wäre er ein besonders wichtiger Kunde, und Larsen konnte endlich die Farbfotos von sich selbst zusammen mit dem bereits ausgefüllten Formblatt aus der Broschüre auf den Tresen legen.

»Gut, dann bekommen Sie die Karte in zwei Tagen zugeschickt.«

Das war alles.

Larsen sollte vorab nur eben unterschreiben, eine Musterunterschrift, und obwohl er – als er den Kugelschreiber an das schraffierte Feld führte – das Gefühl hatte, hiermit sein eigenes Todesurteil zu unterzeichnen, tat er es ohne Zögern und verspürte sogar eine Art Erleichterung, es war die Vollendung einer Sache, deren Konturen er vorläufig nur ahnte.

Sein Dasein war damit total verändert. Zwar war die Umgebung noch genauso schön wie vorher, doch jetzt lag Larsen von morgens bis abends auf der Lauer und glaubte, der Briefträger müsse seine übliche Tour abgeändert haben. Erst spät nachts schlief er ein, und seine geheiligte Morgenstunde wurde bis spät in den Nachmittag hinein verschoben, wo er dann allerdings nichts mehr mit ihr anzufangen wusste. Manchmal wachte er mit einer schrecklichen Angst im Körper auf, einem zittrigen, seelisch bedingten Fieber, denn er hatte ja, was diese Bankkarte anbetraf, nun einmal Agnes

Almlies Adresse angegeben. Doch außerdem verspürte er auch eine ganz neue und eigenartige Erwartung, ein naives Vertrauen in den kommenden Tag, er musste zurück in die Kindheit, um etwas Entsprechendes zu finden.

Schon nach einer knappen Woche kam die Karte.

Larsen zog erneut die guten Sachen an und lief zu einer Filiale in der Nähe und beobachtete zwei andere Kunden, die sich an der Außenseite des Geschäfts an einer sogenannten Minibank bedienten. Er folgte ihrem Beispiel, schob die Karte in den Schlitz und gab einen Code ein, der in einem separaten Brief gekommen war und den er auswendig gelernt hatte – das war ihm ausdrücklich eingeschärft worden.

Der Kontostand erschien auf dem Bildschirm, 1400 Kronen; wie erwartet, da die Karte hundert Kronen gekostet hatte. Dennoch war seine Enttäuschung riesengroß.

Am nächsten Tag startete er einen neuen Versuch, ebenso am Tag danach. Erst nach einer knappen Woche konnte er feststellen, dass er reich war, so reich wie noch nie zuvor. Der Gedanke, dass er sich der rätselhaften Vollendung nun näherte, setzte sich ein für allemal in ihm fest – er hatte nicht einmal Angst, dass es schiefgehen könnte, geschweige denn, dass überhaupt nichts daraus werden würde, so konkret und unabänderlich war es geworden.

Er nahm wieder die Straßenbahn ins Zentrum und ging in die bereits bekannte Bank, wartete ruhig, bis er an die Reihe kam und wurde von demselben jungen Mann bedient, der, wie er jetzt wusste, Eriksen hieß.

»Ich möchte etwas Geld an diese junge Frau überweisen«, sagte er und schob einen Zettel über den Tresen; es war genau dieses Ergebnis, auf den sein Körper im Laufe dieser hitzigen Tage hingearbeitet hatte. Eriksen las, was auf dem Zettel stand, und betrachtete Larsen mit neuem Interesse.

»Das ist viel Geld.«

Larsen war sich darüber im Klaren, hatte aber nicht die Absicht, diesem armen Würstchen zu erzählen, worum es sich handelte. Der Betrag hatte sich ganz von selbst ergeben, es sollten vier Fünftel seines Vermögens sein. Er hatte zunächst mit dem Gedanken gespielt, ihr alles zu geben, sich danach von Konto und Bankkarte zu trennen und zu dem sicheren Leben mit Bargeld zurückzukehren. Doch von jetzt an würden monatlich neue Beträge auf dieses Konto fließen, die auch verwaltet werden mussten, in der Zeit, die ihm noch blieb.

Und es gab einen Haken an der Sache, wie er sich hatte eingestehen müssen: Seine Tochter würde dieses Geld niemals annehmen. In ihrer verdrehten und eigensinnigen Vorstellung würde sie denken, dass Larsen nur darauf aus war, sich ein gutes Gewissen zu verschaffen. Sie hatte kein Verständnis für komplizierte Erklärungen, niemand hatte das, nein – *nicht ein einziger Mensch auf dieser Welt verstand, was Larsen in diesem Augenblick vorhatte* –, dass er nämlich eine Idee ausgebrütet hatte, die so etwas wie eine Mischung aus einem Geschenk und einem Wunder war, ein Geschenk, das man um des Schenkens willen machte und nicht in Erwartung irgendeiner Vergütung in Form von beispielsweise Dankbarkeit, Versöhnung oder Vergebung. Er würde ihre Freude nicht einmal *sehen* können, wenn sie das Geld entgegennahm. Kurz gesagt ging es nur in *eine* Richtung mit diesem Geschenk. Von einem Menschen, der schon vor langer Zeit seine Chancen verspielt hatte, überhaupt irgendetwas zu geben, zu einem, der nur Gutes verdiente, das arme, tapfere Mädchen. Es war eine Idee, die sich eher gefühlsmäßig als rational ergeben hatte, doch immer deutlicher und deutlicher geworden war und sich erst in diesem Augenblick zu voller Blüte entfaltete.

»Hier steht keine Kontonummer«, sagte der junge Eriksen.

»Nein, die habe ich nicht«, erwiderte Larsen. »Aber das Geld soll an diese Person gehen.«

Er zeigte auf Namen und Adresse.

»Das habe ich verstanden, aber Sie haben auch gar keinen Absender angegeben.«

»O je«, sagte Larsen, riss den Zettel wieder an sich und schrieb seinen Namen und die Adresse von Salonens Wohnung darauf.

»Soll das ein Geschenk sein?«

»Was geht Sie das an?«

»Ja, äh … Geldgeschenke in dieser Höhe sind eigentlich steuerpflichtig, und wenn Sie mit der betreffenden Dame verwandt sind und es sich um einen Vorschuss auf das Erbe handelt, dann …«

»Das sind meine *Bezüge*«, rief Larsen, eine Haaresbreite davon entfernt, die Besinnung zu verlieren.

»Ja, dann kommt auf alle Fälle das mit der Steuer hinzu.«

»Was, verflucht noch mal, ist denn das für eine Welt, *ich will ihr doch bloß etwas schenken, meiner eigenen Tochter.*«

Larsen spürte, dass sowohl sein Kopf als sein Körper angeschwollen waren, so dass die ganze Vorstellung anfing, Aufmerksamkeit zu erregen.

»Leider mache nicht ich die Regeln«, beteuerte Eriksen mit einem perfiden Lächeln. Und plötzlich kam Larsen noch eine weitere große Idee, geboren aus dem Gedanken, dass es vielleicht gar nicht vorteilhaft wäre, wenn auf diesem elendigen Papier geschrieben stünde, von welchem Konto das Geld kam, denn dann könnte sie es ja einfach nur zurückschicken.

»Ich nehme es vom Konto«, sagte er. »Sofort.«

»Was meinen Sie?«

»Den ganzen Betrag. Sofort.«

»Das ist viel Geld.«

»Eben. Jetzt holen Sie es gefälligst!«

Zufrieden stellte er fest, dass er nicht eine Sekunde gezögert hatte, um auf diese Lösung zu kommen, das beruhigte ihn ungemein, aber als die Geldscheinbündel kurz danach vor ihm auf dem Tresen lagen und er mit so einem Quasi-Kugelschreiber auf einem schiefergrauen Bildschirm unterschrieben hatte, verspürte er dennoch eine kleine Enttäuschung über den bescheidenen Umfang, das Ganze hätte ja Platz in einem Milchkarton gefunden, aber immerhin handelte es sich um flachgedrückte Tausender.

»Sie wissen aber, dass die Auszahlung von der Bank vermerkt wird …«

»Sie meinen also, ich kann mein eigenes Geld nicht abheben und damit tun, was ich will?«, unterbrach Larsen ihn scharf.

»Das können Sie natürlich.«

»Aber ich kann es in Stücke reißen?«

»Nein, die Beschädigung von Banknoten ist verboten.«

»Aber ich kann auf die Straße gehen und sie in die Luft werfen?«

Eriksens Gesicht verzog sich gequält.

»Ja …«, sagte er.

»Danke«, sagte Larsen und stopfte sich die Bündel in alle vorhandenen Taschen. »Aber meiner eigenen Tochter kann ich sie also nicht geben, ist das so?«

Eriksen kam nicht zu einer Antwort. Am Tresen nebenan fing eine ältere Frau an zu applaudieren, und Larsen ging auf, dass er sich mitten in einer Farce befand, eine Farce, in die er sich einzig und allein wegen dieser idiotischen Rente hineinmanövriert hatte. Trotzdem schaffte er es, Eriksen mit einer weiteren spitzen Bemerkung zu bedenken, und trat hinaus in den Sommer, die Sinne einigermaßen ins Gleichgewicht gebracht, aber dennoch mit diesem Gefühl, das er nicht ertragen konnte, dem Gefühl der Zaghaftigkeit, des Abgrunds.

In der Straßenbahn wurde er dann jedoch wieder etwas munterer und stieg eine Haltestelle früher aus, so dass er fast zwei Kilometer laufen musste, bevor er den Code in die Alarmanlage eingeben, die Villa betreten und duschen und sich in den Garten setzen konnte, um nachzudenken.

Er brauchte nicht nachzudenken.

Das war schon erledigt. Sein Unterbewusstsein hatte trotz allem mehrere Tage an dieser Frage gearbeitet. Er betrat das Lager des verstorbenen Almlie, wo sich, wie er wusste, unter den Schätzen eine Sechs-Liter-Weinflasche befand, eine leere Flasche Grand Vin de Château Latour 1985, wie auf dem Etikett zu lesen war. Sie war für Magellans stolzes Flaggschiff *Trinidad* vorgesehen und hatte am Hals einen Durchmesser, der es Larsen ermöglichte, das ganze Geschenk – Schein für Schein – im Laufe einer knappen halben Stunde hineinzuschieben.

Er machte es im Stehen. Am Arbeitstisch von Arthur Almlie. Er schwitzte vor Aufregung und innerer Anspannung. Die Flasche war bis obenhin vollgestopft. Wie geschaffen für diesen Zweck. Er stieß den Korken hinein und versiegelte ihn mit rotem Lack, den er von einer Lackstange abgebrochen und in einer von Almlies Messingschalen erwärmt hatte. Dann stellte er die Flasche auf den Tisch und sah sie an.

Sie war ein fantastischer Anblick. Ganz oder halb verdrehte Geldscheine wie badende Fische in meergrünem Sonnenlicht, Larsens fabelhaftes Aquarium, wie er in aufgeräumter Stimmung dachte, etwas Ähnliches hatte er noch nie zuvor gesehen.

Aber auch jetzt konnte er sich nicht von dem Gedanken lösen, dass er etwas tat, worüber er keine Kontrolle hatte.

Er stand auf und zog die Vorhänge zu, zog sie wieder auf, ging in den Garten und blickte von dort aus auf die Flasche – auch aus dieser Perspektive war sie in ihrer konkreten und komplexen Bedeutung völlig unbegreiflich. Er fröstelte, schlich langsam um das Haus herum und stellte fest, dass er sich in dieser Welt noch niemals so allein und als Mann und Mensch noch niemals so ganz gefühlt hatte. Er dachte nicht einmal an seine Tochter, wenngleich sie es war, die den Anstoß zu dieser Kraftentfaltung gegeben hatte. Er stand ganz einfach vor Arthur Almlies Kellerfenster und starrte auf eine wundervolle Skulptur, ein Befreiungsakt, den er selbst vollzogen hatte, im Laufe vieler kleiner und nicht unbedingt zusammenhängender Etappen, ein reines und unbesudeltes Geschenk bar jeden Hintergedankens, das einem fast die Besinnung rauben konnte.

Wo sollte er nun damit hin?

Larsen hatte einmal gelesen, dass der Schriftsteller Tolstoi in seiner Kindheit von einem älteren Bruder zum Narren gehalten wurde, einem Bruder, der ihm erzählte, er habe ein paar heimliche Zeichen in ein Hölzchen geritzt und es im Wald gleich neben dem Elternhaus vergraben, Zeichen, die alle Menschen auf Erden glücklich machen könnten, sobald sie gelesen würden. Tolstoi hatte während seiner gesamten Kindheit vergeblich nach diesem Hölzchen gesucht, es hatte sein Leben zerstört, er war deswegen Dichter geworden und hatte im fortgeschrittenen Alter verlangt, in eben diesem Wald begraben zu werden. Und Larsen wusste, dass es der Platz neben der grünen Bank im Garten sein sollte. Denn auch wenn sein Unterbewusstsein diesen Tag auf irgendeine Weise geplant hatte, so hatte es noch immer nicht das Rätsel gelöst, wie es ihm denn gelingen sollte, dieses Wunderwerk zu überreichen.

Aber er hatte ja Zeit.

Ja, aber hatte er das wirklich?

Oder stand er hier plötzlich nackt und verloren mit einem grünen Juwel in den Händen und musste unverhofft erkennen, so dass es in jeder Zelle seines Körpers krachte, dass die Farce vorbei und die Wirklichkeit zurückgekommen war?

Wie ferngesteuert wickelte er die Flasche in einen alten Regenmantel, nahm einen Spaten, lief zur Bank an der Mauer und setzte sich, betrachtete das Rosenbeet, behielt das Bündel auf dem Schoß und den Spaten, wie eine Waffe auf den Boden gerichtet, in der rechten Hand. Er musste sich etwas ausruhen, bevor er die Flasche endgültig vergrub. Denn genau das würde er tun, ein Vermögen ein für allemal begraben, ein Wunder, das niemals geschehen würde.

Ja, jetzt konnte er in beiden Händen spüren, dass es hier zu keinerlei Vollendung kommen würde.

Völlig erschöpft hob er mit dem Spaten ein rundes, ein Meter tiefes Loch aus, wickelte die Flasche aus dem Regenmantel und legte sie vorsichtig hinein, aufrecht, schaufelte Erde darüber, zog sich den Regenmantel an und blieb fröstelnd im Abend sitzen, bis er wieder zu demjenigen wurde, der er gewesen war, bevor diese absurde Möglichkeit ihn vollständig erledigt hatte.

Am nächsten Morgen wachte er zur gewohnten Zeit auf, um sechs Uhr, völlig steif, wie nach großer sportlicher Anstrengung. Der Kaffee schmeckte auch heute. Er lief in den Garten und versuchte, sich etwas zu strecken, die Waden und den Rücken, und spürte seine Beweglichkeit zurückkommen. Dann wollte er eine Liste erstellen, doch es gab nur einen Punkt: Aufräumen.

Er wusste nicht, wo das Wort herkam, oder der Befehl – Räum auf!

Er sah keinen anderen Ausweg, als sich selbst zu vertrauen.

Er nahm die Straßenbahn ins Zentrum und suchte den Inhaber des pakistanischen Ladens an der Ecke unter Salonens Wohnung auf, wo er seinerzeit die wenigen nötigen Lebensmittel gekauft hatte, und fragte, ob er nicht einen Fernseher haben wolle, er sei so gut wie niemals eingeschaltet worden.

Nach einigem Wenn und Aber sagte der Mann Ja und ging mit ihm nach oben in die Wohnung. Larsen fragte, ob er nicht auch zwei elektrische Heizkörper, eine Stehlampe und den Esstisch haben wollte, die Yuccapalme war jetzt nicht so wichtig.

»Vielleicht die Heizkörper …?«

Allerdings durfte sich Larsen als Folge all dessen jetzt bloß keinen Rabatt im Laden erhoffen.

Das tat er sowieso nicht – Clown.

Der Mann trug den Fernseher und die Heizkörper in zwei Etappen hinaus. Und Larsen holte Eimer und Besen hervor und stürzte sich auf die Fußböden, er schwitzte, holte frisches Wasser und ging mit einem Lappen durch die ganze Wohnung, um Fingerabdrücke zu entfernen, überall waren Fingerabdrücke, die Fingerabdrücke eines einzigen Mannes. Er glaubte nicht, sie alle entfernen zu können. Er legte eine Pause ein, kochte Kaffee, goss ihn in einen großen Becher, trug die Kaffeemaschine in den Hausflur, warf sie in den Müllschlucker und wartete, bis er sie im Keller aufschlagen hörte. Dann ging er wieder in die Wohnung, trank Kaffee und betrachtete die leere Tasse, bevor er dann schließlich das Fenster öffnete und sie in den Hinterhof des benachbarten Hauses warf.

Er wischte über Wände und Bänke und Klinken, Hähne und Fenstergriffe, entschied, dass es nun reichte, warf auch Eimer und Besen in den Hinterhof, stopfte das Wenige, was er noch an Kleidung besaß, in eine Plastiktüte, schloss hinter sich ab und lief die Treppe hinunter.

Auf dem untersten Absatz begegnete er einer älteren Frau, sah aber weder sie noch den vollgestopften Postkasten an, lief, ohne sich umzublicken hinaus auf die Straße und hinunter zum Kai, in der Absicht, Salonen den Schlüssel zurückzugeben.

Allerdings entschied er sich anders und ließ ihn in einen Gully fallen, machte einen Bogen um den Hafen und bestieg genau um fünf vor halb zwei die Straßenbahn. Diesmal stieg er nicht früher aus, und gleich als er zu Hause ankam, rief er Salonen an und sagte, er habe den Schlüssel verloren.

»Das macht nichts, ich habe mehrere davon.«

Bevor sich der Finne danach erkundigen konnte, wie es mit der Rente gelaufen war, legte er auf, jetzt etwas gelassener, und begann, sich im Flur umzusehen. Er stand im Hause Almlie und hatte keinen anderen Ort, wo er hingehen konnte – genau das hatte er den ganzen Tag betrieben, wie ihm plötzlich aufging. Er hatte sich hier eingenistet, ein für allemal, mit einer Absicht und einem Problem, er selbst und die Flasche im Garten.

Larsen setzte sich und blieb sitzen.

In Kürze würde er sich ein einfaches Abendessen bereiten, er sah auf die Uhr, und vielleicht ein Glas Cognac trinken und dann zu ihrer Musik einschlafen. Morgen würde er einen Gartentisch anstreichen und wie üblich die Temperatur des Regenwassers in der Tonne unter dem Abfluss messen, mit dem er den Kräutergarten goss. Es mussten mehr als sechzehn Grad sein, sonst wurde nichts aus dem Wachstum. Außerdem hatte er festgestellt, dass anscheinend ein Mäusejahr bevorstand. Fallen mussten her. Die könnte er im Eisenwarengeschäft neben der Bäckerei kaufen, es gab sie im Dutzend, wie er gesehen hatte, kleine handliche Plastikfallen.

Es war fünf Uhr geworden.

12

Marianne spürte warmen, festen Sand auf der Wange, öffnete die Augen und ließ den Blick über ihren Körper gleiten, die Arme, den Bauch, die Haut, die sich nach Tagen mit Sonnenbrand endlich so glatt wie warmes Teakholz anfühlte; der Strand so flach wie ein Betonboden, die gleichmäßigen Zungenschläge des Meeres entlang der unendlichen Küste, das Geräusch von Füßen, die feuchte Stoßseufzer hinterließen und verschwanden, die Stille über dem schlafenden Wasser.

Manchmal passierte es, dass sie aufstand und loslief, um die Lunge zu spüren, sich in den weißen Staub unterhalb der Klippen rollte, wo niemand sie sah, sich in die Wellen stürzte und schwamm und den Blick vom einem Gesicht zum anderen gleiten ließ, um zu sehen, ob sie jemand beobachtete.

Sie rieben einander mit Sonnencreme ein, stützten sich auf die Ellbogen und betrachteten die Kinder am Wasser, schon so vertraut mit dem Meer, den Gepflogenheiten und den Fremden – umringt von fünf kleinen Jungen und zwei kleineren Mädchen, jedes mit einem älteren Bruder an der Hand, eine Sandburg betrachtend, die von den Wellen verschluckt zu werden drohte.

»Das Wasser steigt«, sagte Marianne.

»Wir warten, bis unsere Zehen nass werden.«

Marianne:

»Ich habe gestern ein Buch gekauft. Um Englisch zu lernen.«

»Das kannst du doch.«

»Um noch mehr zu lernen. Es ist ein Buch über die Geschichte der Insel.«

»Dass dir so was Spaß macht.«

Sie lagen auf dem Rücken und blickten in ihren jeweiligen Himmel.

»Wieso rufst du niemals Trond an? Habt ihr Probleme?«

»Ich weiß nicht, ob ich ihm noch vertrauen kann. Mir vertraut er nämlich nicht.«

Und ich tue es auch nicht, murmelte eine Stimme in ihr. Als sie endlich verstummte, sagte sie: »Ich habe mal gegen meinen Vater ausgesagt und behauptet, er hätte mich während der ganzen Kindheit misshandelt, es war eine Lüge – er bekam viele Jahre extra …«

Anne-Berit hatte sich auf die Ellbogen gestützt.

»Du hast *was*?«

»Hast du doch gehört.«

»Okay … aber …«

Sie holte tief Luft. »Und dabei hat er dich nie angefasst?«

»Nein, wir hatten ein gutes Verhältnis. Er und Mama waren die Katastrophe, und damals hatte er sie wieder einmal fertig gemacht.«

»Das ist das Schlimmste, was ich je gehört habe.«

»Nein. Das Schlimmste war, dass Mama ebenfalls wütend wurde.«

»Auf dich?«

»Ja. Obwohl sie keinen größeren Wunsch hatte, als dass er endlich verschwinden sollte.«

Der Himmel verschluckte alle Geräusche.

Marianne sagte: »Und wir haben uns nie wieder versöhnt.

Sie ist ein Jahr später gestorben, an Krebs. Und deswegen musste ich auch weg, deswegen wohne ich da, wo ich wohne, deswegen sind wir beide uns begegnet, deswegen sind wir jetzt hier … alles nur deswegen.«

Anne-Berit stand auf und lief zum Wasser, stellte sich mit verschränkten Armen hinter die Kinder und starrte aufs Meer. Marianne schaute angestrengt auf ihren schlanken Rücken, schloss die Augen und empfand nichts. Das Unsägliche war gesagt, und sie empfand nichts. Elf Jahre Schweigen, und nicht eine einzige Regung.

Ihre Freundin kam zurück, setzte sich und nahm ihre Hand, ließ sie wieder los, und Marianne blickte auf ihre Hand, als wäre sie ausgeliehen gewesen, legte sie auf den Bauch und sah auf die Uhr – es war vier nach drei, auch auf das Datum blickte sie, und hörte, wie Anne-Berit Luft holte.

»Das war alles«, kam sie ihr zuvor. »Das war alles, was ich sagen wollte. Und ich werde nie wieder darüber reden.«

»Okay.«

Sie lagen auf dem Rücken und hielten einander an der Hand. Marianne wartete ab, empfand aber noch immer nichts. Sie sagte:

»Jetzt spüre ich das Wasser an den Zehen. Wollen wir woanders hingehen?«

»Ist vielleicht am besten?«

»Eigentlich sollten wir drauf scheißen, finde ich.«

»Ganz deiner Meinung.«

Sie lagen auf dem Rücken unterhalb der Klippen und sahen in den Himmel. Es war elf vor vier. Durch ihre Sonnenbrille sah Marianne zwei ältere weißgekleidete Frauen bei den Kindern stehen bleiben. Die eine sagte etwas und bekam eine Antwort von Greta, die ihnen eine Schaufel Sand zeigte. Die Frau sagte wieder etwas, die andere lachte und hielt sich die Hand vor den Mund. Die Kinder spielten. Die Frauen, mit je einem Sonnenschirm über der Schulter, gingen weiter und ähnelten auf ihrem Weg in das blendende Licht einer schaukelnden Acht.

»Schwedinnen«, murmelte Anne-Berit. »Wir, in dreißig Jahren.«

»Nein«, sagte Marianne.

»Äh?«

»Die haben keine Kinder, hast du das nicht gesehen?«

»Vielleicht …«

Marianne dachte, dass sie das hier in Erinnerung behalten würde, die am Strand spielenden Kinder und zwei ältere weißgekleidete Frauen, die stehen bleiben und etwas sagen, bevor sie weitergehen.

Anne-Berit:

»Und dabei habe ich dich immer beneidet.«

»Wieso?«

»Du steckst immer so voller Möglichkeiten, auch wenn du nicht gerade mit Männern umgehen kannst und in diesem Drecksloch arbeitest.«

»Das sollte Ragnhild mal hören.«

»Ich dagegen … bin irgendwie mehr fertig, fertig ausgebildet, völlig erwachsen, und werde den Rest des Lebens nur ich selbst sein.«

»Schön gesagt.«

Stille.

»Und da hast du also einfach die Polizei angerufen und ihn angezeigt?«

»Ich hab doch gesagt, ich will nicht darüber reden.«

»Das *musst* du aber.«

»Sie kamen, um ihn zu verhaften, ich weiß nicht, zum wievielten Mal. Und da war ich, ein heulender Teenager. Mama war gerade in einem Krankenwagen weggebracht worden, mehr tot als lebendig, ich musste bloß irgendwas erfinden, was fruchtete, nur das eine Mal … Ich hatte es übrigens geplant.«

»Das war doch bestimmt nicht leicht?«

»Das kannst du wohl sagen.«

»Bist du auch als Zeugin aufgetreten?«

»In einem Gerichtssaal. Während er da saß und mich ansah.«

»Wie, um alles in der Welt, hast du das geschafft?«

»Keine Ahnung. Ich hatte eine Heidenangst, war aber stark wie sonst was. Es war erst viel später … dass dann alles aus dem Leim gegangen ist.«

»Wie denn?«

Wieso empfinde ich nichts?, fragte sich Marianne. Sie sagte:

»Ich hab versucht, ihn nicht anzugucken, da im Gerichtssaal, aber natürlich konnte ich mich nicht zurückhalten, und da sah es fast aus, als …«

»Ja?«

Jetzt empfinde ich etwas, dachte sie.

»… als wollte er mich ermutigen. Oder … als verstünde er oder wäre damit einverstanden, was ich tat … obwohl ich ihm die schlimmsten Dinge andichtete. Ich hab nicht so viel darüber nachgedacht, es war ja so wie immer, er hat mir den Rücken gestärkt. Aber nachdem Mama gestorben war, hat es sich verändert … ich fing an zu *denken*.«

»Was meinst du damit?«

Jetzt ist es bald vorbei, dachte sie. Sie sagte:

»Es kam mir fast vor, als bäte er mich, es zu machen. Es war ekelhaft. Als würde ich hinters Licht geführt. Und es wurde nur schlimmer und schlimmer. Und dann hab ich mit einer neuen Übung angefangen – *nicht* zu denken, hast du das schon mal probiert?

»Die ganze Zeit.«

Marianne merkte, dass sie lächelte.

Anne-Berit:

»Wie lange kennen wir uns jetzt eigentlich?«

Marianne dachte nach und begann, an den Fingern abzuzählen.

»Sechs Jahre, einen Monat, zwei Wochen und vier Tage.«

Anne-Berit lachte.

»Woher weißt du das?«

»Hab's mir bloß ausgedacht.«

»Ich hab mich schon gewundert.«

»Es war am Nationalfeiertag, du verwirrtes Huhn, wir standen draußen vor dem Kiosk, mit unseren nicht mehr ganz neuen Kinderwagen, um es milde auszudrücken, und haben beide mit der gleichen blöden Flagge rumgewedelt.«

»Ja, jetzt weiß ich wieder, dieses Kleid, das du anhattest …«

»Ist nicht dein Ernst.«

»Es war grauenhaft.«

Marianne hörte Gelächter, es klang befreiend. Sie sagte:

»Du hast selbst auch nicht viel besser ausgesehen – grünes Kostüm, blaue Brille, rote Visage.«

»Du bist wirklich scheußlich.«

»Es war warm an diesem Tag, ja, und du hattest Eis am Kragen.«

»Das war Ninas Rülpser. Und ich hatte wirklich eine blaue Brille, ja, wie bin ich da bloß drauf gekommen?«

»Erinnerst du dich auch an das Erste, was wir zueinander gesagt haben?«

»… nein …«

»Du hast gefragt, wie spät es sei. Und ich sagte …?«

»›Spielt das irgend'ne Rolle?‹, hast du gesagt.«

»Jepp. Und was hast du geantwortet?«

»›Mistziege‹, habe ich geantwortet.«

»Genau. Und dann fingen wir an zu lachen.«

Sie lächelten. Es wurde noch wärmer.

»Hast du Hunger?«

»Nein. Wie spät ist es eigentlich?«

»Spielt das irgend'ne Rolle?«

Sie sagten Mistziege im Chor und lachten. Rollten sich auf den Bauch. Anne-Berit zog ein Notizbuch hervor, fing an zu blättern und zeigte auf zwei mit roter Tinte geschriebene Namen.

»Verabredungen aus dem letzten Jahr. Wäre wohl mal wieder an der Zeit, jetzt, wo mein blaues Auge weg ist. Interessiert?«

»Nicht besonders.«

»Der hier ist unter zwanzig. Bisschen linkisch, aber süß. Und außerdem … ganz ungefährlich.«

»Warum sagst du das?«

»Du magst doch ungefährliche Männer.«

»Ich mag den Mann, den ich habe«, sagte Marianne. »Und er ist ein Wilder.«

»Aber er ist nicht hier.«

»Tja, ist halt so.«

Marianne setzte sich auf und ließ den Blick über die Kinder schweben, die jetzt mit drei kleinen Mädchen und einem Jungen spielten, über ihnen das blaue Meer und der Himmel. Die Boote fuhren am Morgen hinaus, verschwanden am Horizont und kamen abends zurück. Jetzt sah sie ein Boot, dann noch eins, den Kopf eines Schwimmers, das Schimmern einer feuchten Badekappe, einen gekrümmten Arm, ein Kreuzfahrtschiff, das wie ein Eisberg aussah.

»Ich rufe auf alle Fälle Alexander an«, sagte Anne-Berit.

»Ist das der Kleine?«

»Nein, Alex ist über vierzig, verheiratet und hat drei Kinder, er kann's die ganze Nacht treiben und nervt mich nicht damit, dass ich ihn heiraten soll.«

»Ein Typ wie Pierce Brosnan?«

»Selbstverständlich. Und behaart. Aber ich könnte auch Josef anrufen?«

»Heißt er Josef?«

»Mm.«

»Aber er ist jetzt nicht auch noch Zimmermann, ja?«

»Fischer, soweit ich weiß. Was sagst du?«

»Ich weiß nicht.«

»Vielleicht entdeckst du ja was.«

»Was sollte das denn sein?«

»Man entdeckt immer irgendwas – mit 'nem Mann.«

»Okay, ruf Josef an. Ich kann ja meine Meinung immer noch ändern, wenn er mir nicht gefällt.«

Marianne empfand weiterhin nichts. Aber jetzt lief es ihr zumindest an den Wangen herunter. Sie ließ es laufen. Anne-Berit schlief. Es war vier Minuten nach halb fünf.

»Ich heule eigentlich gar nicht gern«, murmelte sie.

»Das hab ich gehört«, sagte Anne-Berit.

»Hast du nicht.«

Alexander war ein Gentleman der übertriebenen Sorte, der Stühle zurechtrückte, Drinks bestellte, für die er nicht bezahlte, und Komplimente verteilte, die unglaubwürdig waren. Josef hingegen war schweigsam und unsicher und kam eine halbe Stunde zu spät, weil er seinem Vater helfen musste, die Netze in Ordnung zu bringen.

Er war ein Anfänger auf dem Vergnügungsterrain und freute sich darauf, Anne-Berit wiederzutreffen, zeigte aber keinerlei

Anzeichen von Enttäuschung, als ihm klar wurde, dass er der Freundin zugedacht war. In dürftigem Englisch sagte er ganz im Gegenteil, dass es eine hübsche Freundin sei, und sah auch so aus, als ob er es meinte. Marianne mochte ihn. Ein reiner und unverdorbener Junge, der mit den Kindern natürlicher sprach als mit ihr – ein fast unsichtbarer Bart auf den schön geschwungenen Lippen, braune, traurige Augen, die sie begehrend anblickten, wenn er dachte, sie würde es nicht bemerken. Der optimale Mann, dachte sie, noch einmal, und trank ordentlich, nachdem die Kinder im Bett waren, redete und tanzte in einer immer schneller werdenden Zentrifuge aus Sommer, Schweiß und Atemzügen, bis die Tränen allem ein Ende machten, zu einem Zeitpunkt in der Nacht, da alle Fragen eigentlich beantwortet sein sollten.

Sie entschuldigte sich und ging allein ins Hotel, schickte den Babysitter mit zu viel Geld nach Hause, blieb mit zwischen den Schenkeln verschränkten Händen liegen und lauschte dem Geheul, das aus dem Zimmer nebenan zu ihr hereindrang. Erst im Laufe des Morgens schlief sie ein und erwachte von einem bellenden Hund, der sich in ihre Träume geschlichen hatte.

Sie spielte mit den Kindern und ging am Strand entlang, sonnte sich, badete, las ein englisches Buch über den Minotaurus mit dem Stierkopf und Ikarus mit den Flügeln. Sie rief Trond nicht an und antwortete nur kurz auf seine Nachrichten. Und wiederholte die Niederlage mit Josef an jedem Abend. Um am nächsten Morgen von dem Hund geweckt zu werden. Es entwickelte sich ein Zusammenhang zwischen den missglückten Abenden, Anne-Berits Gewinsel hinter der weißen Wand und dem räudigen Hund, der sie morgens weckte. Es war zu warm, sie hatte Sand in den Augen, las etwas über die Mythen der Insel und wurde das Gefühl nicht los, dass sie jemand beobachtete. Es entstand ein Vakuum, das leerer nicht werden konnte, und eines Abends nahm sie Josef mit und lief mit ihm westlich am Meer entlang, er konnte nach den Sternen navigieren:

»Das ist der Arcturus«, sagte er und zeigte nach oben.

Sie saßen zwischen Sanddünen auf einem Flecken Gras und hörten das Meer in der Dunkelheit, Marianne im uniformen Weiß der Insel, und er in einem offenen Hemd und viel zu großen Shorts. Sie gingen ein paar Schritte und setzten sich wieder. Er wollte enger neben ihr sitzen, doch sie entzog sich ihm, und wieso ging er nicht nach Hause? Um nicht zu sagen: Wieso stürzte er sich nicht auf sie, anstatt sich auf das alberne Spiel mit dieser verwirrten scheinheiligen Maus einzulassen?

»Gibst du niemals auf?«, fragte sie.

»Nein«, sagte er.

Er folgte ihr zurück zum Hotel, blieb auf der Treppe zwischen Strand und Garten stehen, nahm ihre Hand und zeigte ihr seine starken weißen Zähne.

»Tomorrow?«

Er verstand, dass sie nicht allein sein wollte, doch sie konnte nicht sagen, dass sie froh war, ihn da zu haben, denn dann glitten seine Hände unter ihr Kleid – sie hatte angefangen, sie mit Tronds Händen zu vergleichen, es geschah unfreiwillig, diese Hände, sie fingen bloß an sie anzufassen, und manchmal hielt sie sie, wenn sie sich bewegten, aber nicht, wenn sie ruhten, und ursprünglich auch nur, weil sie wiedererkennbar waren.

Sie nahm die Kinder mit in das Labyrinth ohne Wände und betrachtete die Aussicht ringsumher. Sie las über König Minos und Theseus und Ariadne, die den Weg zurück ins Leben fand, indem sie für sich selbst eine Spur hinterließ. Sie erzählte den Mädchen Geschichten, wobei die Wände wieder emporwuchsen und die Zeit verschwand. Auch Marianne hätte jetzt wohl mit selbstgemachten Flügeln von dannen schweben können?

Aber dann wieder diese Armee aus gesichtslosen, weißgekleideten Menschen, die sie zwar nicht kannte, doch wusste, dass sie sie ansahen, schwarze Sonnenbrillen, blinde Augen, freundliches Lächeln.

»Ich hätte dir das niemals erzählen sollen«, sagte sie während des Frühstücks zu Anne-Berit. »Das über meinen Vater.«

»Wieso nicht?«

»Das führt zu nichts.«

»Was führt zu nichts?«

»Vertraulichkeiten. Das ist bloß Quatsch. Ich wusste es.«

Anne-Berit erwiderte nichts.

Marianne: »Nimmst du die Kinder heute, bist du nicht eigentlich an der Reihe?«

»Natürlich. Aber wollen wir nicht irgendwas zusammen machen?«

»Heute nicht.«

Sie schwamm so weit hinaus, bis sie verschwand, doch niemand folgte ihr, nur das schwedische Freundinnenpaar wartete, als sie wieder an Land kam, die blinden Fenster in dem schicken Hotel, der Strand mit den weißen Puppenmenschen, Gelächter und halbnackte kleine Mädchen, und ganz weit entfernt Anne-Berit und die Kinder mit einem Badeball.

Sie winkte ihnen zu und lief, während ihre Haare trockneten, in Richtung des kleines Fischerdorfs und saß auf der Mole, bis Josef kam, der Vater und die Brüder in dem schillernden Boot. Sie sah sie die Netze zusammenlegen und hörte sie lachen. Er fragte sie auch jetzt nichts, so, als existierte ihr

Leben dort im Norden nur kraft der Unterbrechung durch das hier unten. Sie sagte, es tue ihr leid, dass nichts mit ihnen werden könne, es sei nicht sein Fehler.

»Hast du einen Freund?«, fragte er.

»Nein«, sagte sie.

An diesem Abend trank sie mehr als gewöhnlich, zog sich das Kleid über den Kopf, als sie in die Dunkelheit kamen, und sagte, sie wolle ihn für seine Geduld belohnen.

Marianne splitternackt in der Mittelmeernacht, braune Gänsehaut von den Fußsohlen bis an den Hals. Seine weißen Augen im Dunkeln, die vorsichtigen Finger, die ihre Brüste berührten und das Seufzen spürten, bevor er sie wieder zurückzog und fragte, was sie mit Belohnung gemeint habe.

Sie presste ihren Mund auf seinen und zog ihn hinunter in den Sand, aber ihr Körper ließ sie im Stich.

»Nein«, sagte er und stand auf, reichte ihr das Kleid, drehte sich um und setzte sich in Bewegung.

»Was willst du denn eigentlich?«, schrie sie und sah ihn in Richtung der Lichter im Dorf verschwinden.

Sie ging zurück ins Hotel, bezahlte den Babysitter für zusätzliche Zeit, und schloss sich einer Truppe in der Bar an, ließ sich einladen und trank alles, was ihr in die Finger kam, durchlebte eine Mischung aus Rausch und Entdeckungsreise, flirtete ungehemmt mit dem Barkeeper und ließ sich von einem hässlichen alten Mann aus ihrem eigenen Land aufgabeln, der ihr Witze erzählte, dass es ihr kalt den Rücken hinunterlief.

Bevor es dämmerte, entkam sie mit einem Notschrei in ihr Zimmer und dachte, wenn mich jetzt jemand gesehen hat, dann hat er genug gesehen. Und als endlich wieder der Hund in ihre Träume kroch, stand sie mit einem heftigen Kater auf und lief zum Strand hinunter, wo die farbenfrohen

Boote der aufgehenden Sonne entgegenfuhren. Sie bereute, dass sie ihm nicht erlaubt hatte, sie zu besitzen, als er es wollte. Genauso wie sie es bereut haben würde, wenn er sie genommen hätte.

Sie ging wieder hinauf ins Zimmer und in die Dusche, überzeugte sich davon, dass die Kinder schliefen, und rief Trond an.

»Ich habe deinen Vater wiedergesehen«, sagte er, bevor sie auch nur den Mund aufmachen konnte.

»Das ist er nicht«, sagte sie ruhig.

»Natürlich ist er das. Er wohnt in einer großen Villa, allein. Unter der anderen Adresse ist niemand.«

»Das ist er nicht«, wiederholte Marianne. »Er ist *hier.*«

»Was meinst du damit?«

»Dass er es nicht sein *kann.*«

Sie sagte: »Kannst du mir einen Gefallen tun, an Anne-Berits Computer gehen und rausfinden, was diese Reise gekostet hat?«

Er zögerte.

»Kannst du sie nicht einfach fragen?«

»Es ist kompliziert.«

»Krank.«

»Du gießt doch ihre Blumen, der PC steht bestimmt auf dem Wohnzimmertisch und ein Passwort brauchst du nicht.«

»Okay, okay. Aber wie geht's dir denn eigentlich?«

»Bestens.«

»Deine Stimme klingt ganz gut.«

»Wirklich?«

Marianne hatte mehr Zögern erwartet, vielleicht auch ein bisschen Sehnsucht, es gab nicht ein einziges von all den Dingen, die, wie sie wusste, überhaupt nicht vorhanden waren, auf das sie nicht gewartet hätte.

»Wie war denn deine Tour in den Norden?«, fragte sie und hörte sich an, was er über das Nordkap zu erzählen hatte.

»Du hast die Briefe vergessen«, sagte er, als sie auflegen wollte.

»Welche Briefe?«

»Du hast mich gebeten, die Adressen von deinen Freundinnen herauszufinden. Wolltest du nicht Karten schreiben?«

Marianne dachte nach.

»Hab ich das?«

»Ja, und sie lagen nicht in der Kommode.«

Sie hatte ihn gebeten, in der Kommode herumzukramen?

Sie murmelte, dass sie das wüsste, sie lägen in einem Schuhkarton im Keller, verabschiedete sich und blieb sitzen, ohne an etwas zu denken. Dann ging sie zur Rezeption hinunter und bestellte Frühstück aufs Zimmer, in zwei Stunden. Sie ging wieder hinauf, legte sich hin und erinnerte sich an diese Briefe, nach denen sie sich so gesehnt hatte, die Briefe, die nicht gekommen waren, denn es waren ihre Freundinnen, die mit ihr gebrochen hatten – weil sie ihren Vater »verraten« hatte – und nicht sie, die mit ihnen gebrochen hatte, den Vater, den sie nur als heiteren Bären gekannt hatten und der dumme Witze erzählte und Süßigkeiten verteilte; was hätte sie damals nicht alles für ein Lebenszeichen von ihnen gegeben, für ein winziges bisschen Verständnis.

Sie schlief, bis sie durch einen weißgekleideten Mann wach wurde, der ihren nackten Körper anstarrte. Nein, er starrte nicht, er rollte ein Wägelchen vor das Fenster und stellte vier Gedecke in perfekter quadratischer Ordnung auf den Esstisch, eine Karaffe Saft mit klirrenden Eiswürfeln und eine Kanne Kaffee, die aus einem geschwungenen Schwanenhals sanft vor sich hindampfte. Und Marianne war nicht nackt, sie lag unter dem Laken und gab ein mattes, dankbares Lächeln von sich, während er sich mit einem Finger auf den Lippen und einem verschlagenen Abschiedslächeln wieder nach draußen schlich.

Er hat also getan, was ich wollte, dachte sie, hat mehr über meinen Vater herausgefunden, mir aber dann eine weitere Halbwahrheit aufgetischt – um mich zu beruhigen, und das ist nur noch ein Verrat mehr.

13

Larsen entdeckte sie bereits in der Kurve unterhalb des Hauses und ließ seinen Blick ihren letzten Metern in die Einfahrt und über den Kiesweg folgen, aber wieso kam sie zu Fuß?

Das Gesicht lag im Schatten eines beigefarbenen Huts, aber es war nicht nötig, ihre Züge zu sehen, um zu verstehen, was sie dachte, es lag in den Schritten – sie hatte ihn in diesen Wochen sicherlich vermisst, aber als er jetzt wieder so vor ihr stand, verlor das Gefühl wohl ein wenig an Glanz, vermutete Larsen.

Sie reichten einander die Hände auf dieselbe formelle Art wie bei ihrer Abreise.

»Du kommst zu Fuß?«, fragte er.

»Das Gepäck wird geschickt, ich hatte Lust ein paar Schritte zu gehen. Wie ist es Ihnen ergangen?«

Immerhin sah sie ihn jetzt direkt an, aber dann wieder dieses Sie, das alles ruinierte, und er war bereits aus dem Konzept gebracht. »Wie geht's mit dem Haus?«

»Es hat Sie vermisst.«

Sie lächelten sich an.

»Und du«, sagte sie. »Hast du mich vermisst?«

»Ja«, sagte er.

»Und ich habe dich vermisst«, sagte sie schnell und trat auf die Treppe zu.

Er nahm den Handkoffer, den sie stehen gelassen hatte, doch sie interessierte sich nicht für das Haus.

»Du bist im Laufe des Sommers braun geworden, Larsen«,

sagte sie fast anklagend. »Warum kämmst du dir die Haare immer so, das steht dir nicht.«

»Ich hab hier eine hässliche Narbe«, sagte Larsen und schob ein paar Strähnen zur Seite.

»Deine verfluchte Servilität«, sagte sie und rettete sich ins Haus und auf der anderen Seite wieder hinaus.

Ihm blieb nichts anderes übrig, als ihr zu folgen, und als sie nebeneinanderstanden und den Garten bewunderten, murmelte sie, sie sei jetzt gut vorbereitet, er sollte es nicht schaffen, sich noch einmal so von ihr zu distanzieren.

Sie ging in die Küche, öffnete die Fenster und rief hinaus, dass es schön sei, nach Hause zu kommen, zum ersten Mal gebe es etwas, zu dem sie nach Hause kommen könne. Larsen wagte nicht, ihrer Bemerkung zu viel Bedeutung beizumessen. Er nahm einen Spaten und ging in den Garten hinunter und stocherte in dem Loch herum, das der tote Rosenstrauch hinterlassen hatte, es ähnelte einem frisch gesäten Feld. Eine halbe Stunde später rief sie, das Essen sei fertig, und sein Kopf hatte in dieser halben Stunde nachgedacht und eine Art Gleichgewicht wiedergefunden.

»Danke, dass du den Kühlschrank aufgefüllt hast«, sagte sie, als sie sich auf ihre gewohnten Plätze setzten, sie auf ihren Stuhl, er auf den Gästeplatz, dort hatte er immer gesessen, während der Stuhl des alten Almlie oben am Tisch leer blieb. Durch das geöffnete Fenster schlug der abendliche Vogelgesang hart auf Larsens taube Ohren.

»Du hattest doch bestimmt Auslagen?«, sagte sie.

Er musste aufstehen und die Fenster schließen. Er lief in den Flur hinaus und holte den Umschlag mit den Rechnungen, sah sie auf dem Weg zurück durch und wollte ihr sie geben, entschied sich aber anders und steckte sie in die Tasche.

Sie fragte scharf, was das bedeuten solle, aber er war nicht bereit, ihr zu antworten. Überhaupt störte es ihn, dass nicht einmal das stumpfsinnigste Detail einfach unbeachtet bleiben konnte, es lag ja schließlich eine Art Plan darin, wenn auch ein unsichtbarer.

In gereiztem Schweigen aßen sie Lammkoteletts, während Larsen kleine verstohlene Blicke auf ihre sommerbraune Haut warf, den Hals, die Arme … Beim Kaffee auf der Terrasse gab er wieder ein paar Belanglosigkeiten über die Gartenpflege von sich, fragte, ob sie die Post bekommen hätte, die er nachgeschickt hatte, und wollte sich zurückziehen, aber sie war aufgestanden – und jetzt stand sie so weit hinter ihm, dass er sie gerade noch aus den Augenwinkeln erahnen konnte.

»Hast du im Sommer deine Tochter gesehen?«, fragte sie.

Larsen hatte aus irgendeinem Grund darauf gewartet.

»Nein«, sagte er.

»Und wie geht es ihr?«

Er versuchte sich umzudrehen, hauptsächlich um zu demonstrieren, dass er nicht verstand, was sie meinte.

»Gut, glaube ich.«

»Aha. Und wie kannst du das wissen?«

Larsen machte noch einen Versuch, sich anzustrengen.

»Im Frühling ging es ihr auf alle Fälle gut«, sagte er laut.

»Aber woher kannst du das wissen?«, wiederholte sie noch lauter.

»Ich habe da einen … Obdachlosen, der ab und zu nach ihr sieht.«

»Ah, einen *Obdachlosen* – der ihr auf dein Geheiß nachspioniert?«

Sie kam glücklicherweise um seinen Stuhl herum.

»So was in der Art«, sagte er verärgert.

»Du hast sie also selbst nicht gesehen?«

»Nein.«

»Ich möchte da jetzt Klarheit haben, Hans, hast du sie wirklich nicht ein einziges Mal gesehen, seit …?«

Larsen fühlte sich bedrängt, nicht zuletzt, weil sie seinen Vornamen benutzte, wo er doch schon seinen Nachnamen nicht ertragen konnte, nichts davon hatte hier im Haus etwas zu suchen, und worüber wollte sie überhaupt Klarheit haben, er hatte erfahren, dass seine Tochter schön und lebendig und einigermaßen selbstsicher war, das war mehr als genug, außerdem hatte er seine Enkelin zweimal gesehen, an der Hütte von diesem Obdachlosen – sie war ein Geschöpf ganz wie die Mutter, mit den beiden Halbmonden um die Mundwinkel, das hatte ihm völlig den Rest gegeben; er hatte nicht einmal gewagt, mit ihr zu sprechen.

»Ich habe das alles hinter mich gebracht«, sagte er.

»Das kannst du nicht.«

»Wie bitte?«

»Sie ist nicht in der Lage, sich um ihr Kind zu kümmern, dein Enkelkind.«

Larsen sagte noch einmal ›wie bitte?‹.

»Weil sie promiskuös ist, Hans, und als Mutter ungeeignet.«

Larsen entschied sich, das zu überhören, stand auf und ging in die Küche und griff nach der Weinflasche, von der sie zu Mittag getrunken hatten, nahm sie anstandshalber mit auf die Terrasse und stellte sie auf den kleinen Gartentisch, den er gestern Vormittag angestrichen hatte – die Pinsel standen noch immer in Terpentinersatz, das durfte er nicht vergessen –, blieb allerdings stehen und blickte über ihren Kopf hinweg, die Position, die sie vor einem Augenblick noch eingenommen hatte, denn jetzt hatte sie sich gesetzt, sie hatten die Plätze getauscht.

»Sie und ihre Freundin haben es den ganzen Sommer getrieben«, sagte sie. »Du hast ja keine Ahnung.«

»Woher weißt du das?«

»Stell dich nicht dumm.«

»?«

»Ich halte ein Auge auf sie, weißt du das nicht?«

»Ihr wart doch im Süden«, entfuhr es Larsen, der jetzt die Situation nicht mehr im Griff hatte. Er fragte, ob sie allen Ernstes erwogen hätte, dieses Kind zu adoptieren, während er gleichzeitig erkennen musste, dass er auch jetzt nicht gewalttätig werden würde. Er strich sich mit der Hand durch das schüttere Haar, äußerte verwirrt, dass es nach Regen aussehe, und wollte sich zurückziehen.

»Findest du mich schön, Hans?«, rief sie ihm nach. Und jetzt konnte er auf jeden Fall ein Geständnis machen.

»Ja«, sagte er ohne Vorbehalt.

»Aber weißt du überhaupt, was das kostet?«

»Hä? Nein«, bog er es zurecht.

»Weißt du zum Beispiel, wie oft ich zum Friseur gehe?«

»Hä?«

Larsen suchte nach einem Ausweg und fand einen. »Ich habe einen Kumpel, der ist Mitbesitzer von einem Pferd«, sagte er.

»Was, um alles in der Welt, hat das mit der Sache zu tun?«

Larsen blieb die Antwort schuldig. »Das alles bedeutet, dass du keine Ahnung von Frauen hast, Hans. Verstehst du?«

»Ja.«

»Eine Frau *muss* schön sein.«

Er nickte gehorsam.

»Während Männer aussehen können, wie sie wollen.«

Larsen verspürte den flüchtigen Drang zu protestieren.

»Ach, meine Liebe«, sagte er stattdessen, streichelte ihre Wange und lief in den toten Flügel und legte sich angezogen hin, obwohl es noch nicht einmal neun Uhr war. Sein Körper fing an zu zittern, die Hände verknoteten sich, hier war er wirklich an einen Wendepunkt gekommen, mit nur einer letzten Möglichkeit, sie dazu zu bringen, etwas zu verstehen. Diese Frau war zwar unbegreiflich und verschlossen, aber sie war auch klug, sie verstand etwas von Menschen; zumindest hatte er das gedacht, seit er das Dunkle in ihr wahrnahm, das ist nicht immer das Schlechteste.

Beim Frühstück am nächsten Morgen schlug er vor, dass sie einen Spaziergang machen könnten. Sie wollte davon nichts wissen, das Gepäck sei noch nicht gekommen, und es gab ein paar andere Ausflüchte, aber Larsen bestand darauf und brachte sie dazu, hinauf ins Tal zu fahren, wo er das friedlichste Jahr seines Lebens verbracht hatte, mit Frau und Tochter, dem Bezugspunkt zu allem anderen.

»Was machen wir hier?«, fragte sie.

Vor ihnen die feuchten Äcker, der Bach, der sich um den Hof herumschlängelte, die zugewachsene Trainingsbahn auf der anderen Seite, die Wälder, die Hügel.

»Ich kann nichts tun, ohne dass ich das Gefühl habe, etwas falsch zu machen«, sagte Larsen in dem feierlichen Ernst, der plötzlich zwischen ihnen entstanden war. »Ich kann keinen Schrank öffnen oder Kaffee kochen, ich kann keinen toten Rosenbusch absägen und einen neuen pflanzen … ohne dass ich das Gefühl habe, etwas falsch zu machen.«

»Aber das ist doch verrückt.«

»Ja.«

»Dass du das so klar vor dir hast, meine ich.«

Er wollte erklären, dass er, wenn er sich eine Familie, ein Haus zugelegt hätte, nicht der Ansicht gewesen wäre, es verdient zu haben, er könne nichts zu Ende bringen, alles zerrinne ihm zwischen den Fingern, weil er eben die ganze Zeit genau dies denke.

Er schöpfte Luft.

Was machte er dann in Agnes Almlies Haus?

Ja, er war dort, weil der Zufall sie zusammengebracht habe und das völlig Unglaubliche geschehen sei, dass er nämlich angefangen habe, sich wohlzufühlen. Es bedeute ihm etwas, im Hause Almlie zu wohnen, es bedeute ihm die ganze Welt. Aber dennoch könne er nicht über ihre Teppiche laufen, ein Schiff reparieren oder eine der anderen Selbstverständlichkeiten ausführen, die gemeinhin unter dem Begriff eines normalen Leben verstanden wurden.

»Das kann ich mir nicht länger anhören«, sagte sie, öffnete die Tür und stieg aus.

Es regnete.

Larsen hatte sich seine Psychologie ja nicht allein ausgedacht, sondern mit Unterstützung eines Idioten mit Staatsexamen. Und als er sie nun da draußen mit verschränkten Armen und zum Hof gewandten Blick stehen sah, begriff er, dass er sich in eine weitere Sackgasse manövriert hatte. Trotzdem stieg er nicht aus. Larsen blieb sitzen. So lange, bis ihm klar wurde, dass sie so etwas nicht gewohnt war. Arthur Almlie hätte sie niemals einfach nur dort im Regen stehen lassen, er wäre ausgestiegen und vor ihr gekrochen, er hätte sie angefleht und sich mühsam bei ihr mit irgendetwas eingeschmeichelt, das sie hören wollte, egal, ob es nun ernst gemeint war oder nicht. Aber nicht Hans Larsen, entschied er in einer seltsam gehobenen Stimmung. Kurz darauf setzte sie sich wieder hinein und strich sich ein paar feuchte Strähnen aus der Stirn.

»Was für ein Selbstbild.«

Larsen wartete eine Weile ab.

»Ja«, sagte er. »Ich möchte bloß im Garten arbeiten.«

»Du kannst im Garten arbeiten, so viel du willst. Ich bin glücklich, wenn du nur bleibst.«

Er spürte, dass sie ihn ansah. »Und jetzt kannst du mir erzählen, was wir hier *eigentlich* machen.«

Er sah sie an.

»Wollen wir spazieren gehen?«, fragte er.

»Ja«, sagte sie.

Er stieg aus und öffnete ihr die Tür, nahm ihre Hand und führte sie auf den Felsvorsprung und wollte etwas noch Entscheidenderes sagen. Doch es wollte ihm nicht über die Lippen kommen, nichts wollte mehr über seine Lippen kommen, denn sie hatte ihren Arm um ihn gelegt, und sie standen da und blickten in dieselbe Richtung – es gab keinerlei Sinn mehr in dem, was er hätte sagen wollen oder was er im Laufe des letzten Jahres gesagt oder getan hatte.

»Und du glaubst, dass *du* es bist, mit dem etwas nicht stimmt?«, sagte sie.

Er stutzte. »Du hast es die ganze Zeit verstanden«, fuhr sie fort. »Oder nicht?«

Larsen wusste nicht, was er verstanden haben sollte. Er blieb still.

»Ich glaube, ich habe ihn umgebracht«, sagte sie. »Mit meinem Hass.«

»Das hast du nicht.«

»Danke.«

Larsen zählte die Sekunden. »Aber das Einzige, was ich bei seinem Tod verspürte, war Erleichterung.«

»Das ist normal.«

»Und Reue.«

Larsen spähte umher und spürte, dass er nun doch kurz davor war, die entscheidenden Worte über die zugewachsene Trainingsbahn auf der anderen Seite auszusprechen.

»Was ich an dir liebe, Hans, ist, dass du dich anscheinend vor nichts fürchtest. Hast du niemals Angst?«

Er dachte nach.

»Doch«, sagte er und verlor wieder den Faden in Bezug auf die Trainingsbahn, denn es waren erst zwei kurze Wochen vergangen, seit er in einem verschrobenen, erhabenen Anfall von Wahnsinn eine große Geldsumme in eine Weinflasche gestopft und diese in ihrem Garten vergraben hatte. Es war unwirklich – nicht in der Art, dass es nicht passiert war, es war nur einfach nicht zu fassen, dass *er* so etwas getan hatte, wo er doch genau wusste, dass ein Vermächtnis irdischer Güter niemals etwas anderes als beschmutzend, korrumpierend, verdummend sein könnte, dass nicht das Materielle etwas bedeutete, sondern nur das, was man an Irrsinn, Liebkosungen, Gewalt und Mysterien zurückließ. Dass er das nicht gesehen hatte, als er wie ohnmächtig durch die sommerheiße Stadt geschwankt war und geglaubt hatte, endlich etwas gutmachen zu können, ein für alle Mal – das war unfassbar.

Er blickte sich um und lächelte.

»Wollen wir uns da vorne zwischen die Steine setzen?«, sagte er. »Dann erzähle ich dir von einem Pferd, das wir hier mal hatten.«

»Ja«, sagte sie.

Von da an schliefen sie im selben Bett, in ihrem, ohne Musik, in einem Bett, in dem Arthur Almlie, wie sie beteuerte, niemals gelegen hätte. Es war ihr wichtig, dass Larsen dies verstand, dass sie fünfzehn Jahre lang getrennte Schlafzimmer gehabt hätten. Larsen schwebte, und sie lobte seine Reinlichkeit – er sei soviel reinlicher als Arthur Almlie, und Larsen musste einräumen, dass er immer ein treuer Anhänger von Seife und Wasser gewesen sei, während ein süßlicher Altmännergeruch seinen Vorgänger umgeben habe.

»Du hast so gute Hände«, sagte sie auch. »Ich habe sie so oft angesehen. Jetzt gehören sie mir.«

Sie duschten zusammen, Larsen seifte sie mit diesen Händen ein und bemerkte, dass er sich genierte, schüchtern war, etwas, das *sie* plötzlich nicht war. Aber sein Körper, auch eingeseift, fühlte sich leicht und gut an.

»Was wollen wir heute essen?«, fragte sie, und es stellte sich heraus, dass Larsen einen interessanten Vorschlag hatte, der sowohl sie als ihn selbst überraschte, immerhin hatte er einige Monate in der Kombüse eines Schiffes zugebracht. Er wusste sogar, wie er ihr widersprechen konnte – es war Öl in die Maschinerie von Hans Larsen gekommen, er wusste, wie sie ihren Kaffee haben wollte und ihr Ei und ihren Wein und wo der Sonnenschirm stehen sollte, noch bevor sie selbst es wusste.

»Das ist ja kaum zu glauben«, sagte sie. »Wenn du bloß wüsstest.«

Manchmal wurde es so überwältigend, dass Larsen in eine andere Richtung sehen musste. Oder ein paar gelungene Bewegungen mit seinen Händen machen musste – diese Hände, die mit ihm durch dick und dünn gegangen und eigentlich nur die verlängerten Arme der Verwüstung gewesen waren. Jetzt hielt sie diese Hände gern fest, selbst wenn sie einfach nur dalagen, zum Beispiel auf dem Tisch zwischen ihnen, nachdem sie gegessen hatten und dasaßen und nichts Besonderes auf sie wartete.

Obendrein war sie auch am nächsten Morgen da, ihr Kopf neben ihm auf dem Kissen, herrlich zerzaust von den Erinnerungen und der Nacht, sie öffnete die Augen und sah ihn an, bis er fragte, ob er geschnarcht hätte.

»Etwas.«

»Entschuldige«, sagte er und es hätte ihm nichts ausgemacht, in den Schuppen zu laufen und sich mit einer von

Arthur Almlies Kneifzangen das Zäpfchen herauszureißen. Es gab nichts, wozu Larsen nicht bereit gewesen wäre. Er war eine wandernde Euphorie, die mit einer Frau zusammenpasste. Und seine Dummheit kannte keine Grenzen, er kam nicht mal ansatzweise auf die Idee, sich die bittere Frage zu stellen, wieso sie sich nicht schon viel früher begegnet waren, welches Leben er gehabt haben könnte, wenn ihm schon in Jugendjahren erlaubt gewesen wäre, derjenige zu sein, der er jetzt war, denn auch *das* war nur ein trügerischer Gedanke.

Sie sprachen über ihr Elternhaus, das Larsen womöglich restaurieren könnte, obwohl es nach Arthurs Tod ja keinen Bedarf an größeren Umbaumaßnahmen gab. Aber Larsen sollte ihn unbedingt sehen, den Ort, wo sie sich als Kind getummelt hatte, etwas Farbe und Instandhaltung, ein altes Boot gab es dort, in einem Boothaus, das müsste mal von einem Handwerker wie ihm überholt werden, ein Boot, in dem sie rudern gelernt hatte. Sie kramte einige Fotos hervor, auf denen noch immer kaum Menschen zu sehen waren, aber ein paar idyllische, weißgestrichene Häuser an einer Küste mit freundlichen Felsen und einem Sonnenuntergang in Schwarz-Weiß, der die Landschaft ausblendete und Larsen an den Mond denken ließ – sie hatten begonnen, Reisepläne zu schmieden, wägten ab zwischen Auto, Zug und Bus, darauf konnte man sich freuen, dachte Larsen in kühlem Schockzustand, und als sie es schließlich wieder zur Sprache brachte und er erkennen musste, dass all das natürlich mit einer weiblichen List verbunden war, machte es ihm nichts aus, vielmehr sagte er weder Ja noch Nein zu ihrer Andeutung, dass vielleicht etwas für seine Enkelin getan werden müsste.

»Aber was?«

Das wusste sie nicht und interessierte sie dann vielleicht auch nicht so besonders. Aber Larsen verspürte jetzt einen verstärkten Drang, sie noch einmal zu sehen und herauszufinden, was sich seit dem Winter verändert haben mochte. Und es überraschte ihn, dass er dazu geschaffen sein sollte, ein Großvater wie jeder andere x-beliebige Großvater zu sein, ein Wort, das er nicht einmal in den Mund zu nehmen wagte, doch von hier aus lag auch der nächste Gedanke nicht allzu fern, wie unmöglich er in zwölf Jahren auch gewesen sein mochte – dass er nämlich vielleicht auch seine Tochter wiedersehen könnte.

»Nimm dir die Zeit, die du brauchst«, sagte Agnes. »Wir haben ein Meer von Zeit.«

Larsen war Gärtner, Liebhaber und Mensch geworden – in dieser Reihenfolge, wie er hochgestimmt feststellte. Er verbrachte die Tage damit, zwei verfaulte Windbretter auszutauschen, kaufte neue Ziegel für das Garagendach und bezahlte mit der Bankkarte, seiner eigenen. Auf der Grenze zwischen den beiden Grundstücken stand eine mächtige Esche, die beinahe gestorben war, und Larsen machte Pläne zur Anschaffung einer Motorsäge, vielleicht auch eines Häckslers, und eines Tages ging er zum Eisenwarengeschäft, um sich nach Preisen zu erkundigen.

Als er wieder nach Hause kam, lag ein Zettel auf dem Küchentisch, Agnes war unterwegs und machte Einkäufe, mit einer »Freundin«.

Seine Gedanken schweiften kurz zu dem Mann, mit dem sie einmal im Auto gesessen hatte, doch dabei blieb es. Denn das war die Gelegenheit. Er ging mit einem Spaten in den Garten, begann in der Erde herumzuwühlen, dort, wo der Rosenbusch einst gestanden hatte, fand aber keine Flasche. Er stutzte, kam auf den Gedanken, dass er sie vielleicht nicht hier, sondern neben der Bank vergraben hatte, da, wo Gras gesät worden war.

Er begann auch dort zu graben. Fand aber immer noch keine Flasche.

Er blickte umher, verwirrt, ihm war lächerlich zumute – vor ihm die mächtige Rasenfläche mit den kleinen Inseln aus Rhododendron, Spirea, Flieder – wie viele Quadratmeter grasbewachsene Erde mit möglichen Verstecken? Und wie durcheinander war er eigentlich gewesen, als er hier einsam herumgeirrt war und alles wieder gutmachen wollte, mit einem einfachen Dreh?

Er schaufelte die beiden Löcher wieder zu, hängte den Spaten in den Schuppen, ging hinein und wusch sich die Hände. Er musste sich Klarheit über etwas verschaffen. Er zog sich um und ging hinunter zur nächsten Bankfiliale, steckte die Bankkarte in den Schlitz des Geldautomaten und gab, erleichtert darüber, dass er ihn sich merken konnte, seinen Code ein, der Kontostand erschien auf dem Bildschirm.

Larsen rechnete schnell nach und kam zu dem Schluss, dass seine monatlichen Rentenbezüge gerade gekommen sein mussten. Gleichwohl stand da ein weitaus geringerer Betrag als derjenige, der dort gestanden hätte, wenn er im Sommer nicht die Besinnung verloren hätte. Er blickte sich um. Aber dennoch, dachte er plötzlich ganz klar – es ist mehr als genug für eine Motorsäge und einen Häcksler. Er betrat das Eisenwarengeschäft, wo er inzwischen die Bedienung recht gut kannte, kaufte die Geräte und überredete den Mann, sie ihm nach Hause zu liefern.

Als Agnes am Nachmittag zurückkam, hatte er die Esche gefällt und war damit beschäftigt, die Äste abzusägen. Sie kam und betrachtete seine Arbeit. Larsen schwitzte. Sie brachte ihm ein Glas Wasser. Er trank es in einem Zug und sah es an, während sich etwas in seinem Kopf abspielte.

»Ich muss dir etwas sagen«, sagte er und erzählte zu ihrer immer größer werdenden Verwunderung die ganze Geschichte über die Rente, das Geld und die Flasche. Sie sah aus, als hörte sie sich einen langatmigen Witz an, der immer schlechter und schlechter wurde, je weiter er sich der Pointe näherte.

»Und jetzt finde ich sie nicht wieder«, schloss er.

Sie blickte ihn mit einer Mischung aus Mitleid und Verärgerung an.

»Aber Hans, also wirklich«, sagte sie, stand auf und ging weg.

Larsen blieb sitzen und sah ihr nach – mit dem starken Gefühl, das Objekt eines Aderlasses zu sein, diese Enden, die sich nicht treffen wollten, Erinnerungsfetzen, die nicht zusammenpassten – die Geschichte war schlichtweg auseinandergefallen, noch *während* er sie erzählte, er hatte es selbst gehört, wie die Worte aus seinem Mund und ins Gras fielen und verschwanden. Und eine große Erleichterung überkam ihn, als er endlich wieder mit dem Sägen anfangen konnte.

Er machte sich an ein paar weiteren Ästen zu schaffen, bis sie auf die Terrasse herauskam und rief, das Essen sei fertig – außerdem habe sie eine Überraschung für ihn, zum Dessert. Larsen trug die Motorsäge in den Schuppen, duschte sich und zog leichte Sommerkleidung an, die sie ihm zu kaufen geholfen hatte, Kleidung, in der er sich wohlfühlte.

Als die Pflaumen reif waren, pflückte Larsen die größte, die er finden konnte, und biss hinein, konnte aber keine Süße schmecken. Er biss in eine andere, sie schmeckte genauso fade. Er nahm so viele Pflaumen, wie er greifen konnte, in die Hand und kam zu dem Schluss, dass es neun sein mussten, neun goldene gelb-rote Eier in dieser Hand, die nicht mehr schön war, sondern einem Nest aus schwieligem Fleisch glich. Er wollte hineingehen und Agnes fragen, ob sie wirklich so ohne Geschmack seien. Doch stattdessen fiel er hin.

Hans Larsen konnte den Himmel sehen, von dort wo er lag. Danach das Gesicht von Agnes Almlie, das langsam in seinen Horizont hineinglitt.

»Du musst zum Arzt«, sagte sie ruhig.

Wieso das?, wollte er fragen.

»Du hast noch einen Schlag bekommen, Hans. Ich kann Ralph anrufen, er kommt dann hierher und du musst nirgendwo hingehen.«

»Ralph?«

»Ja, du bist ihm schon einmal begegnet, auf der Beerdigung.«

»Kann ich denn hier bleiben?«

»Du kannst so lange hier bleiben, wie du willst.«

Er verspürte eine so überwältigende Dankbarkeit, dass ihm schwarz vor Augen wurde. Sie half ihm hoch und stützte ihn auf dem Weg ins Haus, mit seinem Arm auf ihren Schultern, so dass er wieder ihre erste Wärme spüren konnte, hinüber auf den lautlosen Teppich, während sie murmelte:

»Was habe ich getan, jetzt habe ich noch einen, was habe ich getan?«

Larsen begriff, dass sie es nur sagte, weil sie glaubte, dass er benommen war, sonst hätte sie das niemals gesagt, sie unterschätzt mich, dachte er und war auch dafür dankbar.

14

Marianne las in der Zeitung über den Unfall, eine Notiz, die sie früher übersehen hätte, ein Motorradunfall bei heftigem Regenwetter auf glatter Fahrbahn nördlich der Stadt. Jetzt fiel sie ihr auf. Aber mehr auch nicht. Und als er am Abend danach anrief und erzählte, dass sein bester Freund gestorben sei, wunderte sie sich über den Speichel, der sich in ihrem Mund sammelte – dass sie so reagierte, als wäre *er* umgekommen.

Sie sagte ein paar mitfühlende Worte, legte auf und ging in die Küche, um in Schränken und Schubladen aufzuräumen, füllte eine Tüte nach der anderen mit alten Lebensmitteln und Plastikbechern, leeren Gläsern und Flaschen, und trug alles hinaus in den Hausflur. Denn jetzt wohne ich hier seit sieben Jahren und räume zum ersten Mal richtig auf – bevor ihr klar wurde, dass das hier eine Form von Erleichterung war und dass sie niemals wieder hätte aufstehen können, wenn er es gewesen wäre.

Am nächsten Vormittag fuhr sie ihn zur Unglücksstelle, einer waldbedeckten Gegend, die einer Kampfzone glich, mit Hunderten von Motorrädern im Leerlauf, angeordnet in einem brutalen Kreis, der sich ihnen zu einem schwarzen Geräuschteppich hin öffnete, zu einer von Büschen bewachsenen Lichtung, wo Marianne neben einer Unmenge von Emblemen, Reliquien, brennenden Kerzen und einer Tonne mit einer Fackel Blumen niederlegte. JonaX umarmte Trond und nahm ihre Hand, ohne den Handschuh abzulegen, wie sie bemerkte, und veranlasste mit der diskreten Handbewegung eines Anführers, dass die Motorräder leiser wurden und schließlich ganz verstummten.

Marianne blickte sich um. Trond sah zu Boden.

Sie gingen zurück zum Auto und hörten die Geräusche wieder anschwellen.

»Dein *bester* Freund«, sagte sie. »Und ich habe nicht einen Ton über ihn gehört?«

»So ist es eben«, sagte er.

»Und du merkst immer noch nichts?«, sagte sie.

»Was merken?«

»Dass es aus ist. Mit uns.«

Zur Beisetzung kamen eine Frau in schwarzem und eine in großgeblümtem orangefarbenem Kleid, Marianne und die Mutter des Verstorbenen in einem Meer aus schwarzer Lederkluft und tätowierten linken Händen, die das rechte Handgelenk umfassten, während JonaX von einem jungen Mann erzählte, der die Bedeutung der Freundschaft niemals in Zweifel gezogen habe und aus diesem Grund ein glücklicher Mann gewesen sei und deshalb auch allen in Erinnerung bleiben werde, hier gebe es heute nämlich nicht so viele glückliche Menschen, schloss er und richtete die Sonnenbrille auf die schwarze Armee, die ein einmütiges Seufzen von sich gab.

»Sein Lachen wird uns in Erinnerung bleiben.«

Marianne saß da und trauerte über ihre eigenen Umstände und überlegte, ob sie seine Hand nehmen sollte. Sie schaffte es nicht, spürte aber eine Art Erleichterung, als *er* ihre nahm. Dann war sie erleichtert, als er sie wieder losließ. Und als sie ins Sonnenlicht hinauskamen, überlegte sie, wieso sie nicht mehr fühlte, als es der Fall war, wo ich doch sonst immer zu viel fühle.

»Es ist wirklich vorbei«, sagte sie.

Er sah aus, als versuchte er, sich etwas Entscheidendes einfallen zu lassen, und Marianne hätte sagen können, dass sie keinen Mann lieben konnte, der genauso wenig Glauben an ihren Verstand hatte wie sie selbst, aber auch das war nicht entscheidend – sie wusste nicht, was entscheidend war, sie hatte etwas Neues begonnen.

Am Tag darauf kündigte sie in der Wäscherei und schrieb in das schwarze Buch: Tag eins. An Tag zwei rief sie bei der Erwachsenenbildung an und meldete sich für einen erweiterten Schulabschluss an. Der Tag bekam sogar ein Plus. Und in den folgenden Wochen saß sie mit dreißig anderen reuigen Sündern in ungefähr demselben Alter von halb neun Uhr morgens bis drei Uhr nachmittags in einem modernen Klassenraum und entdeckte, wie einfach diese Fächer waren, wenn sie zuhörte und las, all die Dinge, die in ihrer Schulzeit wie ein undurchdringlicher Nebel gewesen waren, in den letzten schrecklichen Jahren.

Nach drei Wochen ging sie zurück zu Ragnhild in die Wäscherei und bekam einen Aushilfsjob für die hektischsten Nachmittage, sie hatte zu sparen angefangen, sie fuhr nicht mehr Auto und musste Nein zu Greta sagen.

»Das geht leider nicht, mein Schatz.«

Der Magnat tauchte wieder mit seiner monatlichen Ladung Wäsche auf. Marianne suchte in den Lumpen nach Holzstücken und Steinen, und er spielte mit den Kindern, während die Maschinen summten und sie mit einem Mathematikbuch im Schoß auf einem Klappstuhl saß und dachte, dass sie ihn nicht länger beängstigend fand.

Und dann hatte sie zu schreiben angefangen, schrieb lang und umständlich über all das, was geschehen war, als sie aus ihrem Elternhaus ausgezogen war, und nach einer Weile so wahrheitsgetreu, dass ihr bewusst wurde, dass sie es nicht nur für sich selbst tat, sondern für ihre Freundinnen, weil das von jemandem gelesen werden musste, der sie gekannt hatte, damals.

Sie fertigte drei identische Kopien an, mit der Hand, das dauerte eine Woche, und begann über den mysteriösen Schuhkarton nachzudenken, von dem sie sich eingebildet hatte, er enthielte eine ganze Korrespondenz.

Sie nahm den Kellerschlüssel, ging hinunter und öffnete Keller Nr. 6, hob den Karton vom Regalbrett und wog ihn in den Händen, er war leicht und enthielt nur ein paar grelle Servietten und zig Glanzbilder, an die sie vage Erinnerungen hatte – einmal hatte sie auch Barbiepuppen besessen, mit einer Unmenge Kleider, doch die sammelte sie nur, weil es die Freundinnen taten, und gerade fragte sie sich, ob sie wohl immer noch versuchten einander zu ähneln, als ihr Blick auf eine große grüne Flasche auf dem Regalbrett über den Winterreifen fiel.

Sie nahm sie näher in Augenschein. Sie enthielt Geld, Tausendkronenscheine.

Sie legte den Schuhkarton beiseite, trat rückwärts in den Kellerflur und spähte nach links und rechts, es war niemand da. Nur das friedliche Rauschen der Zentralheizung im Hintergrund. Sie ging wieder hinein und kam zu dem Schluss, dass die Flasche Hunderttausende von Kronen enthalten musste, dass sie an der Öffnung versiegelt war, mit rotem Plastik, Lack?

Sie ähnelte einem Spielzeug, einem illusionistischen Trick.

Weshalb rührte sie sie nicht an?

Marianne zog die Tür zu, setzte sich auf die Winterreifen

und begann nachzurechnen – wann war sie hier zuletzt gewesen? Im Frühjahr. Und Trond war – außer ihr – der Einzige, der jemals den Schlüssel für diesen Keller besessen hatte, der Einzige, der dieses Monster von einem Gegenstand genau hier hingelegt haben konnte.

Sie ging wieder hinaus, überprüfte Schloss und Beschläge, fand kein Anzeichen für einen Einbruch. Er war ohne feste Arbeit und festes Einkommen, er betrieb etwas weiter den Flur hinunter ein zweifelhaftes Gewerbe, zusätzlich zu all dem, womit er sich sonst anscheinend beschäftigte. Das musste bedeuten, dass dieses Geld – wenn es überhaupt echt war; sie hob die Flasche an und schüttelte sie und hielt sie gegen das Licht und sah, wie sie sich in ein Aquarium verwandelte – wohl kaum ihm allein gehörte, sondern der Clique, was wiederum bedeuten musste, dass er die Flasche entweder hier *für* die Clique versteckte oder sie unterschlagen hatte.

Das Letzte klang weit hergeholt.

Wirklich?

Du hast ihn geliebt, Marianne, er war dein Engel, aber das ist er nicht länger, anscheinend ist er das auch nie gewesen, und bedeutet nicht die Tatsache, dass er einen unterschlagenen Betrag hier in *deinem* Keller versteckt, einen ganz entschiedenen Missbrauch deines Vertrauens?

Sie begann ihre Überlegung von neuem, immer noch auf diesen Winterreifen sitzend und mit den eigenen Fingern herumfingernd, und die Gedanken wurden nicht klarer, sondern mündeten in dieselbe niederschmetternde Erkenntnis – wenn an diesem Geld nicht irgendetwas faul wäre, hätte er ihr davon erzählt.

Es befand sich hier, weil er wusste, dass *sie* so gut wie nie hier war.

Sie stand auf und ging hinaus und schloss ab und lief in

die Wohnung hinauf, schickte Nina nach Hause und brachte Greta ins Bett, las ihr laut vor, während die Entdeckung ihr weiterhin den Kopf zermürbte – die Tatsache, dass dieses Geld unterschlagen war, bedeutete sie auch, dass derjenige, dem es eventuell gehörte, es abgeschrieben hatte, *so* viel Geld?

Ja, dachte sie schließlich, es waren zwei Monate her, seit sie den Schlüssel zurückbekommen hatte, und wenn es vielleicht auch nicht abgeschrieben war, so deutete dennoch nichts daraufhin, dass der Eigentümer wusste, dass es sich genau *hier* befand.

Sie verzeichnete das als einen vagen Punkt eins.

Es sei denn, es gehörte der Clique und befand sich hier auf Anordnung des Chefs.

Marianne entschied, dass ein wie auch immer gearteter Punkt zwei wohl kaum das Tageslicht erblicken würde – und wieso, verdammt noch mal, konnte sie nicht klar denken?

Sie nahm wieder die Schlüssel, steckte eine Taschenlampe ein und ging hinunter, schloss den Keller auf und richtete den Lichtkegel auf die Flasche. Sie stand da, wo sie stand.

Jetzt mit einer inneren grünen Glut. Aber sie stand mitten auf dem Regal, allein, wie auf einer Ausstellung?

War dies etwa eine Methode, um einen Gegenstand zu *verstecken*? Oder war es eine Methode, um … – sie zögerte – ihn zu *präsentieren*?

Sie riss sich den Pullover herunter und wickelte ihn um die Flasche, zog die Winterreifen ein Stück vor und versteckte das Bündel in der Ecke. Wenn es vorher nicht versteckt gewesen war, so war es das jetzt. Sie fröstelte in der kalten Kellerluft, schaltete die Taschenlampe aus und ging zurück in die Wohnung.

Marianne spürte, dass sie sich einen Selbstbetrug zusammenbraute. Sie spürte ebenfalls, dass dieser Gefahr lief, ein reines Meisterwerk zu werden. Sie überlegte, ob sie sich hinlegen sollte, warf einen Blick auf das erinnerungsbeladene Doppelbett, in dem sie in letzter Zeit täglich wechselnd auf der rechten und der linken Seite geschlafen hatte, verwarf den Gedanken, holte einen neuen Pullover und trat auf den Balkon und zündete sich eine Zigarette an, drückte sie aber gleich wieder aus, als ihr klar wurde, dass sie hier für die ganze Nachbarschaft wie auf dem Präsentierteller stand, und beeilte sich wieder hineinzukommen.

Gab es etwas, das sie aufräumen könnte?

Nein.

Sie nahm wieder die Zigaretten, ging ins Bad, zerbröselte sie über der Toilettenschüssel und starrte auf die Filter, die dort unten wie kleine Fische herumschwammen und nicht verschwinden wollten. Sie wickelte ein paar Blätter von der Toilettenrolle ab, verzog das Gesicht, steckte die Hand hinein und drückte alles zu einem nassen Bündel zusammen, das endlich verschwinden konnte.

Sie wusch sich die Hände, ging in die Küche und erwog, sich eine Zigarette anzuzünden, wurde aber von einer weiteren inneren Unruhe ergriffen.

Sie trat in den Hausflur, lief die Treppen hinunter und klingelte bei Anne-Berit, die nach einer Ewigkeit kam und aufmachte, sie mit schlaftrunkenen Augen ansah und fragte, ob sie wisse, wie spät es sei. Marianne schob sie zur Seite, ging ins Wohnzimmer, setzte sich und wartete, bis die Freundin kam, sich an den Türrahmen lehnte und sie prüfend anblickte.

»Wer hat für unseren Urlaub im Sommer bezahlt? Ich will jetzt eine Antwort.«

»Wie wer?«

»Jetzt tu bloß nicht so.«

Anne-Berit hatte die Arme vor der Brust verschränkt und

machte ein Knackgeräusch mit dem Hals, um sie nicht ansehen zu müssen, vermutete Marianne.

Dann setzte sie sich auf den am weitesten entfernten Stuhl.

»Ich verstehe nicht, was du …«

»War es Trond?«

»Natürlich nicht.«

»Ach, also bitte!«

»Ich hab doch gesagt, das waren meine Bonuspunkte.«

»Ja, klar. Verarschen kann ich mich selbst. Es war doch wohl nicht mein Vater?«

»Soll das ein Witz sein?«

»Findest du?«

»Sitzt er denn nicht?«

»Nein. Und ich kann auf keinen Fall etwas von ihm annehmen. Begreifst du das nicht?«

»Er war es nicht, sage ich. Und jetzt Schluss.«

Anne-Berit war aufgestanden. Marianne:

»Okay, aber ich will deine Kontoauszüge sehen, ansonsten werde ich …«, sie fuchtelte mit den Händen, »… wahnsinnig.«

Anne-Berit schüttelte den Kopf und holte ihren Laptop, loggte sich beim Onlinebanking ein und blinzelte angestrengt auf den Schirm.

»Das ist übers Büro gelaufen. Ich such's dir morgen raus, ja?«

»Lass mal sehen.«

»Traust du mir nicht?«

»Nein, Schatz.«

Marianne ließ den Blick über Mai, Juni, Juli … gleiten, keine größeren Beträge. Sie sah sich selbst in dem großen Verandafenster.

»Ich sollte wohl hochgehen«, sagte sie, »und mich hinlegen, sorry.«

Gott sei Dank, versuchte sie sich selbst zu überzeugen, als sie auf der rechten Bettseite lag, ihrer Seite, und sich mit der Frage abmühte, wieso sie ihn nicht einfach anrufen und fragen könnte – was, zum Teufel, hast du da in meinen Keller gestellt?

Die Antwort war nicht angenehm, sie war unerträglich. Marianne lag da und fühlte sich schlecht, fühlte sich aber deswegen nicht minder unerträglich.

Am nächsten Morgen weckte sie Greta, die auf ihre übliche Weise zehn Minuten morgenmuffelig war, machte Frühstück, Kleider und Ranzen überziehen, und nahm die U-Bahn ins Zentrum, um in die Schule zu gehen.

Doch stattdessen stieg sie an der falschen Haltestelle aus, gesteuert von demselben unerträglichen Gedanken, in dessen Nähe sie sich wieder gewagt hatte, dass diese Flasche dort stand, mitten auf dem untersten Regalbrett in *ihrem* Keller, weil er, Trond, wollte, dass sie sie dort fand – er wollte sie ihr *geben*.

Sie war ein Geschenk.

Von dem schwarzen Engel für sie. Auf jeden Fall hatte die Flasche nichts mit Anne-Berit oder ihrem Vater zu tun. Sie war unbefleckt, so gesehen. Aber als mögliches Geschenk – von ihm, war das nicht ziemlich ausgeklügelt, was bildete er sich ein?

Ihr Diebesgut zu geben?

Sie betrat ein Café und bestellte Kaffee, setzte sich ans Fenster und ließ die Gedanken schweifen – die Wahrheit war, dass sie begonnen hatte, dieses Geld zu verwenden. In Gedanken. Zumindest war sie damit beschäftigt zu überlegen, was es ganz konkret bedeuten könnte. Wie lange sie davon leben könnte, Kleidung, Miete, Reisen, ganz zu schweigen von diesem verdammten Kühlschrank, der auf dem letzten Loch pfiff, plus all die Male, die sie im Laufe des Herbstes Nein zu Greta gesagt hatte, erst vor kurzem zu einem rosa Regenmantel, mit der Folge, dass Anne-Berit zwei identische gekauft hatte, das war peinlich und nur deshalb zu ertragen, weil sie in der Schule Fortschritte machte und sich dann eines Tages zu helfen wüsste …

Eine grüne Flasche voller Geld.

Sie sank noch ein Stückchen weiter in sich zusammen. Und das war nicht schön. Der Keim zu all dem war nämlich da, nur wenige Minuten, nachdem sie die Entdeckung gemacht hatte, nein, in derselben Sekunde! Und danach war es nur schlimmer geworden, und besser – sowohl Erleichterung als die instinktive Gier, endlich diese verfluchte Zwangsjacke abstreifen zu können, die wenig Geld hieß und Geiz, Gereiztheit, Verwünschungen, Einsamkeit bedeutete. Man wird dumm von wenig Geld, ängstlich, klein, eingeschränkt, schwach, wehleidig …

Marianne stellte ruckartig die Tasse ab und verließ das Café.

Und erst spät an diesem Abend hatte sie es geschafft, sich zu einer ungefähren Wahrheit vorzukämpfen: Das Geld befand sich zwecks reiner Aufbewahrung dort, wo es sich befand; es war vorübergehend; während Trond umherlief und auf irgendeine gepfefferte Rechnung wartete, während er nach einem Ort suchte, wo er es investieren könnte, es vergraben könnte, auf klassische Seeräuberart, eine versiegelte Flasche, widerstandsfähig gegen Feuchtigkeit und Fäulnis. Nur Nachlässigkeit oder Eile hatten dazu geführt, dass sie wie ein Ausstellungsobjekt mitten auf dem Regal »platziert« worden war.

Es war eine Investition in die Zukunft, *seine* Zukunft.

Die Flasche war nicht als ein Geschenk für sie gedacht, *sie hatte sie auch gar nicht verdient!*

Marianne ging nicht wieder in den Keller hinunter. Ebensowenig verfolgte sie die Sache mit Anne-Berits Bonuspunkten, auch wenn die Ferien noch immer stanken, sondern vertraute auf den Lauf der Dinge – früher oder später kommt er und verlangt sein Geld zurück, auf jeden Fall soll er warten, bis er schwarz wird, bevor *ich* die Sache anspreche.

Sie übte Vokabeln und Formeln und schrieb Aufsätze über aktuelle Themen, die sie zwar nicht interessierten, die sie aber, nach Ansicht des Lehrers, gut beherrschte. Sie fing an, mit sich zufrieden zu sein. Im Kleinen. Es ähnelte einem Alltagsrausch, ohne Halluzinationen und Kater. Dienstag- und donnerstagnachmittags arbeitete sie in der Wäscherei, und am Samstag. Sie half Nina und Greta bei den Hausaufgaben und überhörte Anne-Berits Genörgel, dass es an der Zeit sei, wieder hinauszukommen – Marianne *war* draußen, in Kontakt mit Lehrern und Mitschülern, hatte eine neue Freundin, der sie mit französischen Vokabeln imponieren konnte, und neben ihr im Klassenraum saß ein filmbegeisterter Mann von 26 Jahren mit Stirnband und kastanienbraunem Haar. Er hieß David und ließ Saiten in ihr erklingen, die an die Zukunft erinnerten. Es kam die Jahreszeit, in der die Winterreifen wieder aufgezogen werden mussten.

Aber sie benutzte das Auto nicht mehr. Sie konnte es sich nicht leisten.

15

Hans Larsen hatte einen großen unförmigen Klumpen im Hals und wollte ihn ausspucken, diesmal war es nicht das Zäpfchen, sondern die Zunge – ein aufgeschwollenes Bündel, das Luft und Leben blockierte. Auch konnte er sich nicht auf die Seite drehen, bevor er den linken Arm freibekommen und die Finger um das Seitenbrett geschlossen hatte und alle Kraftreserven einsetzte. Sie waren nicht groß. Das Gitter zitterte, er wälzte sich herum und atmete schräg ins Bettzeug hinein – er konnte nicht begreifen, wieso er nicht einfach im Schlaf erstickt wurde, von seinen eigenen Körperteilen, es hätte eine so sinnige Einrichtung sein können, dass es dem Leben auch erlaubt wäre vorbei zu sein, wenn es beendet war – all seine missglückten Versuche, sich in den Tod zu schlafen, und die kaputte linke Hand, die ironischerweise noch immer in Funktion war und es ganze vier Mal geschafft hatte, ihn aus dem Bett und hinunter auf den Fußboden zu bekommen, ihn den langen Weg zum Fenster geschleppt hatte, und von dort über den Stuhl auf die Fensterbank – es galt nur noch, die Sicherung aufzukriegen und den Schwerpunkt des Körpers zu verlagern, ein kühle Brise frischer Luft, und er würde dort unten auf dem Beton sterben.

Doch jedes Mal kam das Personal, mit Geschrei und Vorwürfen. Oder er musste selbst das Handtuch werfen und wie ein Schlachtvieh auf dem Fußboden liegen, eine halbe Stunde oder wie lange es nun dauerte, bevor sie kamen und ihn fanden, mit blauen Flecken, die nicht wieder verschwinden wollten, im Gesicht, an den Händen, Knien …

Aber ein freier Fall aus fünfzehn Metern Höhe war eine Sache, etwas ganz anderes war es, die funktionierende Hand Buchstaben schreiben zu sehen, die nicht wiederzuerkennen waren – das hatte er seltsamerweise gesehen, die Hand kritzelte andere Wörter hin als die, die er diktierte, und so wurde also nichts aus der Bitte, dass sie ihn sterben lassen müssten, nicht morgen oder in drei Monaten, Gott bewahre, sondern *jetzt.*

»Sie machen doch Fortschritte, Larsen.«

Keineswegs, verflucht nochmal.

»Ich will Sie wieder auf den Beinen haben, Larsen«, sagte der namhafteste Arzt, das erkannte er an dem grünen Kittel und der kraftvollen Stimme.

Er sagte auch:

»Wir mussten entlasten, Larsen, und Sie haben ein paar Komplikationen, möglicherweise Gedächtnisverlust, Sie können eventuell etwas halluzinieren …«

Diese viel zu laute Stimme, als wäre Larsen nicht nur unwissend, sondern stocktaub.

Mein Leben!, brüllte er.

Aber das führte nur zu weiteren nervigen Diskussionen darüber, wie wichtig Mobilisierung für ihn sei, das hatte er seit seiner Ankunft gehört, dass seine irrwitzige Wut einmal etwas Positives bewirken könnte.

Nachdem Agnes Almlie und dieser Arzt Ralph ihn hier hineinbugsiert hatten, war Larsen ein weiteres Mal vom Schlag getroffen worden – soviel war ihm mittlerweile klar. Sie hatten ihm ein neues Loch in den Schädel gebohrt und ihn mit Medikamenten vollgepumpt. Doch dann wurde er von einem weiteren Blitzschlag getroffen, wie er am Licht bemerkte – er war in eine Karikatur Arthur Almlies verwandelt, in einen knurrenden Sack aus schlaffer Haut, in dem sich ein paar lose Gegenstände befanden sowie etwas dünne Flüssigkeit, die sich um den tiefsten Punkt herum sammelte; wieso stachen sie nicht einfach ein Loch in ihn und ließen ihn auslaufen?

Seitdem hatte er sie nicht mehr gesehen.

Er wollte sie ja auch nicht sehen. Doch, aber er wollte nicht, dass *sie* ihn sah, also weshalb kam sie nicht und spionierte ihm nach? Nein, es war ja umgekehrt – habe ich angefangen zu denken?, dachte er.

Kann ich zählen?

Es war dieser Arzt in grüner Tracht, das erste Bild. Dann der Physiotherapeut, den er seitdem nicht mehr gesehen hatte, die Logopädin mit den furchteinflößenden Tafeln und nicht zuletzt die beiden Krankenschwestern, die er auseinanderhalten konnte – Gunnhild, die groß und aufmunternd war, Mitte fünfzig und nach gar nichts roch, wenn sie ihn versorgte und die mächtigen Brüste in sein Gesicht drückte, wozu das wohl gut sein sollte, es war kein bisschen Mann in ihm übrig geblieben, er hatte sie sogar durch den weißen Stoff hindurch gebissen, da sagte sie nur:

»Sieh mal einer an, Larsen, da ist ja doch noch Leben in Ihnen.«

Die andere war klein und niedlich und roch ebenfalls nicht und hatte einen ausländischen Namen, den Larsen nicht verstand, aber er nannte sie Isis, nach einem Schiff – sie war diejenige, die sich um seinen Katheter kümmerte, die wie ein Klempner mit Schläuchen und Beuteln sowie Larsens kaltem Fisch von einem Glied hantierte, das noch vor kurzer Zeit in den warmen Händen von Agnes Almlie so fest und schön gewesen war. Es half nicht einmal zu denken, dass es einen göttlichen Sinn in all dem gab, dass er hier lag und endlich zum Gegenstand eines gerechten Resümees über das beschissene Leben wurde, das er gelebt hatte. Was für ein Schicksal, dachte er, der zu sein, der man am wenigsten sein möchte, und noch dazu daran nicht sterben zu dürfen – *das* ist die Strafe, dachte er und schlief ein. Auf der Seite.

Schlaf, Wachzustand.

Sie rollten Larsen in ein weiteres Licht und fuhren ihn in einen schweren Eisentunnel, verschiedene Schlösser rasteten lautstark ein, metallisches Summen, Stille, noch mehr Summen und wieder hinaus zu dem Geräusch triumphierender Stimmen, zu Bildern, die sie ihm vor die Nase hielten, ein menschliches Gehirn, bestehend aus winzigkleinen farbigen Quadraten, blau, gelb, orange, indigo … ein kompletter Regenbogen, Larsens kryptische Gedankengänge in einer grafischen Auflösung von eins zu zehn Millionen – machte er etwa keine Fortschritte?

»Sie haben ja schon so einiges durchgestanden, Larsen.«

Zwei Polizisten standen in seinem Zimmer. In Zivil. Doch Larsen hatte keine Probleme, sie zu durchschauen, er glaubte sogar, einen von ihnen wiederzuerkennen, einen Mann in den Vierzigern, mit schwarzen, zurückgekämmten Haaren, Boxernase und breitem, lippenlosen Mund, der ein eigentümliches Knurren ausstieß.

»Also, Larsen, du hast es also wieder mal geschafft, dich durchzumogeln.«

Wie bitte?, meinte Larsen.

Sie sprachen von Fingerabdrücken, die sich angeblich auf einem Glas und ein paar zerbrochenen Tassen befinden sollten, mit denen er in Berührung gewesen war. Larsen habe auch vergessen, ein Fenster zu schließen, behaupteten sie, falls es nicht genau seine Absicht gewesen sei, es offen stehen zu lassen.

Das ist das falsche Fenster, rief er.

»Wie?«, brüllte der andere Polizist in seine untauglichen Gedankengänge hinein und blickte mit schräg gelegtem Kopf auf Larsen hinunter, um anzudeuten, dass er das eben Gesagte nicht verstanden habe, darüber hinaus setzte er ein höhnisches Grinsen auf, und Larsen begriff, dass sie ihn verspotteten, sein malträtierter Körper auf dem Paradebett.

Jetzt muss Agnes kommen – auch das würde er schaffen.

Dass *sie* ihn sah, war trotz allem der Preis dafür, dass er *sie* sehen könnte.

Der Preis war himmelhoch.

Tu es nicht, sagte er. Komm nicht.

Er hob die Hand.

Der Knurrer stand mit verschränkten Armen vor der Tür, der andere saß auf dem Stuhl am Fenster, an der Leiter zum Herbst, zu Tod und Freiheit, so als wollte er ihm den Weg versperren, mit übereinandergeschlagenen Knien und Bügelfalte, und Larsens Hand gelang eine winkende Bewegung, der Blödmann stand auf und kam näher, forschend, und Larsen konnte den letzten Rest an Speichel abfeuern und sah, wie sich das verdutzte Gesicht in Abscheu abwandte. Er hievte sich herum, bekam die Schnur zwischen die Zähne und rupfte daran, bis die rote Lampe über dem Kopfgitter aufleuchtete – sie kamen gerade rechtzeitig.

»Was tust du da, Mann?«

Der Polizist wischte sich mit einer Hand den Speichel aus dem Gesicht und sah aus, als hätte er vor, mit der anderen nach Larsen auszuholen.

»Dieses Schwein«, hörte er und sah, wie Gunnhilds Brüste vor Aufregung und Empörung auf- und abwogten.

»Ich hab doch gesagt, dass es keinen Zweck hat. Verschwinden Sie jetzt.«

»Die bewirken hier Wunder, Larsen«, sagte der Knurrer. »Wir kommen zurück, hörst du, sobald es dir besser geht.«

Larsen füllte die Lunge und stieß diese kehligen Laute aus, die nicht einmal das Personal ertragen konnte, trieb sie in ungeahnte Höhen und warf sich hin und her, bis er den Stich in den Arm spürte und kurz danach die befreiende Wärme – im Morphiumrausch hatte er Agnes Almlie kennengelernt, dort war sie in ihm entstanden, als Idee und als Mensch, um nie wieder zu verschwinden, ein kaltes Feuer in Armen und Beinen, Perlen, die durch ein Glasröhrchen kullern und sich auf glänzende Fliesen ergießen …

Isis steckte ein Saugröhrchen zwischen seine trockenen Lippen.

»Das ist Himbeere. Zwinkern Sie, wenn Sie den Geschmack spüren.«

Larsen saugte und spürte kühle Flüssigkeit beim Schlucken. Aber er blinzelte nicht. Er lächelte. Er hatte begonnen, Isis zu mögen. Ja, Gunnhild auch, es gab etwas Herzensgutes und Tröstliches an Gunnhild, sie hätte seine Mutter sein können, eine lebensspendende Kraft.

Und Isis?

Isis hielt seine intakte Hand, er spürte, dass sie ihm kommunizieren wollte, er möge zwei oder drei Mal zudrücken, wenn sie etwas sagte, Morsezeichen? Aber Larsen hatte nur gelernt zuzudrücken, wenn er etwas vermisste, und wollte gern, dass sie ihm das Leben nahmen, und dann überlegte er, wie er wohl aussah, wenn er lächelte.

Himbeere?

Nein, er schmeckte nicht den geringsten Mist.

Auf Larsens Fensterbrett lagen ein paar Zentimeter Schnee. Er sah zu, wie er langsam in sich zusammenfiel, sah ein paar Tropfen an der Scheibe, der Wind trieb sie umher wie von der Corioliskraft bewegte Meeresströmungen – Larsen verspürte Schwindel, als er plötzlich entdeckte, dass ihn jemand ansah – er wollte den Kopf drehen, und der Fremde tat das Seinige, indem er sich vor Larsen stellte, es war Frank.

In der Armbeuge die Yuccapalme, wie ein neugeborenes Kind, in Zeitungspapier. Über ein paar zerknüllten Anzeigen konnte Larsen die scharfen Blätter sehen, gekrönt von Franks dümmlichem Grinsen. Er riss das Papier langsam ab, fand allerdings keinen Ort, wo er die Pflanze hinstellen oder das Papier ablegen konnte, entschied sich schließlich für die Fensterbank, was die Pflanze betraf, und begnügte sich damit, das Papier in Larsens Schrank zu stopfen.

»In Ordnung, wenn ich rauche?«, sagte er und zündete sich eine Zigarette an.

»Pfui Teufel, wie du aussiehst.«

Er setzte sich ans Fenster, stellte es auf Kippe und erzählte, dass Salonen die Bude verkauft habe und auf dem Weg nach Finnland sei, um in seiner Heimatstadt ein Haus zu bauen, und Frank habe keine Beschäftigung mehr, er habe angefangen Spaziergänge zu machen, an einem simplen Vormittag könne er den ganzen Weg ins Zentrum und wieder zurück laufen, neben dem Bus, wenn Larsen verstünde, was er meinte, und zeigte ihm auch die neuen Schuhe, die er sich zugelegt hatte, bevor er feststellte, dass Larsen wohl ein für allemal fertig sei, was, jetzt war doch wohl Schluss?

Larsen nickte.

Doch er hatte die Nasenlöcher eingesetzt und war ein Tier mit vibrierenden Atmungsorganen – wollte herausfinden, ob er etwas riechen konnte. Aber Frank schien nicht zu verstehen, was er da trieb, saß nur da und blies Rauch aus dem Fenster, bevor er schließlich die Kippe hinterherschnipste, sofort eine neue anzündete und Larsen durch den Qualm beobachtete und sagte:

»Nein, das hat wohl keinen Sinn, hierzubleiben.«

Und ging.

Larsen wollte ihn zurückhalten und das lebenswichtige Experiment mit den Gerüchen durchführen, aber das Ergebnis erübrigte sich, als Gunnhild hereinkam.

»Um Himmel willen, was für ein Gestank!«

Sie öffnete das Fenster und fuchtelte mit den Händen, um zu demonstrieren, wie schlimm es für Larsen sein musste, der sich nach nichts anderem sehnte, als den widerlichen Geruch des Tabaks wahrzunehmen.

Er versuchte an der einen Hand abzuzählen, wie oft er in seinem Leben geweint hatte. Nicht ein einziges Mal, wie er feststellte. Aber das Leben bestand ja auch aus diesem letzten Jahr – Larsen war zu einer Heulsuse geworden, dachte er, als Gunnhild seine Pflanze goss.

»Die war ja furchtbar trocken«, sagte sie und schien zu überlegen, ob sie sie auf der Fensterbank stehen lassen oder auf Larsens Nachttisch stellen sollte.

Die braucht auch nicht viel, meinte Larsen, und sie kam zu ihm und wischte sein Gesicht mit einer Serviette ab, während sie ein paar gesegnete Sätze des Trosts murmelte, von denen er glücklicherweise nicht ein Wort mitbekam.

16

Marianne büffelte für ihr erstes Teilexamen, als das Telefon klingelte. Sie hatte nicht die Absicht, ranzugehen. Niemand rief an einem Sonntag um zwei Uhr nachmittags an. Falls es nicht der filmbegeisterte Mitschüler war, der angefangen hatte, sein Interesse an ihr zu signalisieren, gleichwohl auf ziemlich wortreiche Art und Weise, er war redefreudig – das Klingeln hörte auf und begann erneut.

»Ich bin es«, sagte eine Frauenstimme. »Agnes Almlie.«

»Äh, ja?«, sagte Marianne und nahm den Hörer in die andere Hand.

»Es geht um Ihren Vater.«

»Ja, bitte.«

»Er ist krank.«

»Das ist er immer gewesen.«

»Das ist jetzt nicht meine Erfahrung. Ich glaube, wir sollten uns unterhalten.«

»Das glaube ich nicht.«

»Oh doch, meine Liebe, das sollten Sie.«

Marianne schrieb gehorsam Namen und Adresse auf, mit einer gewissen Erleichterung darüber, dass sie so ohne weiteres einem Kommando gefolgt war.

»Was fehlt ihm denn?«

»Darüber können wir morgen sprechen.«

Sie legte auf und ging in die Küche, sah auf den Kalender – seit der Trennung von Trond waren zwei Monate vergangen.

Jetzt ahnte sie dunkel, dass es etwas mit der Sache zu tun hatte oder dass es eine Bedeutung für das haben könnte, was sie tun würde – sie hatte seine übrigen Sachen zusammengepackt und die Zahnbürste aus dem Badezimmer entfernt. Ein Bild von ihm und JonaX und ihr hing immer noch im Flur.

Marianne hatte das Gefühl, an den falschen Ort gelangt zu sein, als sie in die Einfahrt fuhr. Sie überprüfte die Hausnummer und den Namen am Briefkasten, blickte umher, erleichtert darüber, dass sie Greta nicht mitgenommen hatte, es war erstaunlich warm für die Jahreszeit und kein Mensch weit und breit.

Sie stieg die breiten Steinstufen hinauf, drückte auf eine Klingel und hörte ein fernes Läuten. Sie klingelte noch einmal, hörte mehr ferne Geräusche und wollte schon den Rückzug antreten, als ihr klar wurde, dass es keinen Rückweg gab.

Sie schlich über die Schieferplatten um das Haus, im Garten hoben sich blassgrüner Flieder, blutroter Efeu und goldbraune Birke von dem knallgrünen Gras ab, das viel zu lang war. Auf einer Bank vor einer moosbewachsenen Mauer saß eine einsame Gestalt.

Marianne zählte ihre Schritte und stellte sich neben sie, eine ältere Frau, die eine Decke über den Knien liegen hatte und langsam den Kopf herumdrehte und ihr ohne Anzeichen eines Lächelns die Hand reichte.

»Da sind Sie ja. Möchten Sie sich setzen?«

Marianne setzte sich. Sie blickten in verschiedene Richtungen, während Agnes Almlie mit eintöniger Stimme erzählte, dass Mariannes Vater hier ein Jahr gewohnt, jedoch einen Schlaganfall erlitten habe und sich derzeit im Krankenhaus befinde, mit dem Leben hinter sich – wenn ich mich so kategorisch ausdrücken darf.

Es folgte etwas über den Verlust eines Ehemanns, unter Umständen, die Marianne nicht mitbekam, während sie ihr Gesicht studierte, das sie schon früher gesehen hatte, draußen vor der Wäscherei und vielleicht auch an einem anderen Ort, eine hübsche Frau, die anscheinend auch immer hübsch gewesen war, und es auch wusste, und irgendetwas verriet Marianne, dass sie sich gut vorbereitet hatte, die langen, wohlformulierten Sätze, auf die es keine Antwort gab, und sie sagte nichts, bevor sie aufgefordert wurde, ihren Vater zu besuchen – es sei sowohl für ihn als für sie wichtig, dass sie zu einer Art Versöhnung kämen, das würde ihr Leben vereinfachen, Agnes Almlie sagte sogar:

»Glauben Sie mir, ich weiß, wovon ich rede.«

»Glauben Sie mir, das wissen Sie nicht«, sagte Marianne.

Agnes Almlie drehte sich um und sah sie an, und jetzt war die Stimme nicht mehr eintönig.

»Ich habe mein ganzes Leben vergeudet«, sagte sie. »Sie sollten das nicht auch tun.«

»So.«

»Ja, so.«

»Weshalb machen Sie sich Gedanken?«

»Um seinetwillen.«

»Ach, nicht wegen mir?«

»Sie kommen schon zurecht, ich denke an ihn.«

»Der bald sterben wird?«

»Sieht so aus, ja.«

Marianne holte Luft und wartete auf einen neuen Anfang.

»Wie geht es ihm?«, fragte sie. Doch Agnes Almlie schien das Gespräch beendet zu haben und verschränkte die Arme, presste die Decke an den Körper und blickte geradeaus.

»Ich weiß nicht«, kam es dennoch. »Ich schaffe es nicht, ihn zu besuchen.«

»So«, sagte Marianne wieder und musste aufstehen und jetzt ebenfalls die Arme vor der Brust verschränken; sie stapfte ein paar Mal in dem langen Gras umher, den Blick auf das Haus gerichtet – eine breite, veredelte Burg in schläfriger Umarmung der Natur, ein Museum, und nichts an alledem stimmte.

»Wie sind Sie bloß darauf gekommen, ihn hier aufzunehmen?«, fragte sie.

Agnes Almlie sagte:

»Ich war mein ganzes Leben mit dem falschen Mann zusammen. Als er starb, versuchte ich mich an etwas zu erinnern, das wir gemeinsam hatten, das mir Stärke geben könnte. Ich fand nichts, nur Lügen.«

»Und was hat das mit meinem Vater zu tun?«

»Das kann ich nicht sagen.«

»Wieso nicht?«

»Ich *kann* nicht.«

»Aber hatten Sie denn keine Angst vor ihm?«

Agnes Almlie dachte nach und sagte:

»Ich wusste ja, was für ein Leben er geführt hatte. Doch drei Wochen lang habe ich jeden Tag mit ihm gesprochen, er lag mit meinem Mann zusammen im Krankenhaus, und er war ganz einfach nicht so, er war ein …«

Sie wirkte angestrengt. »… schneidiger Mann, er war all das, was mein Mann nicht gewesen ist.«

»Das hätte meine Mutter hören sollen.«

»Ihre Mutter, ja«, kam es nachdenklich.

»Warum sagen Sie das?«

»Was?«

»›Ihre Mutter, ja‹, auf diese Weise?«

»Das wollen Sie doch bestimmt nicht hören?«

Marianne dachte, dass sie damit recht hätte, wurde sich aber wieder all dessen bewusst, was nicht stimmte, das Unbehagen an dieser Frau, die so wirkte, als stünde ihr die Tragödie gut zu Gesicht, ihr beeindruckendes Haus, sogar die Schatten, die sich wie schwarze Finger über die Schieferplatten reckten.

»Sie haben Ihre Tochter nicht mitgebracht«, sagte sie plötzlich.

»Nein, ich hatte kurz daran gedacht, aber …«

»Wie schade, ich hätte sie gerne wiedergesehen.«

»Dann *haben* Sie sie also gesehen?«

»Ich habe sowohl Sie als Ihre Tochter gesehen. Und von nahem betrachtet, sind Sie sogar noch schöner, junge Frau. Und Greta wird eines Tages …«

»Sie kennen sogar ihren Namen?«

»Ich habe sie selbst danach gefragt, direkt vor Ihren Augen.«

»Diese Ferientour?«

»Ja.«

»War mein Vater es?«

»Nein, nein, er ist viel zu stolz, das wissen Sie doch, ich habe das in aller Heimlichkeit arrangiert, mit dieser Freundin von Ihnen.«

»Und draußen vor der Wäscherei, war *er* das auch nicht?«

»Sind Sie verrückt? Er wusste selbstverständlich nicht, dass ich da war.«

»Aber wieso?«

»Was wieso?«

»*Warum haben Sie das getan?*«

Ihre Stimme blieb wie ein feuchtes Kleidungsstück in der kühlen Luft hängen, und Agnes Almlie wirkte, als spiele sie mit dem Gedanken, eine endgültige Wahrheit auszusprechen. Stattdessen kniff sie die Lippen wieder fest zusammen, und Marianne verspürte keine Erleichterung mehr darüber, dass ihr Vater nichts mit ihr zu tun haben wollte, sondern nur eine quälende Enttäuschung, und Agnes Almlie sagte:

»Er hatte jemand anderen, der Sie im Auge behielt, einen Obdachlosen, soweit ich weiß. Ich glaube auch, dass er Ihre Tochter ein paar Mal gesehen hat.«

Marianne schluckte und sagte:

»Und ich, hat er mich gesehen?«

»Das weiß ich nicht.«

Sie schluckte wieder, erhob sich und trat hinter einen Busch, ging in die Hocke und ballte die Fäuste zwischen den Knien, spürte jede Faser im Körper erzittern und dachte, ich kann sein, wer ich will, ich kann wer auch immer sein, aber hierher hätte ich niemals kommen dürfen.

Sie richtete sich auf, ging zurück zu der Frau – die sie verwundert anblickte – und fragte mit einer ihr bisher unbekannten Stimme:

»Möchten Sie mir das Haus zeigen?«

Agnes Almlie führte sie von einem Zimmer ihres mondänen Zuhauses in das nächste, wie auf einer Besichtigung, nicht nur, was die Wohnräume betraf, sondern auch die Gemälde und Möbel, die Teppiche, und sagte, dass sie alles verkaufen und in ihr Elternhaus zurückziehen wolle – hier gebe es zu viele Erinnerungen, nichts anderes, das da zum Beispiel sehe aus wie ein Flügel …

»Was hat er hier getan?«, fragte Marianne.

»Wenn ich irgendwas woanders hingestellt habe, stellte er es zurück, wenn er dachte, ich sähe es nicht. Er reparierte Sachen, hier drinnen, im Garten.«

»Wo … hat er geschlafen?«

Agnes Almlie überlegte und führte ihren Gast in einen Teil des Hauses, der offenbar noch weniger benutzt wurde und wo in allen Ecken und Winkeln dieselbe peinliche Ordnung herrschte, hinein in ein Schlafzimmer mit einem großen Bett, das so aussah, als befände es sich in einem historischen Museum und wartete darauf, von der einzigen Besucherin in der ganzen Welt beglotzt zu werden, die verstand, worum es sich handelte – nirgendwo gab es eine Spur ihres Vaters, seiner Person, seinem Wesen, es war abwesend, falls es hier irgendwann überhaupt einmal gewesen war.

»Das ist er nicht«, murmelte sie.

»Was meinen Sie?«

»Das ist *er* nicht!«

»Sie meinen, dass das hier nicht mit Ihrer Vorstellung von ihm übereinstimmt?«

Marianne sagte:

»Es stimmt ganz einfach nicht, ich *weiß*, wer er ist.«

Sie drehte sich um und ging wieder hinaus. Sie standen im Flur, Agnes Almlie jetzt noch jünger in der gedämpften Beleuchtung, wie geschaffen für sie, eine Diva, die etwas zu verbergen hatte.

»Wissen Sie was?«, sagte sie plötzlich. »Ich denke, wir sollten jetzt, verdammt noch mal, eine Tasse Kaffee trinken, wie? Denn das ist doch wohl eine Sprache, die Sie verstehen, junge Frau – Flüche?«

Marianne runzelte die Stirn und starrte sie fragend an.

»Vermissen Sie irgendwas?«, fragte sie.

»Seine Hände«, sagte Agnes, ohne nachzudenken, und Marianne war wieder gelähmt.

»Vermissen Sie etwas im *Haus*?«, rief sie mit ihrer neuen Stimme.

»Was wollen Sie damit unterstellen?«

»Hatte er Geld?«

»Ich verstehe nicht …«

»Wovon lebte er denn?«

»Er hatte eine Mindestrente, wenn Sie das meinen.«

»Haben *Sie* noch mehr für mich ausgegeben als diese Ferienreise?«

»Wo denken Sie hin, Teuerste? Natürlich nicht.«

Marianne hörte endlich etwas, das sie glauben konnte, und drehte sich zu einem Ölgemälde, das eine norwegische Sennhütte, eine Sennerin und ein paar spielende Kinder unter einem blauen Himmel zeigte.

»Eins ist auf jeden Fall sicher«, murmelte sie. »Sie werden hier niemals wegziehen.«

»Was meinen Sie?«

»Ich weiß nicht«, sagte Marianne.

In der darauffolgenden Woche legte sie ihr erstes Examen ab, war dienstags und donnerstags in der Wäscherei und nutzte die Zeit, um über den Besuch bei Agnes Almlie nachzudenken, die immer rätselhafter wurde – die immer dringlicher werdende Frage, weshalb Agnes ihren Vater dort aufgenommen hatte, auf diesem Fleckchen Erde, wo er am schlechtesten hineinpasste; als Versteck betrachtet vielleicht ein Geniestreich, aber menschlich gesehen?

Liebe?

Auf den ersten Blick, sozusagen?

Und was hatte Agnes mit dieser Bemerkung über ihre Mutter gemeint?

Marianne faltete Bettwäsche für das Altersheim und Tischdecken und Uniformen für das China-Restaurant zusammen, formte daraus Stapel, die in die blauen Kästen passten, welche wie geschmierte Schubladen in die hohen Karren glitten, die sie genau um halb sechs in den Fahrstuhl rollen sollte, so dass sie nach Hause gehen und Fischstäbchen braten könnte, als sie plötzlich eine Gestalt gewahr wurde, die unbemerkt hereingekommen war und sich eine Zigarette anzündete, ein magerer Mann in den Sechzigern, in beiger Windjacke, grauer, anonymer Hose mit schwarzen Fahrradklammern und neuen Joggingschuhen. Er sagte, er heiße Frank und komme von ihrem Vater.

»Ja, bitte«, sagte Marianne abwartend, während er den Rauch in verschiedene Richtungen blies und ohne weiteres sagte:

»Er bereut.«

»Ach ja, was denn?«

»Er kann nicht sprechen.«

»Und woher wissen Sie's dann?«

»Man sieht's ihm an.«

Marianne schloss die Augen und machte sie wieder auf.

»Okay, und wie sieht er aus?«

»Ganz grauenhaft, um ehrlich zu sein.«

Marianne:

»Möchten Sie sich setzen?«

»Nee, ich steh gerne.«

Pause.

»Und Sie sind gekommen, um mir zu erzählen, dass mein Vater bereut?«

»Jepp.«

»Aber Sie ahnen nicht, was?«

»Das meiste, vermutlich. Er war ja ein Scheißkerl.«

Er blickte sich nach einem Aschenbecher um.

»Können Sie laufen?«, fragte Marianne.

»Was mein' Sie?«

»Sind Sie gut zu Fuß?«

»Natürlich, ich lauf 'n ganzen Tag rum.«

»Dann finden Sie einen Aschenbecher dahinten auf dem Regal.«

Frank schien zu lächeln.

»Das hab ich mir gedacht.«

Er nahm einen letzten Zug, zerdrückte die Zigarette zwischen den Fingern und sagte: »Nee, das war ja schon alles, was ich sagen wollte.«

Drehte sich um und ging.

Marianne richtete den Blick auf die Digitaluhr über der Tür – 16:42. Am selben Abend trug sie dieselbe Ziffer in das schwarze Buch ein. Es kamen jetzt langsam immer mehr hinzu, nackte, unkommentierte Daten und Uhrzeiten, Markierungssteine auf dem Weg in ein unbekanntes Territorium – für den Fall, dass sie wieder den Weg hinaus finden musste?

Als Greta eingeschlafen war, ging sie in den Keller hinunter, öffnete den Verschlag und registrierte mit einem erleichterten Seufzer, dass sich die Flasche noch immer hinter den Autoreifen befand, wickelte sie aus dem Pullover und hielt sie gegen das Licht – sie hatte jeden Tag an sie gedacht, jede Stunde, es beruhigte sie, an die Flasche zu denken, in Kombination mit einem fetten Bankkonto, der Gewissheit, dass sich hier unten ein Vermögen befand, auf das sie zurückgreifen könnte, wenn alles andere schiefgehen sollte.

Mit jedem neuen Tag wurde es mehr und mehr zu ihrem Eigentum – gleichwohl war es ein Schock, das Geld wiederzusehen – es verursachte ihr eisiges Schaudern, wie ein Gesicht, das an ein Fenster gedrückt wurde, es ähnelte nichts anderem – deformierte Scheine auf der anderen Seite einer gekrümmten Scheibe, erschreckend einzigartig wie ein Raumschiff, jeder Verbindung mit der Welt entrissen, eine eigene, abgerundete Ganzheit, abgeschlossen, vollkommen.

Sie hatte sich rein *gedanklich* an die Flasche gewöhnt. Als konkreter Gegenstand war und blieb sie unmöglich. Die Frage war, ob sie eines Tages dazu in der Lage sein würde, die Flasche zu zerschlagen und die Scheine zu zählen, und das ganze Mysterium in etwas so wunderbar Prosaisches zu verwandeln wie Lebensmittel, Kleidung, eine neue Frisur, einen Kühlschrank …

Das war unmöglich.

Sie ging wieder hinauf und notierte eine weitere Uhrzeit, um den Zeitpunkt ihres Entschlusses festzuhalten, kramte das alte Babyfon hervor, legte das Sendegerät in Gretas Zimmer, lief mit dem Empfänger und einer Flasche Wein hinunter zu Anne-Berit und erzählte ihr alles, auch über ihren Entschluss, aber nichts über die Flasche, genau wie sie Anne-Berit niemals mit der Wahrheit über die Ferientour konfrontieren würde, die war zu einer Ressource geworden.

»Wir müssen ein Outfit ausprobieren«, sagte Anne-Berit aufgeregt.

»Outfit?«

»Ja, wie üblich hast du die Wahl, dich entweder dumm zu fühlen oder sicher.«

Marianne ging wieder hinauf und schlief unruhig, stand auf, als der Wecker klingelte, schickte Greta in die Schule, rief Agnes Almlie an und erfuhr, in welchem Krankenhaus ihr Vater lag.

Sie wählte elegante Kleidung, ging hinunter und setzte sich in den Volvo, der fast nicht mehr benutzt wurde, und fuhr auf Sommerreifen ihrer Bestimmung entgegen, während sie Musik und Anne-Berits Ermahnungen hörte – oder waren es ihre eigenen? – was immer du auch vorhast, wenn er jetzt da liegt und sterben wird, dann tu nichts, was du bereuen könntest, denn das wirst du dann den Rest deines Lebens bereuen, und du hast schon genug bereut, du tust nichts anderes.

17

Hans Larsen entdeckte – etwas widerwillig –, dass er begonnen hatte, in etwas helleren Bahnen zu denken. Zum Beispiel wunderte er sich, wie glänzend und frisch geputzt alles um ihn herum war, besonders in diesem blauen Licht der Nacht, das Bettgitter, der Stuhl, die Schrankbeschläge, die Uhr, die seinen Herzrhythmus maß – alles wirkte wie frisch aus der Fabrik gekommen.

Und ständig überlegte er, wie spät es war, so als hätte er eine wichtige Verabredung. Er sah wieder seinen Vater vor sich, der Eisen- und Metallarbeiter in verblichener Unterwäsche am Küchentisch, mit Tätowierungen, die sich wie erstarrte Adern an den mächtigen Armen hinaufwanden.

Vor allen Dingen konzentrierte er sich auf die aufgeweichten Brotscheiben, die Isis und Gunnhild während der Mahlzeiten, die nicht Mittagessen, sondern anscheinend Frühstück und Abendessen hießen, in ihn hineinschoben, Leberpastete und irgendeine rostrote süße Pampe, die ihm vage bekannt vorkam. Aber es dauerte lange – Tage –, bevor er begriff, was es bedeutete, dass ihm etwas bekannt vorgekommen war, Hagebuttenmarmelade, *er konnte etwas schmecken!*

Das erheiterte ihn dermaßen, dass er überlegte, die Schnur zwischen die Zähne zu nehmen und einen Zeugen für dieses Wunder herbeizurufen, Hans Larsen, der einen seiner verlorenen Sinne wiedergewonnen hatte.

Er ließ es bleiben.

Das musste verdaut werden – er lag doch hier und wollte sterben. Und irgendeine Hoffnung auf Genesung gab es natürlich nicht, nicht einmal im Vokabular des grüngekleideten Arztes – Larsen wusste inzwischen, wie er hieß, Breck-Hansen, 46 Jahre, geboren am siebten Mai, hatte er auf einem Schild gelesen und dann in Erinnerung behalten, auch dies ein Anzeichen für »Besserung«, auf die er seine Umgebung aufmerksam zu machen verzichtet hatte.

Sogar Isis und Gunnhild wussten nichts von alledem, dass Larsen hier auf dem Totenbett lag und Geheimnisse hatte – Geheimnisse sind eben die Voraussetzung für weitaus mehr, in erster Linie ein Privatleben, das ihm in all diesen Monaten völlig gefehlt hatte, sie konnten veredelt werden und sich zu etwas Entscheidendem entwickeln, wenn er seine Karten nur mit Bedacht ausspielte.

Aber sollte er anfangen, sie zu belügen, so zu tun, als könnte er Isis nicht morsen, dass er aufs Klo musste, wenn sie neben ihm saß und seine Hand hielt und ihn mit vertrauensvollen Augen ansah?

Das würde nicht leicht werden. Larsen hatte Isis gern.

Und wozu sollte er seine neuen Kräfte benutzen?

Um erneut aus dem Bett zu kriechen und endlich die Reise aus dem Fenster anzutreten? Und um dort hinzukommen – in aller Heimlichkeit eine Art Training zu absolvieren?

Larsen krümmte die vorhandenen Zehen, hob sein Knie, das Bein, wälzte sich von einer Seite auf die andere, zwei Sätze à fünfzehn Einheiten zwischen den Mahlzeiten, er wusste die Uhrzeit, er hob und senkte den Kopf, bearbeitete mit der intakten Hand einen Körperteil nach dem anderen mit Schlägen.

Es begann ihm sogar Spaß zu machen. Eine kryptische Form der Wahlfreiheit war entstanden: Beispielsweise lag er –

nach einer geglückten Trainingsrunde – da und freute sich, dass er *noch* nicht stark genug war, um die letzten Schritte zu gehen, denn noch immer war Leben in ihm, und so hob er wieder das linke Knie an, acht, neun, zehn … während sich sein regenbogenfarbenes Hirn mit Agnes Almlie beschäftigte, ohne die geringste Bitterkeit – wer, zum Teufel, wollte schon einen toten Mann besuchen, den sie obendrein vielleicht noch ein paar kurze Sommerwochen geliebt hatte? Die ganze Sache musste von *ihrer* Seite aus betrachtet werden, der lebendigen Seite.

Dann konnte er auch Arthur Almlies Perspektive sehen, der arme Kerl hatte seine letzten fünfzehn Jahre gelebt, ohne seine Frau berühren zu dürfen, der Konvention halber hatten sie in einem entwürdigenden Stellungskrieg verharrt und auf den nächsten Schlaganfall gewartet.

Oder auf Hans Larsen?

Es war ihm niemals klar geworden, wieso sie ihn im Haus behalten hatten – einen Monat nach dem anderen, die Eheleute sowohl ihn als einander verstohlen beobachtend, eine Art Countdown bis zu dem kritischen Punkt, an dem einer von ihnen nicht mehr konnte. Larsen abwartend und unschlüssig, doch ohne die Kontrolle zu verlieren – ja, er hatte es geschafft, sich ruhig zu verhalten, sowohl was das Ehepaar als was die Tochter anging – sein letzter und entscheidender Plan war kurz gesagt ein Erfolg gewesen, dachte er plötzlich aufgeregt und machte fünfzehn weitere Knieübungen, schlug die Faust auf Bauch und Brust, ohne etwas zu spüren – es lässt sich viel über den Tod sagen, aber ein Anlass zu großartigen Betrügereien ist er nicht.

Ich schwitze, dachte er unter dem hauchdünnen Laken, jetzt ist es kurz davor, und erst glaubte er, es müsste sich um seine Frau handeln, die Augen und die lächelnden japanischen Halbmonde um den Mund – sie stand da, wo Frank gestanden hatte, eine junge hübsche Frau in elegantem grauem Kostüm und dunklem Mantel, aus dem sie sich zeitraubend und umständlich herauswickelte und ihn danach auf das Bett legte, so dass er ihn auf den Füßen spürte, der kühle, sie umgebende Luftzug, Parfüm und Winter, und das schwarze Haar, das auf diese gepflegte Art und Weise ungebändigt war, wie er es bei so vielen jungen Frauen gesehen hatte.

Sie stand jetzt etwas weiter links, und Larsen dachte, sie sei verschwunden. Doch dann tauchte sie wieder vor dem Fenster auf, so dass er ihre Züge nicht erkennen konnte; sie hatte ihm wohl den Rücken zugewandt?

Aber dann zog sie den Stuhl über den Boden, mit einem Geräusch, das ihn schaudern ließ, und setzte sich und starrte ihn mit diesen vertrauten Augen an, nahm seine Hand, wie eine zweite Isis – sie konnte nur die Sprache nicht.

Doch Larsen drückte im passenden Rhythmus und wollte lächeln, eine Hand, die da draußen im anbrechenden Winter gewesen war und nun von den Morsezeichen Hans Larsens gewärmt wurde – sie wurden besser und besser, das wusste er, diese neue Sprache, auch wenn die Botschaft nur einigermaßen herüberkam.

Er stellte sich vor, dass sie weinte, und wollte sie trösten, etwas, das er nie besonders gut gekonnt hatte – er sagte nur ›soso‹, es erstaunte ihn überhaupt, dass sie mit all diesen Tränen nicht lieber zu ihrer Mutter ging, anstatt sie an einen unbrauchbaren Vater zu vergeuden. Er hatte sogar gedacht, dass ein Sinn in dieser Peinlichkeit lag, dass sie zusammenschweißend wirken sollte, nicht nur eine diffuse Herrschaft der Schwerhörigkeit auf der einen Seite und bedrängende Vorwürfe auf der anderen.

Warum hatte sich Larsen nie als eine Hauptperson im Leben der Tochter gesehen? Weil er kein Recht dazu hatte. Weil er sich verdrücken wollte – kann ich jetzt loslassen?, fragte er.

»Ja«, sagte sie.

Larsen hatte einen weiteren klaren Gedanken und verspürte eine warme Freude darüber, dass die Sprache ihn verlassen hatte, so dass er nicht in der Lage war, etwas zu sagen, denn alles wäre zerstört, wenn nur ein einziges Wort über seine Lippen käme. Jetzt ist es kurz davor, dachte er und machte einen weiteren Versuch zu lächeln – das kostet nichts, er tat es nochmal, und nochmal.

18

Marianne parkte vor dem Krankenhaus, blieb im Wagen sitzen und starrte durch die Frontscheibe – auf ein breites, ockergelbes, achtstöckiges Ziegelsteingebäude, umgeben von asphaltierten schmalen Wegen, einem Fahrradgestell und einem zugedeckten Blumenbeet, das auf den nächsten Frühling wartete.

Sie dachte an nichts. Sie stieg aus, schloss ab und ging auf den Eingang zu, sagte an der Rezeption, wer sie sei, und erkannte sich in dem welligen Spiegel im Aufzug. In der siebten Etage kam sie in einen ruhigen Korridor mit blankgebohnertem Linoleumbelag und lauschte auf ihre zähen Schritte, die sie zu einem Dienstzimmer führten, wo sie an eine geöffnete Tür klopfte. Eine der drei Pflegerinnen erhob sich, kam zu Marianne und sagte etwas in gebrochenem Norwegisch – sie war klein, niedlich, dunkelhaarig, hatte asiatische Gesichtszüge, und Marianne las Isis auf dem Schild, das über einer herabbaumelnden Uhr angebracht war, die einer klassischen Herrenuhr glich.

»*So* heißen Sie?«

Die Frau bestätigte es mit einem Lächeln, wurde aber ernst, als Marianne sich vorstellte, führte sie durch den Korridor, sprach leise und eindringlich über ihren Vater, wie lange er hier schon liege, Entwicklung, Prognosen, verpackte alles in die typische Krankenhausmischung aus Präzision und schierem Sedativum und zeigte ihr in einem Journal ein paar Zahlen, mit denen Marianne nichts anzufangen wusste, und blieb vor der hintersten Tür auf der rechten Seite stehen und blickte sie prüfend an, um abzuwägen, wie stark sie wohl sei.

»Larsen nett«, sagte sie mahnend und legte ihre Hand auf Mariannes Arm, fasste nach der Tür und schob sie auf.

Marianne dachte ganz prosaisch, was ist das bloß mit diesem Mann und den Frauen, und hätte gern noch ein paar hinauszögernde Fragen gestellt, doch die Tür war offen, und sie war hineingegangen, ohne es zu tun, und befand sich am Fußende eines breiten Betts. Es wirkte so, als ob niemand darin läge. Sie trat ein paar Schritte näher heran und registrierte vage Schemen unter dem Laken und begriff, dass es sich um einen Menschen handeln musste.

Sie bemerkte ein paar Bewegungen, die rhythmisch schienen, ein Knie hoch, dann wieder runter, ahnte die Konturen eines Hüftknochens, ein glattrasierter Schädel, und dachte – während vor ihrem geistigen Auge ein Jahr nach dem anderen ablief – mein Gott, wie klein er ist, bevor ihr schließlich klar wurde:

Das ist er nicht.

Sie begann, sich aus dem Mantel herauszuwickeln, blieb aber reglos stehen, nachdem sie einen Arm aus dem Ärmel gezogen hatte, hielt die Luft an, ließ jedoch den Mantel über der Schulter hängen, während sie weiterhin dachte – jetzt mit zunehmender Erleichterung –: Das *ist wirklich* nicht er.

In ihrer Verwirrung legte sie den Mantel auf das Bett und versuchte, sich in sein Blickfeld zu stellen, doch weiterhin mit dieser aufreibenden Mischung aus Erleichterung und Verzweiflung …

Ich sitze hier mit einem fremden Mann.

Jetzt sah sie seinen ganzen Körper, das magere weiße Gesicht, den Kopf und die Augenhöhlen, doch nicht seinen Blick.

Sie bereute, kein Foto von Greta mitgenommen zu haben, das hätte alles ändern können, wie sehr doch Greta aussah wie sie selbst, damals, zu seiner Zeit – aber möchte ich wirklich, dass er mich wiedererkennt?

Falls er es dort überhaupt ist?

Sie drehte sich um und trat ans Fenster und ließ den Blick auf den unbewegten Wolken ruhen. Ein Flugzeug zeichnete eine lautlose Linie über die quadratische Scheibe, und Marianne nahm den vorhandenen Stuhl und schleifte ihn über den Boden, setzte sich und begann, in das verschlossene Gesicht zu blicken – ein diabolischer Meridian erstreckte sich vom rechten Auge hinunter zum Mundwinkel, wo wie an einem Dachvorsprung ein Tropfen hing, dann herunterfiel und von dem feuchten Laken aufgesaugt wurde.

Marianne sah sich nach einer Serviette um, fand jedoch keine und murmelte ein paar Verwünschungen in sich hinein, während sie seine linke Hand nahm und den Blick im Zimmer umherschweifen ließ, so als könnte sie beides nicht gleichzeitig machen, ihn sowohl ansehen als auch diese deformierte Hand festhalten.

Aber jetzt saß sie zumindest ganz still und konnte ihn anstarren, bis sich ihre Blicke trafen.

Und weiterhin zweifelte sie.

Auch als er ihre Hand drückte. Um etwas zu signalisieren? Sie wollte loslassen, wusste aber im selben Moment, was zu tun war, denn das konnte so ohnehin nicht weitergehen, das hier war kein Leben, kein Mensch – und mit beiden Händen drückte sie seine und bemühte sich weiter, während er wieder und wieder die Miene verzog, zu einem Lächeln? Er drückte noch einmal zu, so, als könnte er ihre Gedanken lesen, und er hieß ihn gut, diesen Einfall – während das letzte dieser zehn Jahre aus ihr hinauslief.

Marianne konnte endlich Ja murmeln und löste ihren Griff, riss den Mantel an sich und stürzte in den Korridor hinaus und stand mit dem Rücken an der Wand und dachte, hier stehe ich aufrecht auf beiden Beinen. Sie merkte nicht, dass sie zu fallen begann, aber Isis war da und hielt sie fest und reichte ihr eine Schachtel Kleenex, aus der sich Marianne mechanisch bediente.

»Ich will das Journal sehen.«

»Nicht erlaubt.«

»Ich will's sehen, hab ich gesagt.«

Isis warf ein paar ängstliche Blicke in den Korridor und führte sie in einen Büroraum, wollte ihr das Journal aber noch immer nicht aushändigen, das war auch gar nicht nötig, Marianne hatte es gesehen, ein großes S, mit blauem Kugelschreiber oben auf das erste Blatt geschrieben.

»Suizidal«, bestätigte Isis.

Marianne:

»Sie können ihn doch nicht einfach so daliegen lassen!«

»Sie wissen, muss gehen … sein Gang.«

»Aber sehen Sie denn nicht, dass er *trainiert?*«

»Was Sie meinen?«

»Er *trainiert.*«

»Ich verstehe nicht.«

Marianne rief:

»Oh, doch! Sie verstehen, und Sie wissen auch, was Sie zu tun haben!«

Sie lief hinaus auf den Korridor, weiter geradeaus und hinein in den Aufzug, schlug die Nägel in den welligen Spiegel, so als wollte sie sich in einer Felswand festkrallen, bevor sie den Abgrund erreichte, und lief erhobenen Hauptes an der Rezeption vorbei und hinaus unter einen grauen Himmel – es regnete, verdammt, wie es regnete.

Marianne fing an zu rennen, und das hätte sie immer weiter machen können, aber dort stand das Auto, also setzte sie sich hinein und fuhr nach Hause, ohne Musik, und setzte sich in das Café im Einkaufszentrum, trank drei Tassen Kaffee, trommelte auf dem Tisch herum und lächelte einer älteren Frau zu, die ihr Lächeln erwiderte.

Aber Motorräder mögen keinen Regen, also fuhr sie den ganzen Weg hinauf bis zum Klubhaus der MC-Clique, ging die letzten Meter zu Fuß, öffnete die Tür, ohne anzuklopfen, und wurde von einem brüsken jungen Mann gestoppt – sie sagte, sie müsse mit Trond sprechen, sofort.

»Er lässt es derzeit langsam angehen.«

»Wovon redest du?«

»Er … sitzt.«

Marianne blinzelte.

»Und JonaX?«

Sie ließ sich nicht wieder hinausbugsieren und wartete, bis der langhaarige Heerführer hinter einem schwarzen Vorhang auftauchte und mit dem Kopf in Richtung Tür deutete.

»Ich brauche Stoff«, sagte sie, als sie im strömenden Regen standen. »Egal was, Heroin, Morphium …«

Er sah sie lange an.

»Wir dealen nicht, das weißt du doch.«

»Jaja.«

»Nimmst du jetzt etwa Drogen?«

»Nein.«

»Aber?«

»Ich will ein Pferd einschläfern.«

Er lächelte.

»Dann brauchst du Rohypnol. Viel.«

»Okay, dann besorg mir Rohypnol. *Viel.*«

Es goss in Strömen.

»Hör zu, Kleine, wir haben ein paar klare Regeln: Erstens dealen wir nicht. Und zweitens verticken wir schon gar nichts an Leute, die eh schon überdreht sind.«

»Ich bin also überdreht?«

Er nickte. Marianne biss sich auf beide Lippen und blickte in eine andere Richtung.

»Okay, ich hab's kapiert.«

»Scheißwetter«, sagte er, blickte auf und ging wieder hinein.

Sie stampfte mit den Füßen auf, riss sich die Schuhe herunter und lief barfuß den lehmigen Abhang hinab, während das eiskalte Wasser gegen ihre Beine platschte, fuhr nach Hause, ging in die Wohnung hinauf, füllte die Badewanne und sank in das viel zu heiße Wasser, um sich darin aufzulösen.

Das brauchte seine Zeit.

Sie stand wieder auf, trocknete sich langsam ab und zog ihre Joggingsachen an, kochte Tee und setzte sich aufs Sofa, um den Blick umherschweifen zu lassen.

Marianne mochte diese Wohnung. Sie hatte drei Zimmer und eine Küche, sie war perfekt für sie und Greta, ein Zuhause, mit Topfpflanzen, Spiegeln, Regalen, einem von ihrer Mutter geerbten Eckschrank, dem Wohnzimmertisch von der Großmutter, Strickwolle in verschiedenen Körben, Steingutschalen und gerahmten Fotografien von Greta auf einem Pferd, und ihren aufgeschlagenen Schulbüchern neben dem PC auf dem Esstisch – es war sauber, es war ordentlich, erst gestern frisch gesaugt, sogar Greta hatte aufgehört mit ihrer Unordnung, und Marianne saß auf dem breiten IKEA-Sofa, während der Regen auf den Balkon hinunterprasselte und nichts geschah, bis der Schlüssel ins Schloss gesteckt wurde und Greta hereinkam und sie durch ihr klatschnasses Haar hindurch breit anlächelte und erzählte, dass sie in den Pfützen herumgeplanscht und die Jungen nass gespritzt hätten – da war es halb drei, und Marianne registrierte, dass ihre Tochter für die fünfhundert Meter von der Schule nach Hause eine halbe Stunde gebraucht hatte, ohne dass Mama reagiert hatte.

»Wie ist es denn gelaufen?«, fragte Anne-Berit am selben Abend.

»Ja doch, gut.«

»*Gut?*«

»Ja, eigentlich gar nicht so schlecht.«

Die Freundin sah sie skeptisch an.

»Meinst du das ernst?«

Marianne sagte:

»Es war natürlich traurig, aber ich habe festgestellt, dass ich … mit der ganzen Geschichte in gewisser Weise fertig bin.«

»Aha.«

»Glaubst du mir nicht?«

Sie schaffte es, ein trauriges Lächeln aufzusetzen, war unsicher, woher all diese Leichtigkeit herkam, und da war es kein Nachteil, dass sie es mit einer anderen Lügnerin zu tun hatte. »Aber ich glaube, es war richtig hinzugehen. Wenn ich es nicht getan hätte, hätte ich es bereut.«

»Willst du ihn denn wieder besuchen?«

»Natürlich, auch wenn das vielleicht keinen Sinn hat. Ich glaube, er hat nicht mal gemerkt, dass ich da war.«

»Das hat er bestimmt.«

»Schwierig zu sagen.«

Anne-Berit:

»Aber wirklich unglaublich, was man alles mitkriegt, sogar im Koma, ich habe über Leute gelesen …«

»… die sich an den Händen halten«, übernahm Marianne,

»und reden oder singen, um zu den Patienten durchzudringen?«

»Genau. Und dann ist das ja trotzdem so ’ne Art Kommunikation.«

»Mm … Ja, so war das wohl.«

»Du bist stark«, sagte Anne-Berit.

»Ach, ich weiß nicht«, sagte Marianne.

Nächster Abend. Anne-Berit:

»Du hattest also keine Lust, ihn zu schlagen?«

»Bist du verrückt?«

»So wie er sich aufgeführt hat?«

»Das hat doch keinen Zweck.«

»Du musst wirklich ganz klar im Kopf sein, wenn du so denken kannst, Schatz.«

»Oder darüber hinweg sein.«

»Gab’s denn irgendeine Versöhnung?«

»Ich weiß ja nicht mal, ob er überhaupt mitbekommen hat, dass ich da war.«

»Ich bin mir sicher, das hat er.«

Marianne spürte, dass es mit jeder weiteren Lüge nur klarer und klarer wurde.

»Eigentlich sollten alle mal so was erleben«, sagte sie ohne Skrupel.

»Sich mal wirklich mit den eigenen Eltern aussprechen, meinst du?«

Zwei Tage später fuhr sie zurück zum Krankenhaus, stieg aber nicht aus dem Auto, sondern blieb sitzen und schaute zu der ockergelben Fassade hinauf, die sich jetzt hinter einem leichten Schneetreiben befand, alles erleuchtet, aber keine Gesichter hinter den Fenstern. Sie fuhr wieder nach Hause und erzählte Anne-Berit, dass sie ihren Vater erneut besucht habe, er sei jetzt klarer, der Kontakt sei noch besser ausgefallen.

»Dann glaubst du also, dass er wieder gesund werden kann?«

»Das kann ich nicht wissen, aber ich habe ganz einfach gesagt, dass ich es bereut habe.«

»*Du?*«

»Aber ja, das mache ich doch.«

»Aber du hattest doch recht!«

»Ja, aber es hat mich trotzdem die ganzen Jahre belastet, auch wenn ich …«

Anne-Berit blickte sie skeptisch an.

»Und was hat er dazu gesagt?«

»Er hat's bloß so mit 'ner Handbewegung abgetan. Als wenn nichts gewesen wäre.«

Anne-Berit, ironisch:

»Wie großzügig.«

»Er kann doch nicht sprechen.«

»Na, trotzdem.«

Marianne blickte zu Boden.

»Eigentlich hatte ich das Gefühl, dass er mir vergeben hat.«

»Im Ernst?«

»Ja, und das ist schließlich das Wichtigste.«

Wo nehme ich das bloß alles her, dachte sie.

Von JonaX hörte sie nichts, natürlich nicht, auch wenn sie darauf vorbereitet war, dass ein anonymes Päckchen durch den Briefschlitz fallen oder im Postkasten der Wäscherei auftauchen könnte, und jetzt war bereits eine Woche vergangen.

Doch auch in ihrem Inneren hatte es nun begonnen, anders auszusehen – die Szenen mit Anne-Berit und die diffusen Touren zum Krankenhaus, der völlig verkrampfte Magen, die

Gewissheit, niemals in der Lage zu sein, ihrem Vater zu helfen, der Vorsatz, nicht wieder etwas zu tun, das sie bereuen könnte?

Stattdessen fuhr sie ein weiteres Mal zum Krankenhaus, um dann im Auto sitzen zu bleiben und zu dem mächtigen Gebäude hinaufzusehen, während ein universelles Uhrwerk die Sekunden zählte.

Aber wäre sie imstande, ihn dort einfach nur liegen zu lassen? Wenn es so weiterginge, bis in die Unendlichkeit?

»Heute habe ich ihm ein Foto von Greta gezeigt«, sagte sie zu Anne-Berit.

»Ach nein, und wie hat er reagiert?«

Marianne setzte die Tränen ein.

»Was glaubst du wohl? … Herrgott, es war so schrecklich.«

Anne-Berit legte ihr eine Hand auf den Arm, goss Wein ein und betrachtete sie mit einer neuen Art von Mitleid.

»Aber ich musste es doch tun«, schluchzte Marianne.

»Ja, natürlich, sie ist doch sein Enkelkind.«

Anne-Berit dachte nach. »Weißt du was? Eigentlich ist das ganz fantastisch, du bist viel reifer geworden.«

»Ach, hör schon auf.«

»Es ist mein voller Ernst. Wirklich verrückt, was manche Dinge bewirken können.«

Marianne:

»Ja, ich verstehe das selbst kaum, aber …«

»Aber was?«

»Du hast recht, ich kann's ja spüren – beim ersten Mal, als ich da war …«

»Ja?«

»Da war alles nur ein dichter Nebel, aber irgendetwas ist geschehen, und dann war ich plötzlich eine andere.«

»Sag ich doch, du bist wirklich darüber hinweg.«

Marianne quälte ein Lächeln hervor, stand auf, blieb vor dem Fenster stehen und betrachtete sich selbst in dem schwarzen Spiegel – im Hintergrund sah sie, wie ihre Freundin eine heruntergebrannte Kerze ausblies und den restlichen Wein auf die zwei Gläser verteilte. Marianne sagte:

»Er wird nie wieder gesund.«

»Und?«

»Kann ich ihn denn einfach nur da liegen lassen?«

Darauf hatte auch Anne-Berit keine Antwort.

Der Advent stand vor der Tür, und wie jedes Jahr drängte Anne-Berit auf Mariannes Teilnahme am Ball im Kulturhaus, so, als wäre es überaus bedeutsam, dass Marianne endlich mitkam, aber wieder einmal sagte sie Nein.

»Tradition.«

»Willst du mich verarschen?«

Sie blickte in ihre Teetasse.

»Ich weiß nicht. Ich bin nur gerade nicht in Partylaune, wo er doch da so rumliegt …«

Sie wusch die Tasse unter dem Wasserhahn aus, stellte sie auf die Spüle und sah ihre Freundin an, die ihren Blick verständnisvoller denn je erwiderte – das hier läuft wirklich gut, dachte sie.

Am Samstagvormittag klingelte es an der Tür – Greta war mit Anne-Berit und Nina zum Einkaufen gegangen, und Marianne hatte sich, in einem weiteren Versuch, nicht zu denken, über ihre Bücher gebeugt.

Sie öffnete die Tür und sah einen mittelgroßen, glatzköpfigen Mann in den Fünfzigern, mit freundlichen Augen, die nicht lächelten, gut angezogen, mit einer braunen Ledermappe unter dem Arm; er sagte, er sei Polizeibeamter und berichtete ihr ohne große Umschweife, dass ihr Vater tot sei, er sei gestern Morgen eingeschlafen.

Marianne begriff, dass sie etwas Zeit brauchte, legte eine Hand vor die Augen und wippte auf und ab.

»Kommen Sie bitte rein, ich muss telefonieren.«

Sie griff nach dem Telefon im Flur und wählte Agnes Almlies Nummer, hörte es ewig klingeln, während sie an dem fremden Mann vorbeistarrte.

»Er ist tot«, sagte sie. »Es ist gestern passiert, gestern Morgen …«

Es wurde still, dann Atemgeräusche und irgendwelche Kratzlaute, Agnes Almlie, die einen Stuhl herbeizog und sich setzte.

»Danke. Danke, dass ich es von *Ihnen* erfahre.«

Marianne sah den Polizisten an und machte ihm ein Zeichen, ins Wohnzimmer zu gehen, er deutete fragend auf seine Schuhe, Marianne schüttelte den Kopf, er drehte ihr den Rücken zu und blieb stehen. »Sie verstehen doch, was ich sagen will, nicht wahr?«, sagte Agnes Almlie.

»Äh … nein.«

»Ich bin keine Angehörige, ich hätte es wohl kaum erfahren …«

Marianne hatte etwas Subtileres erwartet, sagte aber nichts. Schweigend lauschten sie einander. »Vielleicht können Sie mich wieder einmal besuchen«, klang es weit entfernt. »Und Greta mitbringen?«

»Wir werden sehen«, sagte Marianne.

»Hm, ja, dann bleiben wir dabei.«

Sie legten auf. Marianne ging ins Wohnzimmer, setzte sich aufs Sofa und hatte das Gefühl, dass sie wie eine Tochter aussah, die gerade ihren Vater verloren hatte, und machte dem Mann ein Zeichen, sich ihr gegenüber an den Tisch zu setzen. Erst als er sich aus seinem Mantel schälte, wurde es ihr klar.

»Polizeibeamter?«

Er sagte, er heiße Arvola, nannte den Namen seiner Abteilung, und Marianne fiel sein Finnmarks-Akzent auf, während er die Angelegenheit, wie er sich ausdrückte, mit angenehmer Stimme erörterte – und Marianne entschied sich, diesen Mann zu mögen, sogar als er sagte, dass der Todesfall Hans Larsen als verdächtig angesehen werde und er erklären wolle, was das beinhalte.

»Ich weiß, was das bedeutet.«

»Und?«

»Das kann ich mir überhaupt nicht vorstellen.«

»Oh?«

Arvola wirkte erstaunt. »Er soll Anfang der Woche aus dem Bett gekommen sein und sich dabei ein paar Knochenbrüche zugezogen haben, für die er dann Schmerzmittel bekam – anscheinend war die Dosis zu hoch.«

Marianne sagte nichts.

Er sagte: »Vielleicht gar nicht so verwunderlich. Irgendwo gibt es da wohl eine Grenze, sogar für einen hingebungsvollen Pfleger?«

Marianne dachte noch einmal, dass sie diesen Mann mochte.

»Sie haben ihn ein paar Mal besucht?«, fragte er.

»Ja.«

»Wie oft?«

»Ich weiß nicht – zwei, drei, vier …«

»Sie werden sich doch erinnern, ob Sie zwei oder vier Mal bei ihm waren?«

»Verdächtigen Sie mich irgendwie?«, fragte sie gleichgültig und sah aus dem Fenster.

»Eigentlich nicht.«

Er machte eine Pause. »Wie gesagt, wir denken da eher in Richtung Personal, aber …«

Pause. »… viel werden wir da wohl nicht unternehmen. Ich bin eigentlich aus einem ganz anderen Grund hier – darf ich Marianne zu Ihnen sagen?«

»Was sollten Sie sonst zu mir sagen?«

»Ja, … also es geht um Folgendes, Marianne … Hatten Sie Kontakt mit ihm, bevor er ins Krankenhaus kam?«

»Nein.«

»Überhaupt nicht?«

»Nein.«

Er schien ihr zu glauben. Er sagte:

»Wir ermitteln in einem anderen verdächtigen Todesfall, bei dem viel darauf hindeutet, dass Ihr Vater … involviert war.«

»Das kann ich mir überhaupt nicht vorstellen.«

»Das sagen Sie jetzt bereits zum zweiten Mal.«

Marianne blickte ihn erstaunt an.

»Wahrscheinlich weil ich es zum zweiten Mal genauso meine.«

Er lächelte unsichtbar.

»Ihr Vater war nun einmal der, der er war.«

»Es ist lange her, dass er so war.«

»Die Frage ist *wie* lange. Diese Geschichte passierte im letzten Winter – eine ältere Frau wurde drei Monate nach ihrem Tod in ihrer Wohnung aufgefunden. Wie es aussieht, starb sie an einer Überdosis. Unsere Kriminaltechniker glauben, den Todeszeitpunkt auf irgendwann um Weihnachten festlegen zu können.«

Marianne begnügte sich damit, ihn weiter anzusehen. »Und wir haben einen Zeugen, der sie zusammen mit einem Mann gesehen hat, der nach aller Wahrscheinlichkeit Ihr Vater war, auf dem Friedhof Vestre Aker, am Heiligen Abend …«

Er öffnete seine Mappe, zog ein Notizbuch heraus und erklärte, um welches Grabfeld es sich handelte. »Ihre Mutter liegt dort. Der Mann von der alten Dame ist neben ihr begraben. Sie und Ihr Vater können sich dort begegnet sein.«

Marianne unterließ es zu wiederholen, dass sie sich das überhaupt nicht vorstellen könne. Sie murmelte:

»Er wusste doch nicht mal, wo sie liegt.«

»Wir wissen aber, *dass* er das wusste.«

»Ach?«

»Ja. Sie haben es ihm erzählt.«

Sie blinzelte mit den Augen.

»Nie im Leben.«

Arvola wirkte bekümmert, öffnete wieder die Mappe und zog einen vergilbten, zerknitterten Umschlag heraus und entfaltete einen Brief, während Marianne spürte, wie sie starr wurde. »Als Ihre Mutter starb«, sagte er mit ruhiger Stimme, »haben Sie ihm diesen Brief geschrieben. Und darin erzählen Sie ihm auch, wo sie begraben liegt.«

»Aber das war vor elf Jahren!«, rief sie und langte über den Tisch. »Geben Sie her!«

Er hielt den Brief fest.

»Unsere Techniker glauben nachweisen zu können, dass der Brief erst … vor ganz kurzer Zeit geöffnet wurde – an der Art, wie er zusammengefaltet war, und an den Bruchstellen am Papier, dort, wo es aufgerissen wurde. Und wenn er den Brief tatsächlich zum ersten Mal im letzten Jahr um die Weihnachtszeit gelesen hat, dann hätte ihn das in einem, wie soll ich sagen, solchen Gefühlzustand womöglich inspirieren können, ihr Grab zu besuchen?«

Marianne war am Ende.

»Du meine Güte«, schluchzte sie und begrub das Gesicht in den Händen. Dann blickte sie schnell wieder auf und schrie: »Geben Sie her, Sie Scheißkerl, er gehört mir.«

Er reichte ihr Brief und Umschlag. Sie ließ sich zurück aufs Sofa fallen und schaffte es, zwei Zeilen zu lesen, bevor ihr die Sicht schwand.

»Das ist nicht möglich!«

»Was?«

»Dass er ihn *nicht* gelesen hat! Sind Sie blöd, oder was?«

Sie stand auf, lief ins Bad, schnappte sich ein Badetuch, kam zurück und setzte sich aufs Sofa, breitete das Handtuch über ihre Knie, hielt sich einen Zipfel vor den Mund und registrierte, dass er sie von der anderen Seite des Tisches mit großen Augen anblickte, so, als hätte er gar keine Ahnung von dem, was sie da trieb. Sie sagte:

»Sie sind wirklich blöd, oder?«

Das unsichtbare Lächeln verschwand.

»Ich verstehe sehr gut, dass das schwierig für Sie ist, Marianne.«

Sie lachte höhnisch.

»Wenn es irgendetwas gibt, was Sie niemals verstehen werden, dann *mich* – und *das* hier.«

Sie hämmerte mit der Faust auf den Brief.

»Okay, wir sollten uns vielleicht etwas beruhigen …«

»Vergessen Sie's.«

Sie sah ihn kalt an, erstaunt darüber, dass er tatsächlich nichts begriff. Jetzt begann er, an den Fingern abzuzählen, ruhig und sachlich:

»Wir haben eine ältere Frau, die aller Wahrscheinlichkeit nach Ihrem Vater begegnet, wir haben …«

»Wie alt?«

»Sie wurde 86.«

»Und er war 73.«

»Worauf wollen Sie hinaus?«

Sie konnte sich nicht zurückhalten:

»Sie haben einen dreiundsiebzigjährigen Mann, der einer sechsundachtzigjährigen Frau auf einem Friedhof begegnet und sie umbringt. Weswegen?«

»Ihnen fehlt das Motiv?«

»Exakt, Klugscheißer.«

Jetzt wirkte er endlich genervt.

»Was ist mit seinen üblichen Motiven – ein Wutanfall?«

»Dann hätte er es gestanden.«

»Was?«

»Er hat immer alles bereut, das wissen Sie, und alles gestanden, das wissen Sie auch, das mag erbärmlich gewesen sein, aber so war es.«

Er sah aus, als wollte er ›da haben Sie wohl recht‹ sagen, schien aber seine eigene Stimme nicht hören zu wollen.

»Überdosis, sagten Sie? Kann das nicht auch Selbstmord gewesen sein?«

»Wir haben es erwogen, aber …«

»Aber da es sich um ihn handelt, haben Sie den Gedanken wieder verworfen?«

»Ja …«

Marianne blickte auf den Brief hinunter, die Handschrift, die sich in all diesen Jahren nicht verändert hatte, die arroganten und selbstgerechten Vorwürfe, und wollte ihn in Stücke reißen, begnügte sich jedoch damit, ihn wie einen feuchten Lappen hin- und herzudrehen, ungeachtet der Tatsache, dass Arvola da saß und sie verständnislos ansah, und jetzt brauchte sie ihn auch nicht länger zu mögen.

»Wissen Sie, dass ich mal als Zeugin gegen ihn ausgesagt habe?«

»Ja, das wissen wir …«

»Es war alles erstunken und erlogen.«

»Wir hatten den Verdacht, ja.«

Sie spitzte die Ohren.

»Ich habe es getan, um Mama vor ihm zu beschützen.«

»Und wir haben es wohl aus demselben Grund ignoriert.«

Sie blickten einander erstaunt an, ihr kam der Gedanke, dass sie einen Wettstreit um die Frage austrugen, wem es zuerst gelingen würde zu analysieren, was sie eigentlich gesagt hatten.

»Was ich sagen wollte«, sagte sie, bevor er das Ziel erreichte, »ist, dass ich keine Scheißsekunde lang daran glaube, dass er diese Frau umgebracht hat – er war ein Rüpel, er hat sich auf Leben und Tod mit Mama herumgestritten und ansonsten nur mit anderen Männern, er hat gestohlen und hat Leute ausgeraubt und hat mit der ganzen Welt Krieg geführt, aber er war der beste Vater, den man sich vorstellen kann, und jetzt machen Sie, dass Sie rauskommen, sofort.«

Er glotzte sie an. »Ich meine es ernst, gehen Sie.«

Arvola:

»Jaja.«

Er machte den Reißverschluss seiner Mappe zu, stand auf und zog sich langsam den Mantel an, blieb stehen, Marianne starrte aus dem Fenster, es schneite.

Sie stand auf und trat auf den Balkon, spürte den Schnee auf den nackten Füßen und wickelte sich fester in das Badetuch ein, hörte die Wohnungstür zuschlagen, zählte die Sekunden, bis unten die Haustür aufging, und sah Arvola auf die Stichstraße hinauskommen und auf einen schwarzen Audi zugehen, der auf der anderen Seite geparkt war. Er blieb stehen und blickte zu ihr herauf. Marianne drehte sich um, ging ins Bad, setzte sich auf den Badewannenrand und spülte ihre Füße mit der Handdusche ab, bis die prickelnden Nadelstiche nicht mehr auszuhalten waren – die Vorstellung meines Lebens.

Am selben Abend sagte sie zu Greta, dass sie hinausgehen und die Reifen wechseln müsse, es sei Winter.

»Yess«, sagte das Mädchen und stürzte sich auf den Computer.

Marianne nahm einen Hammer und eine Plastiktüte und ging in den Keller hinunter, mit dem prosaischen Ziel vor Augen, sich und Greta neue Computer zu beschaffen, öffnete den Verschlag, kramte die noch immer in den roten Pullover eingewickelte Flasche hervor, legte sie wie einen Säugling auf den obersten Reifen und betrachtete sie.

Sie wickelte sie nicht aus. Natürlich tat sie das nicht, ihr Anblick würde sie nur wieder lähmen und das Glas würde in alle Richtungen fliegen, dachte sie zufrieden und hob den Hammer und schlug zu, mit einem Stich im Herzen, und hörte das Geräusch zerbrechender Knochen.

Vorsichtig wickelte sie den Pullover ab, pflückte Schein für Schein aus dem mit Glasscherben durchsetzten Haufen, glättete sie und stapelte sie zu Zehnerbündeln und packte sie in den Schuhkarton, so, als lege sie Bettlaken zusammen.

Als alles gezählt war, fegte sie mit dem Pullover die Scherben zusammen, stopfte alles in die Plastiktüte und nahm sie und den Schuhkarton mit sich, warf die Tüte in den Mülleimer und legte den Schuhkarton in das oberste Fach des Schlafzimmerschranks.

Auf dem Weg zurück ins Wohnzimmer fiel ihr Blick auf die Briefe, die sie an die Freundinnen geschrieben, aber noch immer nicht abzuschicken gewagt hatte, drei fertig adressierte und frankierte Umschläge in der Kommode ihrer Mutter, Adressen, die sie im Internet hatte herausfinden müssen.

Sie nahm sie mit ins Wohnzimmer, sagte zu Greta, dass sie noch einmal hinausmüsse, und lief zum Einkaufszentrum und schickte sie ab. Auf dem Rückweg fing sie an zu weinen, das schmerzhafteste und schönste Weinen dort im fallenden Schnee, wohl wissend, dass diese Briefe völlig überflüssig waren, da sie nicht bereits vor zehn Jahren abgeschickt worden waren, aber erst jetzt begriff sie, dass es vorbei war, noch während sie durch den Briefschlitz fielen und nicht mehr zurückgenommen werden konnten.

19

Hans Larsen macht eine Entdeckung – es ist ein warmer Tag im Frühsommer, die Insekten summen, die Vögel singen und über dem frischen Laub ist der Himmel ewig.

Auf der Trainingsbahn – hinter einem meterhohen Zaun – saß seine zehn Jahre alte Tochter auf dem braunschwarzen und frisch gestriegelten Hengst Florian – sie hatte ihn selbst gestriegelt, genauso wie sie ihm täglich Futter und Wasser gab, und sie ritt ohne Sattel, wie immer.

Hans Larsen hatte einen Spaten in der Hand, er war auf dem Weg in Richtung Mistgrube hinter dem Stall, um nach Würmern zu graben, aber beim Anblick seiner Tochter kam ihm eine Idee.

»Na, komm schon«, rief er aufmunternd.

Sie sah zu ihm hin und hob die rechte Hand zu einer Art Indianergruß, um ihm klarzumachen, dass sie nichts verstanden hatte.

»Du weißt, was ich meine«, rief er. »Er ist bloß einen Meter hoch, das schaffst du!«

Ihr Blick streifte zwischen ihm und dem Zaun hin und her, sie lächelte, presste die Fersen in die Flanken des Pferds, drehte es zweimal herum, zögerte erneut, während er sich auf seinen Spaten stützte und abwartete – als seine Frau angelaufen kam und fragte, was um alles in der Welt er da trieb.

»Sie schafft es.«

»Auf keinen Fall!«

»Natürlich.«

»Dieser Gaul ist noch nie über irgendwas gesprungen.«

»Los, treib ihn schon an!«, rief er seiner Tochter unbekümmert zu.

Sie lachte befreit und rammte die Fersen in die Flanken des Tiers, beugte sich vor und fasste die Zügel wie eine waschechte Meisterin. Florian schoss davon, ging in Galopp über, schneller, schneller …

»Nein!«, rief seine Frau und hatte die Hände vor den Mund gelegt. »Nein, nicht …«

Seine Tochter zügelte den Gaul in perfektem Abstand zum Zaun, er sprang, schwebte über den Zaun und landete schief und x-beinig auf der anderen Seite, hielt sich jedoch auf den Beinen – und Larsens Tochter hielt sich auf dem Pferderücken, jubelte, und bewegte den Arm in einer triumphierenden Geste, zu einem weiteren Indianergruß.

»Du Schwein«, sagte seine Frau.

Larsen machte seiner Tochter ein Zeichen, erhobener Daumen, legte sich den Spaten über die Schulter und ging zum Stall, während Mutter und Tochter hinter ihm zu streiten anfingen, ihre Stimmen verfolgten ihn bis hinein in das immer stärker werdende Insektengesumme, bis er schließlich um die Ecke lief und am Übergang zwischen der Mistgrube und den wildwachsenden Brennnesselbüschen zu graben begann, Würmer für den Barschfang am Abend.

Aber nach drei Spatenstichen wich die Wärme in ihm einer eisigen Kälte. Hans Larsen hielt inne und blickte umher, spürte sein Herz schlagen und fragte sich, ob er einen Infarkt bekommen hatte – das schaffst du, hatte er seiner Tochter zugerufen, natürlich schaffst du das. Aber er war sich nicht sicher gewesen, ganz und gar nicht.

Das war viel schlimmer.

Er setzte sich auf einen Stein, wischte sich mit dem Handrücken über die Stirn und starrte in die Brennnesseln, während sich seine Augen langsam schlossen – seine Tochter und Florian in vollem Galopp auf den Zaun zu, dreißig Meter, zwanzig, zehn …

Er hatte sie beobachtet, in der zunehmenden Gewissheit, dass sie es *nicht* schaffen würde, dass sie herunterfallen würde, dass das Pferd stürzen würde, der Zaun *war* zu hoch – und er hatte *nicht* eingegriffen, sondern hatte wie zur Salzsäule erstarrt dagestanden und sich darauf vorbereitet, die Reste eines Unglücks aufzusammeln.

Könnte Isis das verstehen? Wenn er es selbst nicht verstand?

Sie drückte seine Hand – das Zeichen, dass es früher Morgen war – und hielt die Spritze hoch, die er jeden Tag bekam, aber jetzt hielt sie sie schon so lange und streifte nicht seinen Ärmel hoch – sie stellte eine Frage, und Hans Larsen bildete sich ein, dass es dieses eine Mal um etwas Wesentliches ging. Er dachte – anders als beim Besuch seiner Tochter –, dass es schade war, dass er nicht sprechen konnte. Aber man kann nicht den einen Tag stumm sein und am nächsten sprechen, so ist das nicht, dachte er zufrieden, dass man nur mit der Stimme Danke sagen kann, und nicht mit den Augen.

20

Im Frühjahr machte Marianne eine Entdeckung; aber sie war keine Angehörige, deshalb musste die Unterhaltung durch Gitterstäbe geführt werden.

»Du hast dir ja ordentlich Zeit gelassen«, sagte er.

»Was hast du mit deinen Haaren gemacht?«, sagte sie und betrachtete den glattrasierten Schädel mit dem tätowierten Käfer über dem linken Ohr, ein Marienkäfer, der so aussah, als wollte er jeden Augenblick abheben. Er wirkte älter, so alt wie sie, und verbittert, aber nicht ohne Kontrolle – so, als säße er hier aufgrund eines Missverständnisses, das schon bald aufgeklärt werden würde – diese eigenartige Selbstkontrolle; er sagte noch immer nichts über die Flasche, erzählte jedoch, dass er sich die Zeit mit Studien vertrieb, es war ja nichts daraus geworden, seit sie im letzten Sommer Schluss gemacht hatte.

»Das war also deswegen?«, sagte sie.

»Ja, deswegen«, sagte er und fügte hinzu, dass er sich irgendwann Jura vorstellen könne, oder Volkswirtschaft.

Es machte ihr nicht viel aus, hier zu sein; ferne Stimmen aus den Besuchskabinen nebenan, Schritte im Korridor und das Geräusch von Eisen, und schließlich ließ er sich doch auf sie ein.

»Deine Haare sehen ja auch nicht so schlecht aus.«

»Was meinst du damit?«

»Das kostet Geld«, sagte er und deutete mit dem Kopf auf ihre neue Frisur.

Sie blickte ihn an.

»Wo kommt das Geld her?«, fragte sie.

»Wann hast du es entdeckt?«, sagte er.

»Irgendwann im Herbst.«

»Und jetzt haben wir April, da ist wohl nicht mehr viel davon übrig?«

Marianne spürte die Schamesröte in sich aufsteigen, aber die zeigte ihr einen Weg auf, sie war hier, um etwas herauszufinden, wusste bloß nicht wie, also fing sie an, sich zu rechtfertigen, und erzählte, dass sie etwas von ihrem Kredit abgelöst und einen neuen Kühlschrank gekauft habe, zwei Computer …

»Und ein paar Kleider, will ich doch hoffen?«

»Und ein paar Kleider«, räumte sie ein.

Sie sahen einander an. Sie sagte:

»Du hast mir meine Frage noch nicht beantwortet – ist es Diebesgut?«

»Aber das weißt du doch schon seit langem, und weißt du was, Marianne, da gibt es etwas, was ich an dir noch nie gemocht habe.«

»Das ist ja 'ne tolle Neuigkeit.«

»Möchtest du sie nicht hören?«

»Eigentlich nicht.«

»Du bist so voller Selbstbetrug, mir ist das ja völlig egal, aber der Punkt ist, dass du es weißt und nichts dagegen unternimmst.«

»Ich tue nichts anderes.«

Er lachte. Sie nicht.

»Du wusstest doch genau, dass irgendwas an dem Geld faul war«, sagte er, »aber du wolltest es nicht wissen, bevor du alles aufgebraucht hattest, ist es nicht so?«

»Ja doch«, murmelte sie widerstrebend. »Vielleicht.«

»Es kommt von deinem Vater«, sagte er.

Sie sah ihn wortlos an.

»Und du fandest es völlig in Ordnung, das geheim zu halten? *Das* auch?«

»Du hast geglaubt, es gehörte mir«, sagte er. »Das genau ist der Punkt, aber du hattest keine Probleme, es auszugeben?«

Sie blickte an die Decke und fragte sich wieder, wo die Röte herkam. »Und hier bekommst du gleich alles auf einmal serviert«, machte er weiter. »Er hat es mir nämlich nicht gegeben, oder dir, was das betrifft, ich hab es ihm gestohlen.«

»Du hast meinen Vater ausgeraubt?«

»Er hat es vergraben, ja, und ich hab's ausgegraben.«

Er erzählte wie und wann, und Marianne sah vor ihrem geistigen Auge ihren Vater mit einem Spaten an einem warmen Sommertag in dem riesigen Garten und fragte sich, ob Agnes Almlie die Wahrheit gesprochen hatte, als sie sagte, sie vermisse nichts. Sie sagte:

»Aber war es denn sein Geld?«

»Aber ja, beruhige dich, das ist seine Rente.«

»Das soll wohl ein Witz sein.«

Er sagte:

»Ich hab's dir sogar erzählt, als du im Süden warst.«

»Ich erinnere mich, dass du erzählt hast, er wohne in einer großen Villa, ja. Hast du es da schon geplant?«

»Es war ein Test, Marianne. Begreifst du das nicht?«

»Wofür?«

»Ich wollte dich testen. Ich dachte, wenn du kommst und mich fragst, sobald du die Flasche findest, dann bist du … cool.«

»Du wolltest beinahe *normal* sagen.«

»Ja, vielleicht. Aber jetzt …«

Er breitete die Hände aus, zum Gitter und zu ihr, zu ihrem

Verhältnis, das im letzten Sommer vielleicht gar kein Ende gefunden hatte, für ihn, aber jetzt in diesem Moment – und dieser Rahmen zwischen ihnen, oder war es ihr Stuhl, der zu niedrig war?

Sie stand auf, um ihn besser sehen zu können, er in weißem T-Shirt und schwarzer Lederjacke, mager, ausgezehrt, blass, aber plötzlich stand auch er auf und die Luke war zu niedrig – sie setzten sich wieder.

»Dann hab ich den Test wohl nicht bestanden?«

»Was denkst du?«

In seinem Blick lag Triumph, der ließ sich nicht wegleugnen, auch Hohn, und Gefühle, die ein für alle Mal starben.

»Du hast auch nicht bestanden«, sagte sie ruhig.

»Ach, ja?«

»Ich habe von dem Geld keine fünf Öre ausgegeben.«

»Wie bitte?«

Jetzt guckte er auch ziemlich dumm drein, sein Blick wandte sich ab, er merkte es selbst.

»Die Frisur?«

»Ach, stell dich nicht dumm. Das war Anne-Berit, wie üblich. Ich werde nicht sagen, dass es leicht war, besonders nicht vor Weihnachten, ich hätte mich ja bloß bedienen können, da wäre einiges viel einfacher gewesen, aber ich dachte, es wäre dein Geld.«

Er sah sie prüfend an, schien aber nichts zu finden.

Sie sagte: »Aber das ist jetzt anders.«

»Das mag wohl sein.«

»Ja, jetzt kann ich davon so viel ausgeben, wie ich will, meinst du nicht?«

Er stand wieder auf.

»Nur eine Frage: Warum hast du so lange gewartet?«

»Ich habe auf dich gewartet«, sagte sie, »aber nichts gehört.«

»Und jetzt war es plötzlich eilig?«

Sie dachte nach.

»Vielleicht«, sagte sie und sah etwas von seinem Selbstbewusstsein zurückkommen. »Ich wollte nichts tun, was ich bereuen müsste.«

Er warf den Kopf zurück, klopfte mit dem Absatz an die Tür auf der Rückseite, sie wurde geöffnet, er nickte, drehte sich um und verschwand.

Marianne stand auf, öffnete ihre Tür, unterschrieb die Papiere bei der Kontrolle und trat hinaus in das Frühlingswetter, um ohne zu zögern ein Taxi zu rufen.

Doch nach halber Strecke gab sie einem Einfall nach und bat den Fahrer anzuhalten, bezahlte und stieg aus. Sie befand sich auf der Hauptstraße, mit einem parkähnlichen Tal zur Linken, ihr alter Schulweg. Sie lief hinunter auf die Wiese und spürte den modrigen Geruch eines neuen Frühlings, blieb stehen und sah sich um – sie war mit der grünen Flasche zu ihm gekommen, einer Kristallkugel gleich, um herauszufinden, ob es noch etwas zwischen ihnen gab, war aber nicht in der Lage, die Signale zu deuten.

Sie sah die Stadt und die alten Arbeiterwohnungen, die kahlen Bäume und einen kleinen Traktor, der Sand und Kies von den Stichstraßen aufkehrte. Auf einer Bank saßen zwei dick eingepackte ältere Frauen und hielten das Gesicht dem blassen Sonnenlicht entgegen. Marianne ging los, vorbei an dem Traktor, und setzte sich auf eine Bank, um ein paar Kindern in einem Sandkasten zuzusehen, Mütter mit Thermosflaschen und Butterbrotdosen. Sie stand auf und ging weiter den Weg hinunter. Dann machte sie einen Umweg, es dauerte über eine Stunde, und als sie wieder nach Hause kam, waren zwar ihre Wangen gerötet, aber sie war sich ihrer Sache sicher.

Sie nahm den Schuhkarton, streute das Geld über den Esstisch und fing an zu zählen, fragte sich, wo wohl die Tränen herkamen – sie hatten offenbar etwas mit ihrem Vater zu tun, der Frage, wieso er ihr das Geld nicht gegeben und es stattdessen vergraben hatte.

Aber auch das ergab vielleicht einen Sinn, sie hatte ihn ja schließlich gekannt, und es hätte ihm ähnlich sehen können zu glauben, dass er kein Recht hatte, es ihr zu geben, dass er befürchtete, sie würde es als Wunsch seinerseits auffassen, sich ein gutes Gewissen zu erkaufen, und das hätte sie wahrscheinlich auch getan, wenn sie sich selbst richtig kannte. Falls er nicht doch Pläne gehabt hatte, ihr das Geld trotzdem zu geben, aber keine Lösung gefunden hatte, bevor seine Pläne von diesem Schlaganfall durchkreuzt wurden – auch das war möglich.

Es war halb eins geworden.

Marianne tischte Anne-Berit die wahrste Erklärung auf – Erbschaft – als sie sich die neuen Dinge kaufte, und die ersehnten Reitstunden vereinbarte: Die Mädchen ritten, jedes auf seinem riesigen Fabeltier, langsam im Kreis herum, während Marianne auf einem Liegestuhl saß und Kaffee aus einem Pappbecher trank und Pläne für den Rest des Tages schmiedete, für die kommende Woche, ohne daran zu denken, das alles aufzuschreiben, all das, was jetzt verschwand, wie Schatten – der Geruch von Heu und Tieren in dem alten Stall und die melodische Stimme des Trainers, das war ihre Welt.

Im Juni legte sie das Examen ab, bewarb sich um Aufnahme an der Pädagogischen Hochschule und packte die Koffer, um mit den Mädchen zu einem Reitlager zu fahren, als das Telefon klingelte.

»Ja, am Apparat«, sagte Marianne und hörte eine Stimme, die sie zunächst nicht wiedererkannte, es war Isis, die Krankenschwester, die sich um ihren Vater gekümmert hatte, sie müsse unbedingt mit ihr reden, über etwas, das sie nicht vergessen könne.

»Ich verstehe, was Sie meinen«, sagte Marianne. »Ja, wir können uns treffen.«

»Ach ja, wirklich?«

»Ja. Auf dem Friedhof. Ich bringe meine Tochter mit. Und ihre Freundin.«

Es hörte sich an, als fragte Isis – wieso? Und Marianne murmelte, auch wenn ihre Worte nicht sonderlich verständlich klangen, dass sie wie die Kletten zusammenhingen und sie selbst niemals so eine enge Freundin gehabt habe.

Isis holte Luft und sagte, sie freue sich darauf, sie zu treffen. Marianne blieb mit dem Telefonhörer auf dem Schoß sitzen, bis die monotonen Pieptöne sie aus der Überlegung weckten, ob sie vielleicht wieder etwas Dummes getan hatte – es war schon eine Weile her, seit sie dieses Gefühl zuletzt gehabt hatte. Dann musste sie wieder an etwas denken, worüber sie seit dem Besuch im Gefängnis nachgegrübelt hatte, nämlich über die Frage, wieso sie nicht viel stärker auf die Information reagiert hatte, dass das Geld von ihrem Vater stammte. Aber ihr fiel als Antwort nur ein, dass sie eben seine Tochter war.